中國語言文字研究輯刊

十九編

許學仁 主編

第14冊

洪武正韻研究

崔玲愛 著

花木蘭文化事業有限公司

國家圖書館出版品預行編目資料

洪武正韻研究／崔玲愛 著 -- 初版 -- 新北市：花木蘭文化事
業有限公司，2020〔民 109〕

目 4+182 面；21×29.7 公分

（中國語言文字研究輯刊 十九編；第 14 冊）

ISBN 978-986-518-164-2（精裝）

1. 韻書 2. 研究考訂

802.08   109010435

ISBN-978-986-518-164-2

9 789865 181642

中國語言文字研究輯刊
十九編　　第十四冊　　　　ISBN：978-986-518-164-2

洪武正韻研究

作　　者　崔玲愛

主　　編　許學仁

總 編 輯　杜潔祥

副總編輯　楊嘉樂

編　　輯　許郁翎、張雅淋　美術編輯　陳逸婷

出　　版　花木蘭文化事業有限公司

發 行 人　高小娟

聯絡地址　235 新北市中和區中安街七二號十三樓

　　　　　電話：02-2923-1455 ／傳真：02-2923-1452

網　　址　http://www.huamulan.tw 信箱 hml810518@gmail.com

印　　刷　普羅文化出版廣告事業

初　　版　2020 年 9 月

全書字數　130594 字

定　　價　十九編 14 冊（精裝）　台幣 42,000 元

洪武正韻研究

崔玲愛 著

作者簡介

崔玲愛，前韓國延世大學文科學院中文系教授，博士生導師。

韓國籍，出生於山東濟南，生長在韓國首爾。1964 年至 1968 年就讀於韓國外國語大學中文系，獲得文學學士學位；1968 年桃李年華留學於國立臺灣大學中文研究所，受到台大恩師碩士論文導師許世瑛教授、博士論文導師龍宇純教授以及丁邦新教授、薛鳳生教授、屈萬里教授、戴君仁教授、臺靜農教授，鄭騫教授，葉嘉瑩教授等著名先生的指導。分別於 1971 年和 1975 年獲得語法學碩士及音韻學博士學位。自 1975 年至 1980 年以博士後身份赴東京大學中文系與哈佛大學語言學系研究並攻讀東西方語言學新理論。

1981 年春三月返回韓國，到 2011 年二月任職於延世大學中文系三十年。任職期間，教學範圍覆蓋中國語言學及中國古典文學，在多年的學術研究中，形成了富有特色的研究風格。目前已出版專書多部，發表論文數十篇。其中《駱駝祥子》韓文翻譯本，高本漢 *Compendium of Phonetics in Ancient and Archaic Chinese* 韓文翻譯本《古代漢語音韻學概要》，《漢字學講義》，《中國語學講義》，《中國音韻學》等專著皆歷久影響韓國中國語文學界。

提　要

《洪武正韻》乃明初洪武八年（1375）樂韶鳳、宋濂等奉敕所撰，為明一代官音所宗。韻書本為詩賦押韻及科舉所用，然即使《正韻》所標榜的實際語音是「中原雅音」，在併析其藍本毛晃《增修互註禮部韻略》之時沿襲舊韻體例而留下了濁聲母、入聲韻尾等舊韻之跡。筆者以韓國拼音文字標記《洪武正韻》字音的對音資料《洪武正韻譯訓》（1455）為據，且注意《正韻》例外反切，對《正韻》音韻系統進行了研究。

探討聲類則特別注意例外反切，於是所得《正韻》二十一聲類，列表如下：

方式 部位	塞音及塞擦音		鼻音	通音	其他
	不送氣	送氣			
雙唇音	p	p'	m	w	
唇齒音				f	
舌尖音	t	t'	n	l	
	ts	ts'		s	
捲舌音				ʐ	
舌尖面音	ʧ	ʧ'		ʃ	
舌根音	k	k'	ŋ	x	
喉音					Ø

分析《正韻》韻母系統，採用音位原則來配合《譯訓》的標音方法。而所得介音系統：分為開齊合撮四類：齊齒介音為 j；合口介音為 w；撮口介音為 jw；開口也可以認為是零介音而寫作 Ø。元音系統：平上去各二十二韻分為三大類共有高［i］、中［ə］、低［a］三個元音。韻尾系統:-ŋ-n-m（陽聲韻）-w-j-Ø（陰聲韻）之六類以及觀念上的十韻入聲韻尾 -k-t-p 三類。介音、元音及韻尾配合表（舉平以該上去入）如下：

介音 ＼ 韻尾	Ø			j			w			m（p）			n（t）			ŋ（k）		
主要元音	i	ə	a	i	ə	a	i	ə	a	i	ə	a	i	ə	a	i	ə	a
Ø	支	歌	麻			皆	尤		爻	侵		覃	真	寒	刪	庚		陽
j	支	遮	麻	支	齊	皆	尤	蕭	爻	侵	鹽	覃	真	先	刪	庚		陽
w	模	歌	麻	灰		皆							真	寒	刪	庚東		陽
jw	魚	遮											真	先		庚東		

綜合聲類韻類的系統研究可以歸納出幾點《正韻》對漢語音韻史有所貢獻的現象：

1、微母音值為〔w-〕。

2、知、照二、照三系完全合併為〔ʧ-〕系，照二系字可能已完全變為捲舌音〔tʂ-〕系。

3、照二系部分字變為舌尖塞擦音〔ts-〕系。

4、牀二、牀三、禪母中，平聲字大致變為塞擦音；仄聲字大致變為擦音。

5、四等已泯滅，而四呼產生。

6、遇攝三等（除了非系、照二系外）介音很可能從〔jw〕變為〔y〕。

7、假攝中，二等字入麻韻；三等字入另立的遮韻。可見三等介音 j 影響主要元音，使之從〔a〕變為〔ə〕。

8、已產生舌尖高元音〔ɿ〕〔ʅ〕。

9、《正韻》有高中低（i ə a）三個元音系統。

就以上《正韻》聲韻母系統看來，《正韻》確實表現中原雅音系統。我們雖然不宜說《正韻》即代表國語的祖語，但確實可以說《正韻》音韻系統除聲調系統不明之外與國語極為接近。

目

次

前　言

　　研究古漢語音韻，譯音與對音是一項可用的材料。但是因為大部分並不完整，而且不易接觸，到目前為止，只能用來彌補現代方言之不足，無法當作主要資料，故其作用不顯。

　　《洪武正韻譯訓》（1455）是用韓國拼音文字，記《洪武正韻》（1375）的字音。《洪武正韻》本身對近代音的研究就是一項主要的資料，再加上《譯訓》對整個韻書加以韓國拼音文字的標音，因此，此書在考訂近代音值上，具有極高的價值，是無可置疑的。

　　但二書著成時代的差距約七、八十年之久，似乎很可能影響到《洪武正韻譯訓》標音的真實性。然而《洪武正韻》在整個明代一向為官音所宗，成書七、八十年後，其廣泛流行的程度不難推想；且《洪武正韻》在當時為標準字典，故即使口語音在七、八十年間的變化已經不小，《洪武正韻》的字音變化應該不會很大。何況《洪武正韻譯訓》在標音時，又嘗向音韻知識頗深的中國學者質正過，所以我們可以相信《洪武正韻譯訓》的標音是可靠的。

　　唯此書久佚，一向僅傳序文，直到十幾年前，始為一古書商發現其初刊原本，至一九七二年贈予高麗大學校中央圖書舘。去年初，復經高麗大學影印出版，然後始見流通。

　　一九五九年韓國李崇寧教授從書主借閱此書，在震壇學報發表其《洪武正韻譯訓의研究》一文，並將《洪武正韻譯訓》的標音附抄於後。一九七二

年初鄭然粲教授據之考究《洪武正韻譯訓》標音與《洪武正韻》反切的關係，並且補足《洪武正韻譯訓》中缺損的一、二兩卷。一九七三年姜信沆教授撰《四聲通解研究》，又將《四聲通解》〔註1〕、《洪武正韻譯訓》的標音與大致同時代的中國韻書：《中原音韻》、《韻略易通》、《韻略匯通》加以比較，研究《四聲通解》的音系。此書可作研究近代音之參考。但多半是資料的排比，對音系實未做進一步的歸納。

但以上著作都是停留在研究、紹介《洪武正韻譯訓》本身的階段。筆者則早已留意到利用韓國譯音研究漢語音韻的問題。今即以《洪武正韻譯訓》影印本為主要根據，開始《洪武正韻》的研究。是故本論文最大的意義，即在利用整套外國譯音材料，以研究一部中國韻書，且借此將譯音資料供諸先輩及同好。

以一個異國學生而撰此論文，雖然有利用本國資料之便，仍感吃力萬分，承龍宇純老師、丁邦新老師不憚其煩的諄諄誨導，及蔡素娟同學的幫忙更正語文上的錯誤，一併在此致謝。

〔註1〕參閱第二章第三節。

凡　例

一、本篇論文研究《洪武正韻》音系，以《洪武正韻譯訓》標音為據，同時參考《洪武正韻》整個系統及反切。

二、《洪武正韻》，以世界書局影印《永樂大典》《洪武正韻》十六卷（簡稱永樂本）為據，並參考後附衡王題的隆慶元年（1567）重刊本（簡稱隆慶本）及中央研究院傅斯年圖書館藏善本（無重刊年月，簡稱中研本）。

三、《洪武正韻譯訓》，以韓國高麗大學校出版部影印本為據。

四、本篇論文擬音一律用國際音標，凡韓國拼音文字注音加注國際音標對照。

五、為便於檢尋，本篇論文小韻以號碼代表，其號碼編製方法為：以五位數字為一組，最前一位數字，自 1 至 4 分別代表平、上、去、入四個聲調；次兩位數字，自 01 至 22 分別代表韻目次第；最後兩位數字，代表小韻在某韻中出現的先後次第。例如：

10203：平聲二支韻第三個小韻

31526：去聲十五禡韻第二十六個小韻

六、本論文使用名詞之解釋及其簡稱表

簡　　稱	全　稱　及　解　釋
國語	第二章，第五章一、三、四節中，指朝鮮語；其他章節中，指中國現代官話。國語音或稱今音。
漢字音	朝鮮漢字音，依韓國語音系統有所變化的漢字音。

中國音	中國語音，以此與漢字音區別。
官話	指北方官話
舊韻	禮部韻略、或籠統地指切韻
諺文	訓民正音之俗稱
雅音	中原雅音
正音	譯訓標的洪武正韻音
俗音	譯訓標的十五世紀中葉中國北方音，以此與正音區別。
今俗音	四聲通解標的十六世紀初中國北方音。
小韻	正韻每韻中，以圈分開許多聲母、開合、洪細不同的字，前後兩圈之間的字皆同音，叫一小韻。
正韻	洪武正韻
譯訓	洪武正韻譯訓
毛韻	毛晃之增修互註禮部韻略
禮韻	附釋文互註禮部韻略
禮部韻（略）	毛韻和禮韻
平水韻	劉淵壬子新刊禮部韻略
韻會	古今韻會舉要
中原	中原音韻
易通	韻略易通
匯通	韻略匯通
指掌圖	切韻指掌圖
指南	切韻指南
通解	四聲通解
通攷	四聲通攷
續添	續添洪武正韻
老朴	老乞大朴通事
蒙韻	蒙古韻略

七、本論文採用符號之說明

符　號	說　明
N	Number　號碼
I	Initial　聲母
M	Medial　介音
V	Vowel　元音
E	Ending　韻尾

F	Final　韻母	
T	Tone　聲調	
／　／	表示音位	
→	等於，變為	
⋯⋯>	有簡接的關係	
［］	表示音值	
	表示正韻字母（第三十一類）	
	表示同小韻中正規的字	
Ø	零聲母（喻母）	
。	集韻反切及字上加。號	
◎	聲母例外字中兩見字	
△	聲母例外字中承襲毛韻的字	
√	聲母例外字中因聲符而有此讀的字	
×	聲母例外字中誤收的字	
※	有案語	

八、《中原音韻》擬音據劉德智《音注中原音韻》。

九、《韻略易通》及《韻略匯通》擬音，以陸志韋《記蘭茂韻略易通》及《記畢拱宸韻略匯通》兩文為主，並參考諸家擬音，略有取捨，以便與《洪武正韻》比較。

第一章　引　言

第一節　前人對《洪武正韻》的研究

　　《洪武正韻》是從《廣韻》、《集韻》、《禮部韻略》一貫下來的官方頒行的韻書之一。而且是樂韶鳳、宋濂、劉基等著名的大臣在明太祖親命之下編撰而成。所以《正韻》理應是極完備、極正統的一部韻書，為研究漢語語音極好的材料。但是到目前為止，有關《正韻》的論著很少，即使有也不過是片段的。清朝以來，學者對《正韻》的價值頗多貶損。

　　《四庫全書總目提要》[註1]大為攻擊《洪武正韻》之不當，最後甚至說：「其書本不足錄，以其為有明一代同文之治，削而不載，則韻學之沿革不備，猶之記前代典制者，雖其法極為不善，亦必錄諸史冊，固不能泯滅其迹，使後世無考耳。」但是《四庫全書提要》並沒有批評《正韻》的內容，而是針對宋濂序的失當，批評說：「濂奉敕為之序，大旨斥沈約為吳音，一以中原之韻，更正其失。……考《隋志》載沈約《四聲》一卷，新舊《唐書》，皆不著錄，是其書至唐已佚。陸法言《切韻序》作於隋文帝仁壽元年，而其著書則在開皇初。所述韻書，惟有呂靜、夏侯該、陽休之、周思言、李季節、杜臺卿六家，絕不及約，是其書隋時已不行於北方。今以約集詩賦考之，……與

〔註1〕《四庫全書總目提要》第九冊卷四十二經部小學類三。以下簡稱《四庫全書提要》。

今韻收字亦頗異。濂序乃以陸法言以來之韻,指為沈約,其謬殊甚。……濂乃以私臆妄改,悍然不顧,不亦僶乎。……」《四庫全書提要》中有關《正韻》內容的批評只是引用周賓所《識小編》:「洪武二十三年,《正韻》頒行已久,上以字義音切,尚多未當,命詞臣再校之。」一句而已。而且並沒有詳加解釋不妥善的地方。但是我認為《四庫全書提要》所說「濂乃以私臆妄改」之處,即是《正韻》依當時語音,以改傳統韻書之處,並非「以私臆妄改」的。因此《正韻》仍然有研究的價值。

另有一派的批評重點在宋濂序的「壹以中原雅音為定」這句話。這一派都認為《正韻》所代表的音與中原雅音之間有懸殊的差別。如明朝呂坤在《交泰韻》〔註2〕凡例最後一條說:「但《正韻》之初修也,高廟召諸臣而命之云,韻學起於江左,殊失正音,須以中原雅音為定,而諸臣自謂雅音矣。及查《正韻》,未必盡脫江左故習:如序、叙、象、尚〔註3〕、丈、杏、幸、棒、項、受、舅等字俱作上聲。此類頗多,與雅音異。」他所舉的例字皆是全濁聲母上聲字,他的意思是,雅音中上列字都已變為去聲,《正韻》則仍列入上聲。我們可以把上文解釋說,雅音全濁聲母上聲字已經變成清聲母去聲,而《正韻》所表現的是全濁上聲仍然是濁上聲,沒有異於傳統韻書的地方,呂坤只舉幾個濁上聲字,說這是未脫「江左故習」即傳統韻書系統之處,但我們詳查《正韻》諸小韻,可以知道不僅是濁上聲,平去入濁聲母也都和清聲母劃然分開,可見《正韻》編撰人立意依從傳統韻書清濁聲母分類的體例。所以保存濁聲母並不是「未盡脫江左故習」之處,相反地,清濁聲母相混的一些例外字才是未盡脫中原雅音之處。

《正韻》序「壹以中原雅音為定」的原則和《正韻》保存濁聲母及入聲韻尾的現象不符合。此最為後世學者所詬病。近幾十年之間出了不少有關韻書的研究著作,卻很少人研究《洪武正韻》,原因不外乎《正韻》被認為是語音史研究上不大有價值的一部韻書。換句話說,現代學者皆認為《洪武正韻》並不能代表一地方言,也不是中原雅音的實錄,而很可能是南北或許多方音的混合。但是在我們未把《正韻》的整個系統徹底研究歸納出來以前,先下

〔註2〕在《呂新吾先生全集》,第二十九、三十冊,一卷。

〔註3〕「尚」字疑當為「上」。

如此的結論是危險的。

自從劉文錦《洪武正韻聲類考》（1931）用陳澧的反切系聯法來系聯《正韻》的反切上字，而得出三十一聲類以後，日人辻本春彥《洪武正韻反切用字考——切上字について》（1957）把《正韻》的反切上字和毛晃《增修互註禮部韻略》的反切上字加以比較，發現有些不符合之處。他把這些與《毛韻》不相合的《正韻》反切上字認為大致是表現「中原雅音」的系統，且和《中原音韻》系統極相近。他從這些現象下結論說：「由以上檢討，我們可以明白《洪武正韻》不過是以當時實際漢字音（中原雅音）為本，把《增韻》（案：即指《毛韻》）加以改編。在改編時，並未考慮到改變不適合「中原雅音」的反切，而仍然襲用《增韻》反切，結果在音系上產生意外的混亂現象。在聲類中濁音的存在就是此疏忽下的結果。」（二十四頁）

應裕康《洪武正韻反切之研究》（1962）分三部討論聲類、韻類和《正韻》反切的特質。如他所說，（一）聲類是增益劉文錦之作，（二）韻類用陳澧的反切系聯法來系聯，而每韻得出幾類，（三）反切之特質，乃將《正韻》反切上下字與《廣韻》反切比較異同，以見古今音遞變之迹。他又發表《洪武正韻聲母音值之擬定》（1970）和《洪武正韻韻母音值之擬定》（1970）兩篇，自稱據中古音、《中原音韻》、現代方音擬定《正韻》聲母音值，同時再加兩個原則：《正韻》各韻間必有主要元音或韻尾之不同，且《正韻》韻母限於三個音位以下（因《正韻》有［y］介音），來擬定韻母音值。

劉文錦此富於開創性的研究，重新發掘了長久以來被遺忘的《洪武正韻》，為後人研究《正韻》的濫觴。辻本春彥、應裕康更進而研究《正韻》反切，所得的結論雖然可以供後人做進一步研究的參考，但皆為部分的研究，尚沒有人徹底考究《正韻》整個系統。

第二節　本論文研究方法

《洪武正韻譯訓》是以朝鮮文字拼《洪武正韻》字音的書。明朝景泰年間（1455），朝鮮士臣申叔舟等五人奉命撰此書。《譯訓》編撰人雖然精通中國音韻學以及中國話，但是《譯訓》與《正韻》著成時期相隔七、八十年，而且其編撰地點是朝鮮，所以難免有許多不易解決的問題。因此經常到中國

質問音韻。從《譯訓》序可知他們為了質正《洪武正韻》音，曾到明朝首都燕都七、八次，到朝鮮的明朝使臣，如果是儒臣，就問他們《洪武正韻》音〔註4〕。所以我們大致可以相信《譯訓》標音的正確性。

關於《洪武正韻》與《譯訓》兩書所代表的方言及時間之差異問題，我們暫且接受《正韻》序及《譯訓》序，認為《正韻》所根據的方言是「中原雅音」，即北方官話；而《譯訓》標音所據的也大致是以燕都為中心的北方官話音，而且根據《譯訓》凡例第一條所說：「以圖韻諸書及今中國人所用定其字音，又以中國時音所廣用而不合圖韻者，逐字書俗音於反切之下。」我們可以知道《洪武正韻譯訓》根據韻書以及韻圖所定之音，與當時中國語音相符者，則於其首字與字母之間標音，這就是《洪武正韻》系統的「正音」。至於當時活語音和《洪武正韻》系統不合者，用「俗音」的名目，在反切下面註其音。此所謂「俗音」就可以說是《洪武正韻》至《譯訓》七、八十年間經過演變的語音。

由於資料缺乏，我們仍然不能完全肯定《正韻》與《譯訓》所據的方言是否屬同一地區。明太祖為了達成政治目的，而建都南京，但不能忽視金、元一直為政治文化中心的北京，因此設南北兩京，至第三代皇帝成祖更從南京遷都北京。由此可知明初通用的官話極可能還是以北京為中心的北方官話。《洪武正韻》是洪武八年著成的，也許可以設想《正韻》可能是代表以南京為中心的下江官話系統。但是《正韻》序中明說是根據中原雅音，而且就歷史背景而言，當時官話仍是以北方官話為主的可能性較大，不大可能是以新都南京為中心的官話為主。何況成祖急着再遷都北京。《正韻》為明朝官方所重用的欽定韻書，遷都北京以後，仍舊通用於世。因此如果《正韻》音韻系統與北京為中心的北方官話系統相差太遠的話，大概不容易繼續沿用下去，很可能《正韻》早已被刪改或廢除。然而永樂年間《洪武正韻》全被收錄於《永樂大典》中，後來《康熙字典》亦收其反切，我們可以推知《正韻》在當時地位仍相當穩固。

於是我們不難想像在編撰《譯訓》的時代，即正統景泰年間《正韻》正通行於燕都。《正韻》音系即使不完全合乎北方官話系統，但是極可能通用於

〔註4〕詳見第二章第二節。

文人之中專備科舉之用。因此《譯訓》標「正音」的質正對象是限於有音韻知識的中國學者。我們從《譯訓》序「乃命臣等就正中國之先生學士，……且天子之使至國，而儒者則又取正焉。」和朝鮮王朝《文宗實錄》卷四冬十月庚辰條「上曰，音韻，倪謙來時，已令質問，雖中朝罕有如倪謙者。令成三問入朝，如遇勝於倪謙者，問之，否則不必問也。」可以得到證實。但是其「俗音」的質問對象不一定是儒者，如序中所云，「以至殊方異域之使，釋老卒伍之微，莫不與之相接，以盡正俗異同之變。」可見「俗音」是未加任何潤飾的完全是實際通用的語音。《譯訓》的「正音」無疑是當時中國儒者之間所通用的《洪武正韻》之字音。因有七、八十年之距，我們不能確定《譯訓》「正音」就是《洪武正韻》著成時的字音。但是《正韻》在這七、八十年間一直是供文人作詩賦或備科舉參考之用的標準韻書，不會像白話音那樣七、八十年有很大的演變，所以《譯訓》「正音」，極接近《洪武正韻》著成時的字音，是無可疑的。

因此從《譯訓》之標音入手研究《洪武正韻》音系，應該不會有多大差錯。本論文便大致是把《譯訓》的「正音」當作《洪武正韻》字音。

無論如何，《正韻》仍是重視整個系統的一部韻書；《譯訓》的「正音」雖是根據當時實際音有所斟酌，可是並未忽略《正韻》的系統。其實際語音符合《正韻》系統，則取之為「正音」，不合則歸入「俗音」。因此本論文研究《正韻》(或《譯訓》)字音音系不適合採取平鋪直敘地描寫語音(phonetic detail)的方法，應該採用音位結構原則（phonemic principle）才能夠配合《正韻》或《譯訓》的音韻系統。

本論文把《洪武正韻》音韻系統分為聲類（Initial）和韻類（Final）二部分來討論。

三十一聲類早已定型，而且我們從《譯訓》標音可以擬出三十一聲母的音值。因此本論文聲類部分以三十一聲類中的例外情形為主，討論其例外字所表現的情形。所謂「例外字」是不合乎《正韻》整個體系的字，如中古濁聲母字未入《正韻》濁聲母而入清聲母，或相反地，中古清聲母字入《正韻》濁聲母，等等。中古音以《廣韻》、《集韻》反切為準，而最終標準還是《正韻》的藍本毛晃的《增修互註禮部韻略》。

在「《正韻》三十一類聲母不大可能是的的確確代表當時中原雅音」的假設之下，為了窺視其真實情況，而從例外字着手。通常被認為是受編撰人吳語方音影響下的產物——濁聲母的存在，如果說是編撰人立意表現中原雅音，就不該把大部分濁聲母字和清聲母分立；假如說是編撰人以自己的方音「吳語」來定的，相當多數的清、濁聲母字混用的現象，則又不應發生。因此這兩項假設都不能成立。

除濁聲母的情形之外，從例外字中可以窺見許多從《正韻》正軌系統中無法得出的現象。我們可以拿這些例外字的情形和《中原音韻》、《韻略易通》、《韻略匯通》等韻書比較異同，因為這三部書都在《洪武正韻》前後著成，而且可以當作北方官話系統的韻書，故由此比較中可以得出結論。

韻類則不能依這方法來討論。因為《正韻》編撰重點在併析傳統韻書的二〇六韻，盡量求合於當時實際語音系統，故削減成七十六韻，《正韻》每韻都是將傳統韻書若干韻或某一韻的部分，整體的合併為一，絕無例外，所以研究其韻類不如研究聲類一樣，可以從例外字入手；而從《正韻》整個合併情形，考究其音韻演變現象。

我們從《正韻》七十六韻中可以考究出合併舊韻的詳細情形，由此可以歸納出其音韻演變情形。本論文討論韻類時，凡是中古音、以後期等韻圖的十六攝為主，換言之，音韻演變範圍定自十六攝至《正韻》。

探討介音、主要元音、韻尾三部分，採用音韻結構方法配合中國聲韻學四呼（開齊合撮）的觀念。表現出特別音韻現象而被提出來的每個字的韻母還是和《中原音韻》、《易通》、《匯通》比較其表現情形之異同。這比較法對決定《正韻》在音韻史上的地位有不少幫助。

第三節　《正韻》與《譯訓》之間產生分歧現象的原因及解決法

韻書的系統，同一韻中以圈相隔的每一組字之間，其音必有所不同，換句話說，同一韻中不會有兩個其音完全相同的小韻。每小韻之間的不同，有時是聲母的不同，有時是開合洪細的不同，其主要元音及韻尾是相同的。

《譯訓》的標音方法不完全合乎如上所說的「每小韻，音必不同」的原

則。《譯訓》有時把《正韻》中鄰近的兩小韻之間的圈除去而使之合併，有時相隔幾個小韻的二個小韻標同音。標同音也就是等於合併，只是《譯訓》以不更動《正韻》體制為原則，不敢把同音字全部移入同一小韻。

那麼，我們能不能說這是《譯訓》標音的疏忽之處，或是表示《正韻》至《譯訓》七、八十年間的語音變化呢？但是《譯訓》標音注重《正韻》等韻書及韻圖系統，合乎此系統的實際語音才放入「正音」中，不合系統的實際音，則歸入「俗音」，因此這兩種假設不能成立。

現在我們只能歸咎於《正韻》本身。《正韻》編撰的方法和《譯訓》並不相同。《譯訓》雖然處處考慮到《正韻》及舊韻書、韻圖的系統，但《譯訓》的目的總是在於標正確的中國音，必須以實際音為據。《正韻》則承襲《毛韻》系統，依實際音把《毛韻》的幾個韻合併或分析而編撰成的。因為有《毛韻》的系統在前，《正韻》編撰人有時無法完全擺脫其系統。因此《毛韻》的不同小韻，即使在《正韻》時代的確是同音，也沒有徹底地合併而常留下舊韻之迹。《譯訓》合併或標同音的小韻大致是《正韻》遷就《毛韻》而未合併之處。所以我們可以相信《譯訓》標音。只有少數例外是由於《譯訓》之錯失。但支紙實韻的正齒音情形比較特殊。這些韻中，《譯訓》合併的兩小韻之間的不同不像其他的韻那樣是原來舊韻的不同，而大致是照系和知系聲母的對立，少數是止攝和蟹攝的不同。我們從《譯訓》序以及其他各韻情形中，知道《正韻》時知、照系已完全合併。只有支紙實韻中許多成套的兩小韻因就舊韻知、照的聲母不同而分開是不大可能的。因此我們可以推想這二小韻的不同在韻母。與《中原音韻》、《易通》、《匯通》比較的結果，我們可以相信屬知系和蟹攝的小韻為細音，屬照系和止攝的小韻為洪音。《正韻》因而分開，但深信知、照系合併的《譯訓》編撰者從《正韻》反切上無法發現其兩小韻之間的不同，何況是《正韻》反切上，止攝與蟹攝有時不分，如「誓、時智切」原屬蟹攝「時制切」，《正韻》以止攝字「智」作反切下字。《譯訓》撰者因為找不出《正韻》兩小韻之間的不同，所以一律標同音，然後「俗音」或「又音」項下，依實際語音分別標洪音或細音。因此本論文支紙實韻的正齒音一律依《正韻》分小韻的本意更正《譯訓》標音，而後討論其韻。

第四節 《譯訓》顯示的特殊音韻現象

我們從《譯訓》標音和註釋中，可以得知中古音及《正韻》的一些音韻現象。這些現象若只就《正韻》反切，是無法考究出來的。

1、《正韻》三十一類中濁聲母塞音和塞擦音為不送氣的濁音〔b〕〔d〕〔g〕〔dz〕〔dʒ〕。

2、《正韻》微母音值為〔w〕。

3、《正韻》牀母皆為塞擦音；禪母皆為擦音。

4、《正韻》的元音系統為高中低（ɨ ə a）三元音系統。

5、《正韻》時已產生舌尖高元音〔ɿ〕〔ʅ〕。

以上是《正韻》的音韻現象。

1、中古聲母知徹澄娘的音值為〔ȶ〕〔ȶʻ〕〔ȡ〕〔ȵ〕

2、主要元音為低元音的中古音，一等主要元音為〔ɑ〕；二等主要元音為〔a〕。一、二等的不同在主要元音。

以上是中古音的音韻現象。以上詳細的解釋見於第四章聲類及第五章韻類。

第二章　訓民正音與《洪武正韻譯訓》

第一節　訓民正音

（一）產生背景及意義

「國之語音異乎中國，與文字不相流通。」這是《訓民正音》的首句，也就是創制韓國文字的主要動機。

自從新羅〔註1〕開始使用所謂「吏讀」〔註2〕、「鄉札」〔註3〕等，借用漢字，

〔註1〕據《三國史記》，新羅（BC57～AD935）與高句麗、百濟鼎力成為三國，至 AD668，新羅統一三國。

〔註2〕《朝鮮王朝實錄》《世宗實錄》卷一〇三及《訓民正音解例》說，「吏讀」為新羅薛聰（七世紀末神武王時人）所作。韓李崇寧說，「吏讀」為後世（朝鮮）之俗稱，當代無此稱法，亦不是薛聰一人所作。我們從種種記載（如《三國史記》、《三國遺事》……）可知六世紀新羅已擁有獨特的表法體系。我們不妨以吏讀之名稱之。李崇寧主張新羅有如下的二種體系：

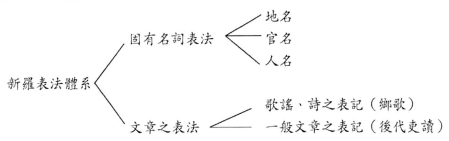

《新羅時代의 表記法體系에 關한 試論》61 頁～63 頁。

然而或只取其義，或只取其音，甚至為一種改變漢語語法系統，依新羅口語重新編制的表達方式。由於其資料殘缺，對於這些表達方式雖有寥寥少數的研究著作，卻還沒有令人滿意的解析。但是從相傳下來的資料以及歷史記載，我們仍然可以窺視其整體面貌。

除了「吏讀」自新羅直至高麗、朝鮮通行於吏胥之間，用以寫公私文書之外，「鄉札」早自高麗初葉即已逐漸泯滅其迹，後世難以考究。雖然還有「口訣」〔註4〕之法，在朝鮮頗為盛行，但是這種種表達方式，對已經擁有不同於漢語語言系統之口語的韓民族來說，無法詳盡所懷，而總有不釋然之感。而其方法上的種種缺陷以及使用的不能普遍，更導致其早亡，或僅使用於某種特殊階級。這種情況正如《訓民正音解例本》末鄭麟趾序文中所指：

> 昔新羅薛聰始作吏讀，官府民間至今行之，然皆假字而用，或
> 澀或窒，非但鄙陋無稽而已，至於言語之間，則不能達其萬一焉。

在這種情況之下，需要創制符合韓語口語的文字是必然的趨勢。進入朝鮮以後，至第四代皇帝世宗，已經脫離變換朝代過渡時期的混亂狀態，國家內外安定，正是可以積極推展文化事業的時代。

就在這英明之主的提倡和眾多新進穎秀文士的策劃下，創下了空前絕後的一時獨創文字的記錄——訓民正音。

訓民正音完成於世宗二十五年十二月（1443），二十八年九月正式公布於世。朝鮮《世宗實錄》卷一○二世宗二十五年十二月條云：

> 是日，上親製諺文二十八字。其字倣古篆，分為初、中、終聲，
> 合之然後乃成字。凡于文字及本國俚語皆可得而書。字雖簡要，轉
> 換無窮，是謂訓民正音。

〔註3〕「鄉札」為新羅鄉歌（新羅詩歌之通稱）所使用之文章體系。新羅真聖女王命角干魏宏與大矩和尚二人，修撰鄉歌集「三代目」（888）（《三國史記》），後來失傳。今存《三國遺事》中十一首、《均如傳》載十四首，共二十五首。「鄉札」由於方法上的缺點，於取代新羅而起的高麗朝初葉淘汰了。參見李基文，《改訂國語史概說》，梁柱東，《古歌研究》，金烈圭等三人，《鄉歌의 語文學的研究》。

〔註4〕亦為借用漢字的一種表法。讀漢文時，為了表示韓語語法系統，於漢字中插入一種助詞，即所謂「吐」。

日河野六郎於其《朝鮮漢字音の研究》一文中，主張訓民正音之創立，乃是以當時時勢所造成的民族意識覺悟與實用主義為其兩大動機〔註5〕。接着又指出《訓民正音》首句「國之語音異乎中國……」為大膽的表現朝鮮從明朝政治文化隸屬中，宣布語言文字上的獨立。我很贊同此說法。但他又認為對中國外交政策，一向以所謂「事大主義」為本的朝鮮，被嚴禁脫離中國，而世宗宣布語言文字獨立，乃是企圖脫離中國之隸屬關係。這點則是過份誇張朝鮮受明朝的控制，而未免誤解當時實際情況。「事大」並不是「盲從屈服於大」，而是在政治文化上，為方便起見採取的國家政策，也就是「以小事大，保國之道」。(《龍飛御天歌》卷一、四十)。實際上朝鮮初葉並未受到明朝多大束縛，可以說是完全自主的。

我認為世宗創制訓民正音的動機，純粹是由於當時的情勢所需及其憫民之心。世宗覽集賢殿副提學崔萬理等人反對創制新文字的上疏文後，謂之曰：

> 且吏讀制作之本意，無乃為其便民乎，如其便民也，則今之諺文亦不為便民乎。

《訓民正音》之文明釋其旨〔註6〕：

> 國之語音異乎中國，與文字不相流通，故愚民有所欲言而終不得伸其情者，多矣。予為此憫然，新制二十八字，欲使人人易習，便於日用矣。

創制訓民正音之目的並不在排斥中國文化，而是在更發揚中國文化及朝鮮民族文化。當時人的觀念中，漢文化與韓民族文化並不是對立而是相輔的。所以他們毫無猶豫地坦然接受先進的漢文化，並融合於民族文化中。世宗制作訓民正音是為了普及中國文化於愚民，使之能接觸到士大夫階級所獨占的漢文化〔註7〕。向來作為文化之媒介的漢字，與國音乖離，一般人民極難學習，

〔註5〕《朝鮮漢字音の研究》20～22頁。

〔註6〕「訓民正音」指其文字之總名，有時也指解釋訓民正音條理之文曰《訓民正音》。《訓民正音解例》鄭麟趾序文謂：「殿下創制正音二十八字，略揭例義以示之，名曰訓民正音。」

〔註7〕《世宗實錄》卷一〇三：「上教鄭昌孫曰：予若以諺文譯三綱行實頒諸民間，則愚夫愚婦皆得易曉。」

故無法與漢文化接觸。

世宗所制二十八字，實在是「智者不終朝而會，愚者可浹旬而學。以是解書，可以知其義。……雖風聲鶴唳，雞鳴狗吠，皆可得而書。」但是語言習慣不是一朝能夠改變的，世宗雖然極力推展訓民正音，仍不免遇到守舊一派的反對〔註8〕。新舊兩勢力的對立中，被士大夫階級輕視為「諺文」的新勢力「訓民正音」，一時無法取代根深蒂固的舊勢力的「漢字」。只是漸漸地普及於宮中仕女、一般平民之間，直至二十世紀初葉，經過多少波折才達到名符其實的言文一致階段。

訓民正音在學術、文學上的地位頗為重要。世宗以來，用所謂「諺文」翻譯各種漢文書籍很多，而且也有用訓民正音文字寫詩歌、小說等，描繪韓民族獨特氣息的文學作品。這種作品也可以說是諺文發揮其功用至淋漓盡致下的產物。

《洪武正韻譯訓》是在創制訓民正音後立即着手，而經過十餘年之久才完成的〔註9〕。世宗命士臣將《洪武正韻》以自制訓民正音文字來拼音，使民容易學習中國語。

因此我們研究《譯訓》，《正韻》之前，應先知道訓民正音制字原理及其文字語音體系。

（二）《訓民正音》及《解例本》

訓民正音分一音節為初聲、中聲、終聲三部分，異於中國傳統聲韻學的聲母、韻母二分法。

〔註8〕《世宗實錄》卷一○三：二月條：集賢殿副提學崔萬理等上書：「……我朝自祖宗以來至誠事大，一遵華制。今為同文同軌之時，創作諺文，有駭觀聽，……若流中國，或有非議之者，豈不愧於事大慕華。」

雖然他們藉此標榜大義名分，然而他們所顧忌的重點非在脫離中國之隸屬，而在性理學之斷絕。此文接着說：「以為二十七字諺文足以立身於世，何須苦心勞思窮性理之學哉。……厭舊喜新，古今通患……」

實是這些迂儒患了「厭新喜舊」的毛病。他們認為「實無所據」是諺文之弊，而未曾就諺文本身來批評。世宗不奈崔萬理、鄭昌孫等儒臣之堅決反對，把他們監禁於義禁府，而後頒布正音，翌日釋放。

〔註9〕李崇寧《洪武正韻釋訓의研究》120 頁。

初聲〔註10〕十七字，中聲〔註11〕十一字，終聲〔註12〕復用一部分初聲字。

《訓民正音》全文抄錄於下〔註13〕：

ㄱ	牙音	如「君」字初發聲
	並書	如「虯」字初發聲
ㅋ	牙音	如「快」字初發聲
ㆁ	牙音	如「業」字初發聲
ㄷ	舌音	如「斗」字初發聲
	並書	如「覃」字初發聲
ㅌ	舌音	如「吞」字初發聲
ㄴ	舌音	如「那」字初發聲
ㅂ	唇音	如「彆」字初發聲
	並書	如「步」字初發聲
ㅍ	唇音	如「漂」字初發聲
ㅁ	唇音	如「彌」字初發聲
ㅈ	齒音	如「即」字初發聲
	並書	如「慈」字初發聲
ㅊ	齒音	如「侵」字初發聲
ㅅ	齒音	如「戌」字初發聲
	並書	如「邪」字初發聲
ㆆ	喉音	如「挹」字初發聲
ㅎ	喉音	如「虛」字初發聲
	並書	如「洪」字初發聲
ㅇ	喉音	如「欲」字初發聲
ㄹ	半舌音	如「閭」字初發聲
△	半齒音	如「穰」字初發聲

〔註10〕《初聲解》：「正音初聲，即韻書之字母，聲音由此而生。」

〔註11〕《中聲解》：「中聲者，居字韻之中，合初終而成音。」「字韻之要，在於中聲。」

〔註12〕《終聲解》：「終聲者；承初中而成字韻。」

〔註13〕首幾句「國之語音……」已經引於前，故此省。

．	如「吞」字中聲
一	如「即」字中聲
｜	如「侵」字中聲
ㅗ	如「洪」字中聲
ㅏ	如「覃」字中聲
ㅜ	如「君」字中聲
ㅓ	如「業」字中聲
ㅛ	如「欲」字中聲
ㅑ	如「穰」字中聲
ㅠ	如「戌」字中聲
ㅕ	如「彆」字中聲

終聲復用初聲，○連書唇音之下，則為唇輕音。初聲合用則並書，終聲同。．一ㅗㅜㅛㅠ附書初聲之下；｜ㅏㅓㅑㅕ附書於右。凡字必合而成音。左加一點則去聲；二則上聲；無則平聲；入聲加點同而促急。

本文中，未解釋字與字的關係以及其音韻規則。《訓民正音解例》中有比較詳細的解釋，《訓民正音解例》是鄭麟趾等集賢殿學士八人於正統十一年九月（1446）奉命而著的〔註14〕。

（三）內　容

依《訓民正音解例》〔註15〕，訓民正音是世宗所親制。他創制了二十八字、並書六字、及二個語音上的記號：使唇音變為輕唇的「○」（例如ㅸㅹㅱ）與表示聲調之不同的「點」。這三十四個字也都可以用來表朝鮮漢字音。

其中初聲五字與中聲三字成為制字之本。五個初聲字各代表口腔內發音部位的形狀〔註16〕。中聲三字各代表天、地、人之三才〔註17〕，說其字形為「象

〔註14〕崔恒、朴彭年、申叔舟、成三問、姜希顏、李塏、李善老等七人和鄭麟趾。

〔註15〕《訓民正音解例》分為《制字解》、《初聲解》、《中聲解》、《終聲解》、《合字解》、《用字例》之六部分。前附《訓民正音》本文，後附鄭麟趾序文。

〔註16〕《制字解》:「牙音ㄱ象舌根閉喉之形，舌音ㄴ象舌附上腭之形，唇音ㅁ象口形，齒音ㅅ象齒形，喉音○象喉形。」

〔註17〕《制字解》「．舌縮而聲深，天開於子也，形之圓，象乎天也。一舌小縮而聲不深

形而字倣古篆」（鄭麟趾序文）。《解例》對此基本八字的解釋及其音值如下：

字　母	音　值	字形解釋	發音部位
ㅁ	m	口形	脣
ㄴ	n	舌附上腭之形	舌
ㅅ	s	齒形	齒
ㄱ	k	舌根閉喉之形	牙
ㅇ	·	喉形	喉
·	ʌ	形之圓象乎天	
―	ɨ	形之平象乎地	
｜	i	形之立象乎人	

　　以上八字的制字理論是以當時中國音韻學及當代理學思想為背景。世宗以中國音韻學與理學作訓民正音制字理論根基的理由，大約不出於兩種範圍：除世宗對音韻學的造詣之外，另一主要原因是朝鮮建國以來標榜的立國意識為儒學，特別是高麗末葉傳入的朱子性理學。世宗早已預料到訓民正音必會遭受保守儒臣的反對，為了安撫他們，在理論上儘量引用理學思想、以古為本，並以中國傳統音韻學作背景〔註18〕。

　　三十四字可以減成此八字，換言之，此八字以外所有的字皆從此八字上加劃或合用而成。《訓民正音解例》載五十五個不同字（包括基本八字）：初聲二十四、中聲三十一，其中中聲「ㆎ·〔iʌ〕」、「ㅢ〔i ɨ〕」以及初聲「ㆀ（ㅇ〔·〕之並書）」三字在文字結構上可以成立，然而國語實際音卻無此音〔註19〕。中聲「ㆉ」、「ㆌ」、「ㆅ」、「ㆊ」、「ㅙ」、「ㆋ」六字，國語實無其音。因為《解例》作者之語言觀念上，國語音與漢字音之間並沒有任何的區別，而同為我

　　　不淺，地闢於丑也，形之平，象乎地也。ㅣ舌不縮而聲淺，人生於寅也，形之立，象乎人也。」

〔註18〕崔萬理疏文曰：「儻曰諺文皆本古字，非新字也，則字形雖倣古篆文，用音合字盡反於古，實無所據。」由此可知保守派的批評重點。世宗答疏曰：「且汝知韻書乎。四聲七音字母有幾乎。若非予正其韻書，則伊誰正之。」

〔註19〕《合字解》：「·一起ㅣ聲，於國語無用。兒童之言、邊野之語或有之。當合二字而用，如ㄱㅣ〔kjʌ〕、ㄱㅢ〔kjɨ〕之類，其先縱後橫，與他不同。」

　　　「ㆀ」字在《合字解》中見一例，但本文並書中未見，不能當做獨立的音韻。

　　　（據金完鎮《國語音韻體系의研究》53頁～54頁）。

們的語音，所以國語中雖然沒有此六字的用例，他們卻用這六字標所謂「《東國正韻》式漢字音」以及中國音（三合元音）。[註20]

（四）音　值

初聲二十三字的字形及音值[註21]

基本字		加劃字		並書字	
字形	音值	字形	音值	字形	音值
ㅁ	m	ㅂ	p	ㅃ	p'
		ㅍ	p'		
ㄴ	n	ㄷ	t	ㄸ	t'
		ㅌ	t'		
		ㄹ	r		
ㅅ	s	△	z	ㅆ	s'
		ㅈ	ts		
		ㅊ	ts'		
ㄱ	k	ㅋ	k'	ㄲ	k'
○	·	ㆁ	ŋ		
		ㆆ	ʔ		
		ㅎ	x		

據《訓民正音解例・制字解》，可以圖示初聲與七音清濁的關係：

七音＼清濁	唇音	舌音	齒音		牙音	喉音	半舌音	半齒音
全清	ㅂ	ㄷ	ㅅ	ㅈ	ㄱ	ㆆ		
次清	ㅍ	ㅌ		ㅊ	ㅋ	ㅎ		
全濁	ㅃ	ㄸ	ㅆ	ㅉ	ㄲ	ㆅ		
不清不濁	ㅁ	ㄴ			ㆁ	○	ㄹ	△

〔註20〕河野六郎《再び東國正韻に就いて》460 頁中說：「訓民正音成立過程中，以漢字音作其音素分析的材料。」當時人不分國語音和朝鮮漢字音。所謂「《東國正韻》式漢字音」非指當時實際的朝鮮漢字音，而指加入人為成分的《東國正韻》中的漢字音。

〔註21〕《制字解》：「ㅋ比ㄱ聲出稍厲，故加畫。ㄴ而ㄷ；ㄷ而ㅌ；ㅁ而ㅂ；ㅂ而ㅍ；ㅅ而ㅈ；ㅈ而ㅊ；○而ㆆ，ㆆ而ㅎ，其因聲加畫之義皆同。而唯ㆁ為異。半舌音ㄹ、半齒音△亦象舌齒之形而異其體，無加畫之義焉。」可知他們乃依其發音方式制之。

全濁初聲六字，除「ㆅ」外，皆是全清的並書字，《制字解》謂：「以全清之聲凝，則為全濁也。」這些全濁字全用於朝鮮漢字音韻書《東國正韻》〔註 22〕中表示濁聲母。然而當時實際語音系統裡並沒有濁聲母。目前的定論認為此乃由於人為之結果。此種並書字除用於漢字音及中國音標音之外，用得極少，實即代表「重音」，而無所謂清濁。「ㆆ [ʔ]」字不出現於《訓民正音解例．用字例》，而且除世宗世祖時，出現在文獻中，以「ㅭ [l^{ʔ}]」之形用作動詞語尾的少數用例之外，國語音無。此字是專為《東國正韻》等漢字音標影母而設的。

中聲二十九字的制字理論載於《中聲解》。二十六字皆由基本三字組合而成。其合字方法可分為四類：

1、「・」加於「一」之上下；「・」加於「ㅣ」之左右，共八字〔註 23〕。

2、「ㅣ」加於「・」、「一」及上類所產生的八個字右側（ㅣ加於·右側者，·位於ㅣ的左方作·ㅣ，與前類·靠近於ㅣ之左方作·ㅣ者不同。），共十字〔註 24〕。

3、第一類所產生的八字中，「同出」之兩字相合者，共四字〔註 25〕。

4、第三類所產生的「二字中聲」右邊加「ㅣ」，共四字〔註 26〕。

中聲二十九字的字形與音值如下〔註 27〕：

〔註 22〕據俞昌均《東國正韻研究》，《東國正韻》在世宗 26 年 2 月（1444）着手。世宗 29 年 9 月完成（據《世宗實錄》卷一七七）。

〔註 23〕《制字解》：「此下八聲，一闔一闢，ㅗ與・同而口蹙，其形則・與一合而成，取天地初交之義也。ㅏ與・同而口張，其形則ㅣ與・合而成，取天地之用，發於事物，待人而成也。ㅜ與一同而口蹙，其形則一與・合而成，亦取天地初交之義也。ㅓ與一同而口張，其形則・與ㅣ合而成，亦取天地之用，發於事物，待人而成也。ㅛ與ㅗ同而起於ㅣ；ㅑ與ㅏ同而起於ㅣ；ㅠ與ㅜ同而起於ㅣ；ㅕ與ㅓ同而起於ㅣ。ㅗㅏㅜㅓ始於天地，為初出也。ㅛㅑㅠㅕ起於ㅣ而兼乎人，為再出也。」

〔註 24〕《中聲解》：「一字中聲之與ㅣ相合者十：ㆎㅢㅚㅐㅟㅔㆉㅒㆌㅖ，是也。」

〔註 25〕《中聲解》：「二字合用者；ㅗ與ㅏ同出於・，故合為而ㅘ；ㅛ與ㅑ又同出於ㅣ，故合而為ㆇ，ㅜ與ㅓ同出於一，故合而為ㅝ；ㅠ與ㅕ又同出於ㅣ，故合而為ㆊ。」

〔註 26〕《中聲解》：「二字中聲之與ㅣ相合者四：ㅙ ㅞ ㆈ ㆋ，是也。」

〔註 27〕並參考李崇寧，《音韻論研究》321～464 頁《十五世紀의母音體系와二重母音의 Kontraktion 的發達에對하여》，465～518 頁《國語의 Hiatus 와字音發達에對하여》。韓金完鎮，《國語音韻體系의研究》1～64 頁《母音體系의研究》。S.B.Cho，*A Phonological Study of Korean* p311～347 *GRAPHEMICS*。

基本字		1		2		3		4	
字形	音值	字形	音值	字形	音值	字形	音值	字形	音值
·	ʌ	ㅗ	o	·ㅣ	ʌj	ㅘ	wa	ㅙ	waj
一	ɨ	ㅜ	u	ㅢ	ij	ퟅ	jwa	ㅞ	wəj
		ㅏ	a	ㅚ	oj	ㅝ	wə	ꥶ	jwaj
		ㅓ	ə	ㅐ	aj	ꥴ	jwə	ꥵ	jwəj
ㅣ	i	ㅛ	jo	ㅟ	uj				
		ㅠ	ju	ㅖ	əj				
		ㅑ	ja	ꚋ	joj				
		ㅕ	jə	ㅒ	jaj				
				ꥳ	juj				
				ㅖ	jəj				

依終聲解，終聲為承初、中聲而成字韻。終聲雖復用初聲字，然而「ㄱ、ㆁ、ㄷ、ㄴ、ㅂ、ㅁ、ㅅ、ㄹ」八字已足用〔註28〕。

訓民正音聲調是在字的左側加「點」表示。依《訓民正音》本文，去聲一點；上聲二點；平聲無點；入聲加點與平上去同而促急。《解例·合字解》說明說，諺文之入聲無定，或似平聲，或似上，似去聲，其加點與平上去同〔註29〕。《合字解》接着說明平上去入聲：

平聲安而和，春也，萬物舒泰。上聲和而舉，夏也，萬物漸盛。

去聲舉而壯，秋也，萬物成熟。入聲促而塞，冬也，萬物閉藏。

《訓民正音諺解》註〔註30〕云：「去聲高；上聲則初低終高；平聲則低；入

〔註28〕「ㅿ〔z〕」字作終聲者，當時文獻中曾出現幾例，可以算作例外。

〔註29〕《解例·合字解》：「諺語平上去入，如활為弓，而其聲平；:돌為石，而其聲上；·갈為刀，而其聲去，붇為筆，而其聲入之類。凡字之左加一點為去聲；二點為上聲，無點為平聲。而文之入聲與去聲相似，諺之入聲無定，或似平聲如긷為柱，넙為脅；或似上聲如:낟為穀，:김為繒；或似去聲如·몯為釘，·입為口之類，其加點則與平上去同。」

〔註30〕《訓民正音諺解》附於《月印釋譜》前。很可能成於世宗時。（據李基文《國語史概說》106頁）

聲則倏爾即止。」《訓蒙字會》〔註31〕凡例亦有類似的說明，由此可以知道去聲為高調，平聲為低調，上聲為低高調，入聲在國語調值上不能成為一調，我們可以歸納訓民正音的聲調為高調與低調二類〔註32〕。

第二節　《洪武正韻譯訓》的編撰背景

（一）編撰動機

世宗創制訓民正音之後，立刻敕令集賢殿學士等士臣，修撰韻書或翻譯中國韻書，皆以訓民正音標音。二十五年十二月創制訓民正音後，緊接着著手編譯《韻會》、《洪武正韻》、《四聲通攷》、《東國正韻》等韻書。以剛制定的文字來編一本韻書，或標正確的中國音並不容易。《洪武正韻譯訓》序云：「凡謄十餘藁，辛勤反復，竟八載之久。」，可以為證。

由於世宗對中國音韻學之造詣〔註33〕與《洪武正韻》修撰之理論背景〔註34〕，使得世宗能夠積極修撰、傳譯韻書。如此急遽地諺譯韻書的目的，在普及新完成之訓民正音，更進一步，要用標準化的韻書正音字，把中國文化的媒介——漢文書籍翻成訓民正音，好讓愚民也能學習。申叔舟《東國正韻》序中說：

> 書契既作，聖人之道載諸方策，欲究聖人之道，當先文義，欲
>
> 知文義之要，當自聲韻，聲韻乃學道之權輿也。

就是說聲韻之功用在「究聖人之道」，「聖人之道」即指漢文化。於是世宗先

〔註31〕朝鮮崔世珍著此書於一五二七年。朝鮮人學習漢字必讀的初級課本。

〔註32〕參見李基文《國語音韻史研究》141～153 頁。

〔註33〕《譯訓》序：「我世宗莊憲大王留意韻學窮研底蘊。」

〔註34〕王力《中華音韻學》505 頁～513 頁說，《洪武正韻》不是一地之音，而是許多方音的雜糅。

《洪武正韻凡例》云：「天地生人，即有聲音，五方殊習，人人不同，鮮有能一之者。如吳楚傷於輕浮，燕薊失於重濁，秦隴去聲為入，梁益平聲似去，江東河北取韻又遠。」明太祖為了造出「五方之人皆能通解」的「正音」，敕令編撰《洪武正韻》。其目的在於改正所謂「傳訛」之音，而統一語言。世宗亦認為可以依中國音韻學知識整理朝鮮漢字音，遂成《東國正韻》。

參考俞昌均《東國正韻研究》第六章，李崇寧《洪武正韻譯訓의研究》。

力行諺解（翻譯成諺文，即訓民正音）韻書，打好諺解漢文經籍之基礎。接著世祖〔註35〕、成宗時出了許多佛經諺解以及《三綱行實圖》、《分類杜工部詩諺解》等。至中宗、宣祖（十六世紀初葉至十六世紀末）刊行許多經籍諺解〔註36〕。以訓民正音文字寫的最早的作品《龍飛御天歌》〔註37〕著作目的不出二點：實驗及誇示訓民正音之效能，和趁此讚揚王朝祖宗六祖的聖德。同樣地，世宗著手編譯諸韻書，亦期收雙重效果：一面可以發揮訓民正音之威力，以求諸儒承認「諺文」地位，以便推行；一面可以使文人學習改正中國音韻及朝鮮漢字音。《洪武正韻譯訓》正是基於這兩種目的而著手完成的。

　　《洪武正韻》頒行不久，明太祖知道其未盡善，命士臣再校（據《四庫全書提要》卷四十二）。從這記載，我們可以推想當時世宗也一定知道《洪武正韻》含有許多問題，不為文人所喜用的事實。然而世宗為何選這部韻書加譯訓？《洪武正韻》為明朝諸臣奉敕編撰的所謂欽定韻書，朝鮮未敢捨此而取彼的政治上理由也好，世宗的語言思想及政策符合《洪武正韻》修撰理論背景的理由也好，都只能成為消極的背景而已。其重點還是在推行訓民正音。以「風聲鶴唳、雞鳴狗吠，皆可得而書」的拼音文字正音來代替不完備的《洪武正韻》反切，可以補其反切之不足，也可以表現「舉口得音，不差毫釐」的拼音文字訓民正音之實用性。世宗選《洪武正韻》之主要理由即在於此。由反切的缺點更加襯托訓民正音在標音上的長處。《譯訓》序說的好：

　　　　今以訓民正音譯之，聲與韻諧，不待音和、類隔、正切、回切
　　之繁且勞，而舉口得音，不差毫釐，亦何患乎風土之不同哉。

　　故不辭眾多困難而選《洪武正韻》，敕令譯訓。

（二）編撰時期及編撰人

　　我們從序文可知《洪武正韻譯訓》刊行時期為明景宗景泰六年仲春（朝鮮端宗三年 1455）。但是對著手時期一無所載，眾說紛紛，無法確定。《譯訓》序

〔註35〕世祖（世宗之子）設刊經都監，以《楞嚴經諺解》為首，陸續刊行《妙法蓮華經諺解》、《金剛經諺解》、《佛說阿彌陀經諺解》、《圓覺經諺解》等佛經。朝鮮政策為崇儒斥佛，世宗、世祖由於個人信仰，佛教似乎一時復興。

〔註36〕《續三綱行實圖》、《翻譯小學》、《千字文》、《小學諺解》、《大學諺解》、《中庸諺解》、《論語諺解》、《孟子諺解》、《孝經諺解》。

〔註37〕世宗 29 年刊（1447），共十卷。

有如此的記載：

> 凡謄十餘藁，辛勤反復，竟八載之久，而向之正固缺者，似
> 益無疑。文宗恭順大王自在東邸，以聖輔聖，參定聲韻，及嗣寶
> 位，命臣等及前判官臣魯參、今監察臣權引、副司直臣任元濬重
> 加讐校。

可知著手經八年，至文宗時完成，再加校勘，至一四五五年始刊行。幸好我們
可得《世宗實錄》卷一○七的記載：

> 遣集賢殿副修撰申叔舟、成均注簿成三問、行司勇孫壽山于遼
> 東質問韻書。（世宗 27 年乙丑正月辛己條）

此文符合《譯訓》序文中：「語音既異，傳訛亦甚，乃命臣等就正中國之先生
學士，往來至于七、八，所與質之者若干人……」還有《海東雜錄》卷四成
三問條云：

> 乙丑春，上有意大正聲韻，聞中朝翰林學士黃瓚有文學，謫遼
> 陽，命先生叔舟往取正，成先生亦得與為。

李坡所著《申叔舟墓誌》（載於《保閑齊集》）云：

> 時適翰林學士黃瓚以罪配遼，乙丑春，命公隨入朝使臣到遼見
> 瓚質問，公諺字翻華音，隨問輒解，不差毫釐，瓚大奇之，自是往
> 返遼東凡十三度。

朴彭年《務本齋詩卷序》中云：

> 今年春，申泛翁與成納翁二君子至遼東、謁黃翰林瓚講論洪武
> 韻，得中華之正音。

這更讓我們知道一四四五年乙丑正月已開始諺譯《洪武正韻》。從這些資料，
我們可以推知著手時期不會早於創制訓民正音之年代，一四四三年十二月，
也不會遲於一四四五年正月。過了八年，至文宗時（在位期間 1450 年 2 月至
1452 年 5 月）大致完成。然後重加勘校，於端宗即位後「亟命印頒」，故申
叔舟奉命（曾受命於文宗）作序「以識顛末」〔註38〕。直到端宗三年（1455）

〔註38〕《譯訓》序：「恭惟聖上即位，亟命印頒，以廣其傳，以臣嘗受命於先王，命作序；
　　　　以識顛末。」

始刊行此「浩穰」之《洪武正韻譯訓》。

《世宗實錄》卷一〇三，二十六年二月條：

> 丙申命集賢殿校理崔恒、副校理朴彭年、副修撰申叔舟、李善
> 老、李塏、敦寧府注簿姜希顏等，詣議事廳，以諺文譯韻會。東宮
> 與晉陽大君瑈、安平大君瑢監掌其事。皆禀睿斷，賞賜稠重，供億
> 優厚矣。

「以諺文譯韻會」之句頗引起諸家爭論。或以為指修輯《東國正韻》一事而
言〔註39〕；或即認為「韻會」是一般韻書之通稱，在此專指《洪武正韻》，而
此即《洪武正韻》譯訓之始〔註40〕；有的又以為本是《古今韻會》的諺譯計劃，
中途轉變為諺譯《洪武正韻》〔註41〕，共有三種不同意見，我讚成俞昌均先生
的意見。俞昌均《東國正韻研究》四十五頁說：「《東國正韻》之底本就是《古
今韻會舉要》。《東國正韻》是以訓民正音標《古今韻會舉要》的反切，以求
實現我們的音，而標音後依他們所想的韻學體系來改變的。……最近以《古
今韻會舉要》為底，把《東國正韻》殘缺部分能夠完全復原之事，更證實。」
俞昌均提出另一證據說，《洪武正韻譯訓》在體裁上並不符合於崔萬理等疏文
（1444年2月20日）內容「輕改古人已成之韻書，附會無稽之諺文。」之說。
《譯訓》未改編《正韻》的體裁，只是加上訓民正音標音，《東國正韻》才是
這疏文批評對象。

我們不妨說世宗二十六年二月翻譯《韻會》之事為修撰《東國正韻》第
一階段。參加「以諺文譯韻會」的人：崔恒、朴彭年、申叔舟、李善老、李
塏、姜希顏與《東國正韻》序所載的編撰人完全相符，所以這事實更確鑿不

〔註39〕河野六郎《東國正韻及び洪武正韻譯訓に就いて》一三三頁。

　　　　俞昌均《東國正韻研究》（研究篇）四四頁。

　　　　李東林《東國正韻研究》八頁。

〔註40〕姜吉云《世宗朝의韻書刊行에對하여》七四頁（《陶南趙潤濟博士回甲紀念論文集》）

　　　　他認為其「韻會」指《洪武正韻》與《東國略韻》。

　　　　朴炳采《洪武正韻譯訓의板本에對한考察》五六頁。

　　　　「韻會」為《洪武正韻》。

〔註41〕李崇寧《洪武正韻譯訓의研究》一二二頁。

移〔註42〕。這說法在解釋方法上也佔優勢，因為我們可以不必太遷就文字，更不需要牽強附會說「韻會」就是「韻書」之通稱。於是我們籠統一點兒的話，也可以說《洪武正韻譯訓》與《東國正韻》是同時着手的。

關於參加修撰《譯訓》的人，在其序文中明列：

> 首命譯《洪武正韻》，令今禮曹參議臣成三問、典農少尹臣曹變
> 安、知金山郡事臣金曾、前行通禮門奉禮郎臣孫壽山及臣叔舟等，
> 稽古證閱，首陽大君諱、桂陽君臣璔監掌出納而悉親臨課定。

可知編撰者為申叔舟、成三問、曹變安、金曾、孫壽山五人。監掌出納者為首陽大君、桂陽君二人，同文中說：

> 及嗣寶位，命臣等及前判官臣魯參、今監察臣權引、副司直臣
> 任元濬，重加讎校。

文宗時重加讎校者有申叔舟等五人外，再加魯參、權引、任元濬等三人。

（三）體　裁

《洪武正韻譯訓》將重新勘校的資料加以編排。其體裁及形式，在序文中亦有說明：

> 夫《洪武韻》用韻併析，悉就於正，而獨七音先後不由其序。
> 然不敢輕有變更，但因其舊，而分入字母於諸韻各字之首，用訓民
> 正音以代反切〔註43〕。其俗音及兩用之音，又不可以不知，則分注
> 本字之下。若又有難通者，則略加註釋以示其例。

《譯訓》除稍加增添外，體裁上與《洪武正韻》全同，共十六卷八冊。《譯訓》加三十一字母（陰刻字）於每小韻字前，字母下加訓民正音標音。如當

〔註42〕河野六郎在《東國正韻及び洪武正韻譯訓に就いて》說，從崔世珍《韻會玉篇》
序中可以知道朝鮮時盛行的中國韻書有《洪武正韻》、《禮部韻略》、《韻會》之三
種。其中，《正韻》為近代音韻書；《禮部韻略》供詩人查聲律之用；而《韻會》
才是《東國正韻》所據的底本。河野氏還舉出《韻會》與《東國正韻》韻目分合
相同來證明其關係。他主張世宗為了訂正漢字音，命諺譯《韻會》，但是《韻會》
反切與朝鮮漢字音之間有不少牴觸之處，遂改變其方法，以《韻會》為底，編不
同體裁的朝鮮漢字音韻書，名曰《東國正韻》。

〔註43〕「以代反切」為代反切「作用」，非代反切之「位置」。《正韻》之反切仍存。

時中國讀音與《正韻》反切不同，即以「俗音」之名，逐字注其今音於反切之下。由於中國與朝鮮語音系統之懸殊，訓民正音標音有時無法詳盡中國音，即序文所說：「若又有難通者」時，略加註釋於其反切下，說明其發音方法。例如：

> 透・태〔taj〕泰他蓋切，韻內中聲ㅏ〔a〕音諸字其聲稍深，宜讀以ㅏ〔a〕、・〔ʌ〕之間，唯脣音正齒音直以ㅏ〔a〕呼之。韻中諸字中聲同，說見皆韻。（去聲六泰韻透母）

《洪武正韻》把中古疑母字入喻母之處，《譯訓》則在疑母首字之下加「古韻ㅇ〔ŋ〕母，下同」之註釋。若《洪武正韻》將喻母與疑母字相鄰而中隔以圈，《譯訓》則去其圈使之合併。其他《正韻》相鄰的同母字，如有圈分開者，亦合之，顯然《譯訓》也作了校勘的工作。不過校勘得不甚徹底，蓋由於其「不敢輕有變更，但因其舊」的基本態度所使然。

今傳《洪武正韻譯訓》不全：有全佚的部分；也有訓民正音標音被剪除塗去的部分，其缺損狀況如下：

全佚：第一冊卷一 ⎤ 一東 二支 三齊 四魚 五模
　　　　　　卷二 ⎦ 六皆 七灰

剪除：第二冊卷三 　八真中十四個訓民正音字

塗去：第四冊卷七 ⎤ 一董二紙三薺四語五姥六解
　　　　　　卷八 ⎦ 七賄八軫九旱十產十一銑，共二七一字訓民正音字（卷八存二字）

　　　　　　卷八 　俗音四字 （以上全毀）

　　第二冊卷三 ⎤ 共二十五字
　　　　　　卷四 ⎦ 可以辨別字形

　　　　　　卷七 ⎤ 共四十字
　　　　　　卷八 ⎦ 不易辨別字形（以上部分毀）

如復原殘缺部分，則卷首的內容及次序應該大致如此〔註44〕：

〔註44〕參考李崇寧《洪武正韻譯訓의研究》一三二至一三三頁，朴炳采《洪武正韻譯訓의板本에對한研究》p23～24，河野六郎《東國正韻及び洪武正韻譯訓に就いて》p589～590。

1. 四聲通攷〔註45〕

2. 洪武正韻譯訓序（申叔舟）〔註46〕

3. 洪武正韻序（宋濂）

4. 洪武韻三十一字母圖〔註47〕

5. 洪武正韻譯訓凡例〔註48〕

6. 洪武正韻凡例

7. 洪武正韻目錄

現今已有復原殘缺部分的研究著作〔註49〕。

第三節　《譯訓》與當時相關韻書

（一）概　說

據陸法言《切韻》序，六朝始有韻書。韓國最早於高麗末葉忠烈王二十六年（1300）覆刻了《新刊排字禮部韻略》五卷〔註50〕。於是我們可以推知中國韻書為一三〇〇年前，早已傳到高麗，但是沒有其他歷史上記載，直至朝鮮初

〔註45〕《譯訓》序云：「且以世宗所定四聲通攷，別附之頭面，復著凡例，為之指南。」俞昌均在《蒙古韻略과四聲通攷의研究》中說「世宗所定」，非指世宗親製，而可以解釋為「欽定」。「四聲通攷」性質似乎《譯訓》之索引。（p153～154）但李崇寧（前引書）認為序文中「四聲通攷」為「有關五聲體系的舊韻書上下平合為平聲，而成為四聲體系的此韻書修撰態度的序文。」河野六郎（前引書）說，這是有關七音、韻母的圖表，用以表示諺解中國音之原則。

〔註46〕載於李坡所著《保閑齋集》卷15《申叔舟文集》。

〔註47〕附於《四聲通解》。

〔註48〕附於《四聲通解》後的《四聲通攷》凡例十條即為《譯訓》凡例。《四聲通攷》凡例與《譯訓》內容完全相合，且《四聲通解》凡例第二十條云：「鄉漢字音則例今不盡贅消，得並考洪武韻凡例及二書輯覽翻譯凡例，然後庶得分曉其訣法也。」《洪武韻》凡例即指《四聲通攷》凡例。（據李崇寧、朴炳采、河野六郎）

〔註49〕鄭然粲，《洪武正韻譯訓의研究》。朴炳采，《原本洪武正韻譯訓의缺本復原에關한研究》。

〔註50〕小倉進平，《增訂朝鮮語學史》p479。據姜信沆《韓國의禮部韻略》，此《新刊排字禮部韻略》及後來朝鮮所刊行的《禮部韻略》都是106韻，可知其藍本為王文郁的平水《新刊韻略》，即所謂「平水韻」。

太宗十二年壬辰八日記載中才出現「大廣益會玉篇」、「五音指掌圖」、「廣韻」等書名〔註51〕，《世宗實錄》卷六元年己亥十一月條提及「韻會」〔註52〕。《世宗實錄》卷二十八天順六年壬午六月癸酉條提及《禮部韻略》與《洪武正韻》〔註53〕。《譯訓》序、《東國正韻》序也分別提及《蒙古韻略》、《切韻指掌圖》、《皇極經世聲音唱和圖》等〔註54〕。由此可以推知世宗諺解《洪武正韻》前，已擁有自中國傳入的上述幾種韻書及韻圖。

《東國正韻》是朝鮮人親自編撰的今存最古的韻書。《太宗實錄》（按：太宗為朝鮮第三代皇帝）卷二十八（十四年十一月）雖有「命印左議政河崙撰進《東國略韻》，頒諸中外。」之記錄，而關於「東國略韻」，後來一無所見，無法證明其存在及內容。

（二）《東國正韻》

《東國正韻》著成時期為朝鮮世宗二十九年九月（1447）〔註55〕。共六卷。訓民正音完成之後，立刻着手翻譯修撰其「調以四聲，定為九十一韻二十三母，以御製訓民正音定其音。」之《東國正韻》。此書與訓民正音有非常密切的關係。李崇寧說：「訓民正音似乎對流布《東國正韻》之改新漢字音，有前哨的義務。」（《世宗의言語政策에關한研究》）。河野六郎在《再び東國正韻に就いて》中說：「我認為他們在訓民正音成立過程中，先選朝鮮漢字音作分析訓民正音音素的材料，……定立二十八個要素文字。而把其結果以訓民正音之名公布，同時使用過的材料朝鮮漢字音再加以整理，而成為《東國

〔註51〕《太宗（世宗之父）實錄》卷二十四：「命史官金尚直取忠州史庫書冊以進，小兒巢氏病源候論，大廣益會玉篇、鬼谷子五臟六腑圖、新彫保重秘要、廣濟方陳郎藥名詩、神農本草圖、本草要括、五音指掌圖、廣韻、經典釋文、國語、爾雅、白虎通、……」

〔註52〕上王召趙末生元肅語曰：「今日鵂鶹來鳴，吾以為怪，然離宮避居自古而然，韻會繹鶹字：鶹鳥名也，鳴則凶，吾欲避居。」

〔註53〕禮曹啟，在先科舉時，只用禮部韻，請至今兼用洪武正韻，譯科並試童子習從之。

〔註54〕蒙古韻與黃公紹韻會入聲亦不用終聲，何耶。（《譯訓》序）
溫公著之於圖，康節明之於數，探賾鉤深，以一諸說。（《東國正韻》序）

〔註55〕《世宗實錄》卷一〇七29年丁卯9月：是月東國正韻成，凡六卷，命刊行，集賢殿應教申叔舟奉教，序曰……

正韻》。」他們都主張兩者之間有不可分的關係。《東國正韻》二十三母和訓民正音初聲體系完全一致。

　　我們從《東國正韻》序中可以知道編撰動機、目的以及種種背景。申叔舟等當時人皆認為國音分為語音（即國語音）與字音（朝鮮漢字音），語音與中國音相異，而字音與華音相同。當時字音受語音的影響，譌變漸起。在「若不一大正之，則愈久愈甚，將有不可救之弊。」的顧慮之下，是以有立即着手匡正漢字音之舉。

　　序中說：「本諸廣用之音，恊之古韻之切，字母七音清濁四聲，靡不究其源委，以復乎正。」，則似乎「悉復於古」。其實不然，當時人雖然對語音之演變有些觀念與今人不同，他們認為古音皆是，今音皆非。但是修輯《東國正韻》的態度是古今（正俗）兩方面都顧到的，「旁採俗習」、「因俗歸正」正是說明他們盡量反映俗音於韻書之基本態度。河野六郎說：「《東國正韻》之字音由於人為整理的結果，外表表現出極整齊的體系，卻反而減低資料價值。這標準字音韻書，公布之後非常重用，諺文制定後出的諺文文献字音皆用《東國正韻》的字音。《東國正韻》雖是在制定諺文後的文獻中最古，而幾乎全無資料價值。」〔註56〕《東國正韻》過分遷就中國中古音系統，因此很多地方不合於當時實際漢字音，例如濁聲母等。當時朝鮮漢字音實無濁聲母，然而他們認為：「我們語音其清濁之辨與中國無異，而於字音獨無濁聲，豈有此理。」，而以並書字代表濁聲母〔註57〕。對入聲韻尾 [-t] 在朝鮮漢字音皆變為 [-1] 的現象認為是四聲之變，說：「質勿諸韻，宜以端母為終聲，而俗用來母，其聲徐緩不宜入聲，此四聲之變也。」他們想出補救的方法，即用「以影補來」——ʊ [1ʔ] 來改正其 [-1] 韻尾〔註58〕。這些人為成分的確降低了《東國正韻》的資料價值。

　　但是《東國正韻》字音還是有不少地方顧到實際字音，如序文：「如舌頭舌上、唇重唇輕、齒頭正齒之類，於我國字音未可分辨，亦當因其自然，何必

〔註56〕《朝鮮漢字音の研究》p27（《朝鮮學報》p206）

〔註57〕當時人叫並書字為濁音，《制字解》謂：「全清並書為全濁。」

〔註58〕〔1〕加喉塞音〔ʔ〕之現象，可以說是受當時中國音之影響，也可以說是受《譯訓》之影響，因為《譯訓》入聲的俗音，皆標〔-ʔ〕。

泥於三十六字乎。」，故把為整齊系統而補加或改正的人為成分除去〔註59〕，所剩的部分便可以認為是實際字音。因此《東國正韻》仍是漢字音研究上極重要的資料之一〔註60〕。

　　修撰人有申叔舟、崔恒、成三問、朴彭年、李塏、姜希顏、李善老、曹變安、金曾。其中申叔舟、成三問、曹變安、金曾四人也同時參加編撰《洪武正韻譯訓》。他們為了質正音韻於中國學士，曾往返中國數次，或質正於來朝的明使。他們質正音韻的目的也許著重於編撰《洪武正韻譯訓》。然而《東國正韻》雖是已隨韓國音系改變的朝鮮漢字音韻書，其漢字音的大致情形仍舊在中國中古音範圍之內，而且《東國正韻》編撰理論係取自《洪武正韻》，又以相距一五〇年的《古今韻會舉要》（1297）為底本。因此「質正音韻」之事可以說是《譯訓》與《東國正韻》共同經歷的修撰過程。

　　由於兩者如此密切的修撰背景，雖然一為集朝鮮漢字音之大成，一為記明朝中國音之韻書，修撰目標各不相同，而難免有互相牽連之處〔註61〕。

（三）《四聲通攷》、《續添洪武正韻》、《四聲通解》

　　《四聲通攷》已失傳，《續添洪武正韻》亦僅存上卷一冊，《四聲通解》上下二卷二冊。

　　朝鮮中宗時崔世珍編撰《四聲通解》，序中略提及《四聲通攷》內容。依其序文與附於《四聲通解》後的《四聲通攷》凡例，大體可以知道《四聲通攷》體例。從其序文觀之，世宗命譯《洪武正韻》，然而又覺得《正韻》「浩穰難閱」，故命申叔舟將《洪武正韻》以「類梓諸字，會為一書，冠以諺音，序以四聲，諧之以清濁，系之以字母。」之體裁，加以整理縮減，而賜名曰「四聲通攷」〔註62〕。《四聲通攷》就是把《洪武正韻》的收錄字，刪除註釋，先按字母先後次序編排，再以四聲分。《譯訓》與《四聲通攷》內容上相異處只在註釋之有無。因《通攷》「有音無釋」之缺點，崔世珍以《通攷》體裁，

〔註59〕從《東國正韻》的系統以及其序文等有關記載中，我們可以推知其人為的成分。
　　　　例如，從其序文中可知濁聲母就是人為成分。（據俞昌均《東國正韻研究》p17）

〔註60〕參見俞昌均《東國正韻研究》p17。

〔註61〕參見註58。

〔註62〕河野六郎《東國正韻及び洪武正韻譯訓に就いて》p588～590，認為《四聲通攷》非申叔舟所作。

加上取自《韻會》的字釋〔註63〕，增添《譯訓》所闕的日用字，並去其罕用字，著成《四聲通解》（1517）。

《四聲通攷》編撰動機與《洪武正韻譯訓》「不敢輕有變更、但因其舊」之態度有密切的關係。《譯訓》在名義上不便改動《洪武正韻》的體制。世宗、申叔舟等大音韻學者不甘罷休，而續求拓展自己的理想，乃成為《四聲通攷》。而修補增添《通攷》，且加入十六世紀北方官話音資料的韻書即為《四聲通解》。

最近又發現一部與《洪武正韻》有關的韻書——《續添洪武正韻》上卷，據金完鎮《續添洪武正韻에對하여》一文，此書作者亦為崔世珍，是為修補《洪武正韻》或《譯訓》之缺點而作的。此書與《通解》在內容體裁上極相似，大概是崔世珍先編《續添洪武正韻》，然後以此為本，再編《四聲通解》。二書「俗音」皆抄自《譯訓》，而「今俗音」蓋表示十六世紀初葉中國北方官話音。二書皆可以補正《譯訓》之缺。

第四節　《洪武正韻譯訓》所用的訓民正音

（一）概　說

《譯訓》的目的在為《洪武正韻》或當時中國音作正確的標音，標音所用的文字是異於反切的拼音文字。漢語語音系統與韓語語音系統既然不同，儘管根據中國音韻學的基礎下造出訓民正音，還是需要經過一番修飾，才能標得正確。故用訓民正音無法表達時，必須加注說明發音方法。可見《譯訓》修撰者何等地苦心孤詣。

（二）聲　母

1. 因為訓民正音沒有齒頭音、正齒音之區別，所以為了標《洪武正韻》的這兩套聲母，將訓民正音的齒聲ㅅㅆㅈㅉㅊ加以潤飾，造出二套：齒頭音為ㅅㅆㅈㅉㅊ；正齒音為ㅅㅆㅈㅉㅊ，以資區別〔註64〕。

2. 訓民正音唇音字ㅂㅃㅁ［p　p'　m］下，加一空圈「ㅇ」標非奉微母。

〔註63〕凡例第四條：「故今撰通解亦取韻會註解為釋。」

〔註64〕《譯訓》凡例：「凡齒音，齒頭則舉舌點齒，故其聲淺；整齒則卷舌點腭，故其聲深。我國齒聲ㅅㅈㅊ在齒頭整齒之間，於訓民正音無齒頭整齒之別。今以齒頭為ㅅㅈㅊ；以整齒為ㅅㅈㅊ，以別之。」

《訓民正音》本文中已說明輕唇化的方法:「ㅇ連書唇音之下,則為唇輕音。」,
《制字解》:「以輕音唇乍合而喉聲多也」。也是說輕唇音的發音情形,因此
國語中雖只出現ㅸ,而沒有ㅹ、ㅱ之用例,這些輕唇字並不能當作為了標中
國音而修飾過的字。《翻譯老乞大朴通事》(崔世珍所著)凡例中說明其發音
法:

> 合唇作聲為ㅂ,而曰唇重音,為ㅂ之時,將合勿合吹氣出聲為
> ㅸ,而曰唇輕音。制字加空圈於ㅂ下者,即虛唇出聲之義也。ㅹ、
> ㅱ二母亦同。

因此我們可以知道ㅸ等字為雙唇擦音,異於中國的唇齒擦音。訓民正音當時ㅸ
的音值大致可以說是濁擦音〔β〕,十五世紀中葉以後變為〔w〕。但可以此字標
中國非〔f〕母,同時也可以標日本音〔Φ〕。

《洪武正韻三十一字母之圖》(附於《四聲通解》)並註明其音值

七音 清濁	牙音	舌頭	重唇	輕唇	齒頭	正齒	喉音	半舌	半齒
全清	見 ㄱ k	端 ㄷ t	幫 ㅂ p	非 ㅸ f	精 ㅈ ts	照 ㅈ tʃ	影 ㆆ ʔ		
次清	溪 ㅋ k'	透 ㅌ t'	滂 ㅍ p'		清 ㅊ ts'	穿 ㅊ tʃ'	曉 ㅎ x		
全濁	群 ㄲ g	定 ㄸ d	並 ㅃ b	奉 ㅹ v	從 ㅉ dz	牀 ㅉ dʒ	匣 ㆅ ɣ		
不清不濁	疑 ㆁ ŋ	泥 ㄴ n	明 ㅁ m	微 ㅱ w			喻 ㅇ ·	來 ㄹ l	日 △ ʐ
全清					心 ㅅ s	審 ㅅ ʃ			
全濁					邪 ㅆ z	禪 ㅆ ʒ			

按:全濁聲母用訓民正音並書字;來母用訓民正音ㄹ〔r〕來代表;日母用訓民正音△〔ʐ〕
　　來代表〔註65〕

〔註65〕參考姜信沆《四聲通解研究》p10～12,p45～46之擬音。《翻譯老乞大朴通事》凡
　　　　例:「微母,則作聲似於喻母。」此書蓋成於十六世紀初,但是此項所引的材料為
　　　　《洪武正韻》之例,所以可供參考。姜信沆以微母為〔w〕,喻母為無聲母,符合
　　　　上句的解釋。

（三）韻　母

　　《譯訓》中出現的ᆔ [juj]、ᆑ [jwə]、ᆒ [jwəj] 等音，國語沒有。依制字理論，ᆔ的實際音值是 [jujə]，ᆒ是 [jujəj]，ᆑ是 [jwə]，ᆒ是 [jwəj]。因為在訓民正音制字理論上「ᆔ」、「ᆒ」等字形不能成立，所以用「ᆑ」、「ᆒ」字形來代替「ᆔ」、「ᆒ」音。訓民正音二字合用時，其二字必須是「同出於某」之字：例如：「ㅗ與ㅏ同出於‧，故合而為ᅪ；ㅛ與ㅑ又同出於丨，故合而為ᆄ；ㅜ與ㅓ同出於一，故合而為ᅯ；ㅠ與ㅕ又同出於丨，故合而為ᆑ。以其同出而為類，故相合而不悖也。一字中聲之與丨相合者十：‧丨ㅢㅚㅐㅟㅔㅛㅒㅠㅖ是也。二字中聲之與丨相合者四：ㅙ、ㅞ、ㅙ、ㅖ是也。」（《中聲解》），故出於丨之ㅠ與出於一之ㅓ不相合，不能成立。因此我們討論音韻，有時不能過分遷就字形。

（四）聲　調

　　《洪武正韻譯訓》凡例第十條云：「凡字音四聲，以點別之。平聲則無點；上聲則二點；去聲則一點；入聲則亦一點。」，在字之左側加一點、或二點、或不加點，以表示平上去入四聲。

第三章　《洪武正韻》概說

第一節　產生背景及相關韻書

（一）產生背景

至十四世紀，由於顯著的語音演變，承襲切韻系統的韻書再也無法合於當時實際語音。

切韻（601）以來，以宋朝陳彭年邱雍等奉敕撰的《大宋重修廣韻》（1008）為集韻書之大成。《廣韻》後不久，丁度等奉敕修撰《集韻》（1039）〔註1〕。

據宋王應麟《玉海》，修《廣韻》同時又修撰了《韻略》一書（1007）〔註2〕，實是《廣韻》的刪節本，今佚。以專備禮部科試詩賦之用，鼎鼎大名烜赫一時的《禮部韻略》（1037）就是丁度等據此《韻略》改修的〔註3〕。《禮部韻略》仍

〔註1〕《玉海》卷四十五、二十九：「《景祐集韻》十卷（崇文目有之），景祐四年翰林學士丁度等承詔撰，寶元二年九月書成，上之，十一日進呈放行。」

〔註2〕《玉海》卷四十五、二十六：「書目《韻略》五卷，景德四年，龍圖待制戚綸等承詔詳定考試聲韻，綸等與殿中丞邱雍所定切韻同用獨用例及新定條例參定。案崇文目雍撰《韻略》五卷，略取切韻要字，備禮部科試。」《玉海》卷四十五、二十六：「《景祐禮部韻略》五卷，丁度等承詔重修四聲韻類二卷。」

〔註3〕戴震《聲類考》第二卷：許觀東齋記事曰：「景祐四年，詔國子監以翰林學士丁度所修撰《禮部韻略》頒行，其韻窄者凡十三處，許令附近通用。」

是沿襲切韻系韻書系統而來的，只是為了補救與當時語音乖違現象，把《廣韻》「同用」的範圍加以擴大——就在《廣韻》上再增添十三處「通用」。這也就是《廣韻》、《韻略》與《禮部韻略》相異之處〔註4〕。同年丁度承詔刊修《廣韻》。至於寶元二年九月（1039）完成的《集韻》是因為《廣韻》多用舊文、繁略失當而修訂的。清戴震《聲類考》卷二云：

> 《廣韻》、《韻略》為景祐祥符詳略二書，粵三十一年為景祐四
> 年更，刊修《韻略》改稱《禮部韻略》；刊修《廣韻》改稱《集韻》，
> 《集韻》成於《禮部韻略》頒行後二年，是為景祐寶元間詳略二書。
> 獨用同用例非復切韻之舊，次第亦稍有改移矣。

《禮部韻略》經過後人幾次增訂，今傳本為紹興三十二年（1162）毛晃、毛居正父子所撰的《增修互註禮部韻略》五卷與未著撰者的《附釋文互註禮部韻略》〔註5〕。

　　十二世紀初開始打破《廣韻》二〇六韻之羈絆而歸併「同用」、「通用」之韻部。《五音集韻》將《廣韻》的開合、等第相同的同用之韻併成為一百六十韻，開了此後歸併韻部的先河。南宋末葉江北平水劉淵所著《壬子新刊禮部韻略》（1252）為一〇七韻。王文郁《新刊韻略》、元陰時夫《韻府群玉》皆為一〇六韻。黃公紹熊忠《古今韻會舉要》（1297）依據劉淵《壬子新刊禮部韻略》分為一〇七韻。《韻會》〔註6〕雖襲用傳統的形式，但超出韻書韻圖之藩籬，能夠表現出宋末元初的語音系統。誠如董同龢先生在《漢語音韻學》一九一頁所形容「在舊瓶子裡裝新酒」。

　　《韻會》即使符合於宋末元初的語音系統，而元初至明初之間約有七、八十年之距離，再加上使用不同語言的異民族蒙古人之侵佔統治，在語音上必會發生劇烈的變化。因此明初已不能再繼續用《禮部韻略》、《古今韻會》等舊瓶子，需要更換新瓶子，以便裝新酒。當此之際，《洪武正韻》便應運而

〔註4〕毛晃《增修互註禮部韻略》與《廣韻》不同處詳見《音學五書》（顧炎武）第一冊《音論》卷上 p16～18。

〔註5〕《附釋文互註》本今有二種板本：郭守正《重修本》景定甲子（1264）和《鐵琴銅劍樓藏本》《續古逸叢書》之二四宋紹定本。

〔註6〕鄭再發《蒙古字韻跟跟八思巴字有關的韻書》p24：「熊忠《韻會舉要》可以叫黃公紹《韻會》。」

生了。

　　明初官修的《洪武正韻》在產生背景上富有政治性因素。據其序，太祖對這部書修撰之事異常熱心，親自閱看舊韻書，發現其「比類失倫，聲音乖舛」現象，而命詞臣「廣詢通音韻者，重刊定之。」而且正韻頒行後，強迫使用之。《四庫全書總目提要》卷四十二《洪武正韻》十六卷曰「李東陽懷麓堂詩話曰：國初顧祿為宮詞，有以為言者，朝廷欲治之，及觀其詩集，乃用洪武正韻，遂釋之。此書初出，亟欲行之故也。」因此我們可以推知太祖修此韻書可能有某些目的，滿清以來，正韻一直被文人學士們歧視，戴上「私臆妄改」、「南北混合」「許多方音之雜糅」「南北方言之人為折衷」等等不光榮的帽子，也可能是太祖某種意圖下所產生的反效果。

　　太祖統一中國，從元朝接管中原，建立大明。遂建都於金陵（南京），又設北京，而置兩京。金元兩朝皆以北京為首都。北京遂成為政治、社會、經濟、文化之中心，語言也無疑是以北京為中心的所謂「中原雅音」為標準語。統一國家，由許多方面著手的話，可以更鞏固更快達到其目的。太祖完成軍事領土方面之統一後，立即著眼於文化上之統一，即語言統一。《洪武正韻》就是在這語言統一目標下產生的韻書。

　　建國後，太祖為何想要統一語言。換言之，何種因素使他立即編撰《洪武正韻》，我們可以從下列三方面檢討：

　　1. 太祖為安徽鍾離人，出身微賤，故他說的語言很可能未脫離家鄉方音。

　　2. 遷都南京。

　　這兩件事使太祖發覺各地方言之懸殊，更覺得「江東河北取韻尤遠」。

　　3. 秦始皇統一文字之史實前例。

　　很可能太祖有效法秦始皇統一文字政策之意，希望能有像統一文字的「小篆」一樣的統一各地方音的韻書。宋濂序中有這一段話：「當今聖人在上，車同軌而書同文，凡禮樂文物咸遵往聖，赫然上繼唐虞之治，至於韻書，亦入宸慮，下詔詞臣隨音刊正，以洗千古之陋習。」意思是說，書已同文了，禮樂皆備了。現在，則刊正韻書，作出五方之人皆能通解的正音〔註7〕。因此我們很容易看出《洪武正韻》目的在於統一語音。

〔註7〕《正韻》凡例第五條：「欲知何為正聲，五方之人皆能通解者，斯為正音也。」

（二）《中原音韻》

我們要研究《洪武正韻》，無論如何要知道《中原音韻》。《中原音韻》成書早於《正韻》約五十年，元泰定甲子（1324）。時間最接近於《正韻》。

《中原音韻》是江西高安人周德清純粹是為了作曲唱曲之需，從北曲權威關、鄭、馬、白之戲曲中歸納出來的韻書。他所根據的不是等韻或平水韻，完全打破了傳統韻書的體裁。傳統韻書是先分四聲再分韻類，但《中原音韻》是先分韻類，然後再分平上去入。除此之外，韻目共分為十九韻，大大減少了傳統韻書之韻目，反映出元明之間韻類的簡化現象。平聲分陰陽，表示唐宋之濁聲母已清化；入聲字派入平上去三聲，表示當時入聲韻尾-p-t-k之消失。種種措施皆著眼於當時的語音實況，所以《中原音韻》能夠代表當時或稍前的北方官話語音系統，成為中國語音史上最有價值的資料之一。

然而因《中原音韻》不合於古，卻成為後來文人學士攻擊的對象。《四庫全書總目提要》卷一九九曰：「德清輕詆古書。」

元朝一統中原，詞曲盛行，需要作詞曲審音辨字的標準參考書，因此產生了《中原音韻》。在中國正統文化學士眼裡，詞曲只不過是里巷之樂，不能登大雅之堂，《四庫全書提要》亦說：「詞曲本里巷之樂，不可律以正聲。」《中原音韻》處處和他們所瞧不起的詞曲有關，理所當然地，此書在他們的價值觀念中也就沒有什麼地位。《四庫全書提要》直截了當地說：「或以變亂古法詆之，是又不知樂府之韻本於韻外別行矣。」換言之，《中原音韻》不能和其他傳統韻書相提並論，因為詞曲之韻與正聲來源不同，難怪《四庫書目》把此書列入詞曲類。

《洪武正韻》著成時代的文士對詞曲的觀念也不會例外。《洪武正韻》凡例、序文中提及沈約之《類譜》〔註8〕、《禮部韻略》、《古今韻會》、毛晃父子、黃公紹、吳棫、《集韻》、丁度、司馬光、平水劉淵、《唐韻》等，卻未提《中原音韻》、周德清。明代《中原音韻》盛行至「作北曲者，守之兢兢無敢出入」〔註9〕的程度，並且在時間距離上《洪武正韻》編撰者不可能不知道《中原音韻》一書。也許在他們的觀念裡，冠以欽定之名的韻書，不便拉進微不足道

〔註8〕 《隋書・經籍志》有沈約之《四聲譜》之名，《類譜》是否指《四聲譜》，至今無法考知。

〔註9〕 出自明王伯良《曲律論韻》，載於趙蔭棠《中原音韻研究》p2～3。

的《中原音韻》，所以《洪武正韻》中找不著有關《中原音韻》的詞句。

　　《中原音韻》雖被他們忽視，但我們研究《洪武正韻》，必須處處與《中原音韻》比較其是非得失，因為《洪武正韻》是「壹以中原雅音為定」，而《中原音韻》是中原雅音的語音實錄。

（三）《韻略易通》、《韻略匯通》

　　《洪武正韻》後，聲母系統從三十六字母歸併為二十字母（以早梅詩代表）的所謂「小學派」韻書──《韻略易通》，著成於正統七年（1442）。著者蘭茂係雲南人，但他所記的不是雲南方言。而是特為當時雲南人所寫的官話讀本〔註 10〕，也可以說是當時的普通官話，即標準語〔註 11〕。《易通》共分二十韻，除了把「魚模」分為「居魚」、「呼模」二韻外，和《中原音韻》全同。與《中原音韻》不合的地方就在平聲不分陰陽和保存入聲。這兩點很可能是承襲《洪武正韻》之處。

　　《韻略匯通》為山東人畢拱辰在崇禎壬午十五年（1642）所作。如同序文所指出，《匯通》完全承襲《易通》，而略加分合刪補。二書不同只在歸併韻類與平聲分上下（即陰陽）二點。《匯通》中-m 韻尾皆歸入-n 中，另有些韻之間的調動，而從《易通》二十韻減為十六韻。仍用「早梅詩」代表二十個聲母〔註 12〕。

　　我們可以說，《易通》、《匯通》均是從《中原音韻》系統一貫下來的。雖然修撰目的相異：一為詞曲而設，一為訓蒙而設，而都是代表北方官話系統。《易通》、《匯通》成書於《正韻》之後，所以很可能也受《正韻》之影響而另立入聲。《匯通》在小韻平上去入聲中只注平聲反切，其與《正韻》反切大致相同。這顯然是抄自《正韻》的。

第二節　《洪武正韻》的音韻觀點

　　我們從《洪武正韻》序及凡例中，可以得知其對音韻的觀點。下面摘錄其序文一段：

〔註10〕趙蔭棠《中原音韻研究》第六章小學派 p59。

〔註11〕陸志韋《記蘭茂韻略易通》燕京學報 32 期 p160。

〔註12〕陸志韋《記畢拱辰韻略匯通》燕京學報 33 期。

　　音則自然協和，不假勉強而後成。虞廷之賡歌、康衢之民謠，

姑未暇論。至如國風雅頌四詩，以位言之，則上至王公，下逮小夫

賤隸，莫不有作。以人言之，其所居有南北東西之殊，故所發有剽

疾重遲之異，四方之音萬有不同。孔子刪詩，皆堪被之絃歌者，取

其音之協也。音之協，其自然之謂乎。不特此也，楚漢以來，離騷

之辭、郊祀安民之歌，以及於魏晉諸作，曷嘗拘於一律，亦不過協

比其音而已。

可見《洪武正韻》撰者認識到自虞、夏、商、周以至楚漢魏晉，一切詩歌謠
諺，無不講求音之自然和協。他們注意到了語音的不斷演變，故主張詩詞不
能拘於一時一律，必須適應語音變化，取音之協和，則自然能歌吟諷誦。所
以他們對拘於一律而不求合乎語音演變的傳統韻書，自然產生了不滿之意。
《正韻》序痛詆沈約之《類譜》，丁度等之《禮部韻略》，吳才老之《韻補》
等說：

　　自梁之沈約拘以四聲八病，始分為平上去入，號曰《類譜》，大

抵多吳音也。及唐以詩賦設科，益嚴聲律之禁，因禮部之掌貢舉，

易名曰《禮部韻略》，遂至毫髮弗敢違背。雖中經二三大儒，且謂承

襲之久，不欲變更，縱有患其不通者，以不出於朝廷學者，亦未能

盡信。唯武夷吳棫患之尤深，乃稽易詩書，而下逮於近世，凡五十

家以為補韻。新安朱熹據其說，以協三百篇之音，識者雖或信之，

而韻之行世者猶自若也。嗚呼，音韻之備，莫踰於四詩，詩乃孔子

所刪舍，孔子弗之從，而唯區區沈約之是信，不幾於大惑歟。

大斥沈約拘於四聲八病，其音多吳音，而成為「千古陋習」之肇端，六朝以後
的韻書皆承襲沈約，經《唐韻》，至宋《禮部韻略》，就變成士大夫作詩賦之金
科玉律，毫髮不敢違背，不欲變更以合實際音。換言之，不承認語音之變化，
故逐漸患其不通，終於產生「比類失論，聲音乖舛」現象。
　　宋代韻書雖歸併舊韻，然不甚徹底，仍離不開切韻藩籬，故序文又批評
說：「宋之有司雖嘗通併，僅稍異於《類譜》，君子患之。」因此欲廢傳統韻
書「承襲」之通病，大刀闊斧改革舊韻書，依當時音韻之協和，重新併析而
成《洪武正韻》。

序文最後一句「音韻之學，悉復於古」並非音韻皆返回古音情形，而是說音韻之學恢復古音之「不拘一律，取音之自然協和」，換言之，即適應語音變化的態度。

第三節　《正韻》體裁及內容

（一）七十六韻

《洪武正韻》共十六卷。韻類共分七十六韻：平上去各二十二韻，入聲十韻。其分韻是以毛晃父子《增修互註禮部韻略》、與黃公紹《韻會》及中原雅聲〔註13〕為標準。凡例第一條詳細說明：

> 按三衢毛居正云：《禮部韻略》有獨用當併為通用者，平聲如微之與脂、魚之與虞、欣之與諄、青之與清、覃之與咸；上聲如尾之與旨、語之與麌、隱之與軫、迥之與靜、感之與豏；去聲如未之與志、御之與遇、焮之與稕、徑之與勁、勘之與陷、入聲如迄之與術、錫之與昔、合之與洽，是也。有一韻當析而為二者，平聲如麻字韻自奢字以下，上聲如馬字韻自寫字以下，去聲如禡

〔註13〕據趙蔭棠《中原音韻研究》p6說，《洪武正韻》序中所謂之「中原雅音」、「中原雅聲」非書名。在《等韻源流》p122亦說：「牠的內容，恐怕就是宋末元初的人所說的中原雅音。」《四聲通解》凡例第九條云：「……至於《韻會》、《集韻》、《中原雅音》、《中原音韻》、《韻學集成》及古韻之音，則取其似或可從而著之，非必使之勉從也。」從此文看來，「中原雅音」似乎是與《中原音韻》類似的書名。同書凡例第二十二條亦說：「註引經史子集之名，必取一字為圈，若四字為名之書，則只取下二字為圈，以求省文；如《論語》則止取《語》字，《孟子》則止取《孟》字，至如《中原雅音》、《韻學集成》，只取《雅音》、《集成》之類。」因此我們說中原雅音為韻書也不會大錯。只是中原雅音此書產生時代為《洪武正韻》之前或後，無法確定。所以《洪武正韻》所謂之「中原雅音」是否指此書也不大清楚。但中原雅音為書名與否對《洪武正韻》並沒有多大關係，因為中原雅音大概是代表當時實際音，中原雅音的音韻系統。辻本春彥《洪武正韻反切用字考》p69說：「《韻學集成》（1432～1460）中多見『中原雅音云』之注，故《韻學集成》時代必定會有此韻書，就是《四聲通解》裡所提的中原雅音。此書與《中原音韻》音系大致一致。」《韻略易通》註釋亦見「中原雅音」，如「衰，……中原雅音式乖切」。

字韻自藉字以下，是也。至於諸韻當併者不可櫜舉。又按昭武黃
公紹云：禮部舊韻所收有一韻之字，而分入數韻不相通用者，有
數韻之字而混為一韻不相諧叶者，不但如毛氏所論而已。今並遵
其說，以為證據，其不及者補之，其及之而未精者以中原雅聲正
之。如以冬鍾入東韻，江入陽韻，挑出元字等入先韻，翻字殘字
等入刪韻之類。

　　江北平水劉淵的《壬子新刊禮部韻略》之一〇七韻是併《禮部韻略》之
通用例而得的〔註14〕。《洪武正韻》依上述三種標準，從劉淵一〇七韻再減為
七十六韻〔註 15〕。於此我們應當注意的是劉淵的併韻並非依當時實際語音情
形，而只是依《禮部韻略》之通用、獨用例併韻，所以不能代表劉淵當時的
語音系統。《洪武正韻》七十六韻則不然。《正韻》雖根據毛居正、黃公紹二
人標準，但是重點還是落在中原雅音，即當時實際語音上。序文及凡例中「壹
以中原雅音為定」、「其音諧韻協者，併入之，否則析之」、「隨音刊定」「以中
原雅聲正之」等句就可以證明，他們修此書時以中原雅聲，即當時音為最後
審音標準。所以能夠發現舊韻歸併不符合實際語音之處。

　　《洪武正韻》七十六韻與《中原音韻》十九韻除了編韻體裁上相異之外，
分韻情形極相似。這可能是《正韻》與《中原音韻》同樣地根據中原雅音的
結果。《四聲通解》序云：「太祖高皇帝見古韻書，愍其乖雜，當天下混一之
初，首詔詞臣一以中原雅音併同析異，刊定《洪武正韻》。」《明史列傳》卷
一三六《樂韶鳳傳》有一段話：「明年帝以舊韻出江左，多失正，命與廷臣參
考中原雅音正之。書成，名曰《洪武正韻》。」則當可確信此說。

　　《洪武正韻》七十六韻目如下：

〔註14〕在《禮部韻略》之通用例加上「徑」歸併入「證嶝」中。

〔註15〕凡例第三條：「舊韻上平聲二十八韻、下平聲二十九韻；平水劉淵始併通用者，以
　　　　省重複，上平聲十五韻，下平聲十五韻；今通作二十二韻。舊韻上聲五十五韻；
　　　　劉氏三十韻；今作二十二韻。舊韻去聲六十韻；劉氏三十韻；今作二十二韻。舊
　　　　韻入聲三十四韻；劉氏一十七韻；今作一十韻。蓋舊韻以同一音者妄加分析，愈
　　　　見繁碎，今竝革之，作七十六韻，庶從簡易也。」「舊韻」在此指《禮部韻略》，
　　　　凡例第八云：「《唐韻》至詳，舊韻乃其略者，以係禮部所頒為科試詩賦之用，號
　　　　為《禮部韻略》。」

	平	上	去		入		平	上	去		入
一	東	董	送	一	屋	十二	蕭	筱	嘯		
二	支	紙	寘			十三	爻	巧	效		
三	齊	薺	霽			十四	歌	哿	箇		
四	魚	語	御			十五	麻	馬	禡		
五	模	姥	暮			十六	遮	者	蔗		
六	皆	解	泰			十七	陽	養	漾	六	藥
七	灰	賄	隊			十八	庚	梗	敬	七	陌
八	真	軫	震	二	質	十九	尤	有	宥		
九	寒	旱	翰	三	曷	二十	侵	寢	沁	八	緝
十	刪	產	諫	四	轄	二十一	覃	感	勘	九	合
十一	先	銑	霰	五	屑	二十二	鹽	琰	豔	十	葉

（二）聲類（前人之三十一類）

從反切系聯上看，《正韻》聲類為三十一類。劉文錦《洪武正韻聲類考》〔註16〕取《正韻》反切上字，依陳澧反切系聯法，得出三十一聲類。其目如下：

正　韻	等　韻	正　韻	等　韻
古類	見母	昨類	從母及牀母四字澄母一字
苦類	溪母	蘇類	心母
渠類	群母	徐類	邪母
五類	疑母	都類	端母
呼類	曉母	佗類	透母
胡類	匣母	徒類	定母
烏類	影母	奴類	泥娘兩母
以類	喻母及疑母一部分	盧類	來母
陟類	知照兩母	博類	幫母
丑類	徹穿兩母	普類	滂母
直類	澄牀兩母及禪母一部分	蒲類	並母
所類	審母	莫類	明母
時類	禪母	方類	非敷兩母
而類	日母	符類	奉母
子類	精母	武類	微母
七類	清母		

〔註16〕中央研究院歷史語言研究所《集刊》第三本第二分。

同文續述：「綜此三十一聲類以與等韻三十六母相較，則知徹澄娘與照穿牀泥不分，非與敷不分。」

此三十一聲類早在《洪武正韻譯訓》（1455）中已歸納出來了。《譯訓》把三十一字母分入諸小韻各字之首。《譯訓》序及凡例亦說明從等韻三十六字母中減少五字母的情形，其序曰：「七音為三十六字母，而舌上四母、唇輕次清一母，世之不用已久，且先輩已有變之者，此不可強存而泥古也。」凡例第三條解釋舌上音四母歸併情形：

> 凡舌上音以舌腰點腭，故其聲難而自歸與正齒。故《韻會》以
> 知徹澄孃歸照穿牀禪，而中國時音獨以孃歸泥，且本韻混泥孃而不
> 別，今以知徹澄歸照穿牀，以孃歸泥。

凡例第四條說明非敷兩母不分情形：

> 唇輕聲非敷二母之字，本韻及蒙古韻混而一之，且中國時音亦
> 無別，今以敷歸非。

《譯訓》之三十一聲類襲用大家所熟悉的等韻三十六字母，蓋為方便學者辨清濁輕重。〔註17〕。

《四聲通解》篇首所附之《洪武韻三十一字母之圖》與劉文錦三十一聲類相合，因此羅莘田說：「今劉君所考與此不謀而合，則其說當可信據矣。」〔註18〕但《正韻》實際聲類並非三十一類，待下一章「聲類」中詳考。

（三）分卷法及注音法

《洪武正韻》凡例第二條云：

> 按七音韻，平聲本無上下之分，舊韻以平聲字繁，故釐為二卷，
> 蓋因宋景祐間丁度與司馬光諸儒作《集韻》，始以平聲上下定為卷目，
> 今不從，唯以四聲為正。

《洪武正韻》分平上去入四聲，廢傳統韻書之平聲因字數多而上下分卷之方

〔註17〕《四聲通解》凡例前文第一條云：「雖公字可為字母，而以見字為之子也，蓋字之
清濁輕重隨口成聲，必取一字以為清濁輕重之準的而示之，然後學者可從一則，
而不流於他歧之相逐也。此字母之所由設也。諸母倣此。」

〔註18〕羅莘田未曾看到《洪武正韻譯訓》，所以未提及其已分入三十一字母於諸小韻各字
之首的情形。

法。趙蔭棠《中原音韻研究》三十頁解釋上述凡例：

> 這幾句話雖然是老話，但在他們說出來，却另外有一種新意義。
> 因為自宋景祐以來，平聲雖有卷之上下，但誰也沒有把牠誤為聲之
> 上下而說有五聲的；有之，俱起於周氏之後。他們既說「以四聲為
> 正」，明明是反對周氏的陰陽平之說。

趙蔭棠這話未必正確。我認為凡例這一條只是單純地解釋舊韻平聲字多而分
為上下二卷的不合理，故不從舊韻分五卷之法。「唯以四聲為正」未必是反對
周德清的陰陽平之說，只是不從舊韻平聲上下分卷而已，實仍從其平上去入
四聲之法，故說「唯以四聲為正」，並無其他含意。而且《洪武正韻》撰者不
把《中原音韻》當作同類韻書，根本不把它放在眼裡，何必理它、批評它、
反對它。

　　平上去入分卷情形如下：

| 卷一至卷六 | 平聲 | 卷十至卷十三 | 去聲 |
| 卷七至卷九 | 上聲 | 卷十四至卷十六 | 入聲 |

　　《正韻》凡例第七條云：「翻切之法，率用一字〔註19〕相摩，上字為聲，
下字為韻，聲韻苟叶，則無有不通。今但取其聲歸於韻母，不拘拘泥古也。」
可見其不完全承襲傳統韻書的反切。每小韻字下注音的方式亦與舊韻微異，
例如：

　　1. 小韻字下注反切
　　2. 注又切者極少
　　3. 重見於他韻的字下注「又某韻」
　　4. 重見於同韻的字下注「又見下」或「又見上」
　　5. 《正韻》音同而舊韻不同切之字下注「同上」或「同上切」
　　6. 經史子集中罕見字下引原註「讀為某」、「音某」以補充。

　　《洪武正韻》收字、註釋皆依《毛韻》，字劃以《說文》為正，偏旁點劃
錯誤亦依《毛韻》改正〔註20〕。

〔註19〕「一」字疑當作「二」字。

〔註20〕凡例第四云：「舊韻元收九千五百九十字，毛晃增二千六百五十五字，劉淵增四百
　　　　三十六字，今依毛晃所載，有闕略者以它韻參補之。」凡例第六云：「字畫當以《說
　　　　文》為正，俗書承襲之久猝難遽革，今偏旁點畫舛錯者，並依毛晃正之。」

總而言之，《洪武正韻》編撰意旨在於改正舊韻《禮部韻略》。職是之故，以毛晃《增修互註禮部韻略》為藍本，並參考《古今韻會》，再以中原雅音為據，編撰成書。

第四節　編撰人及《正韻》之得失

（一）編撰人

據宋濂序，參與《洪武正韻》編纂的有樂韶鳳等十一人，參與質正的有汪廣洋等四人。其籍貫、職務據《明史》及本書序文如下：

樂韶鳳	字舜儀	安徽全椒人（明史卷 136）	翰林侍講學士
宋濂	字景濂	其先金華之潛溪人至濂乃遷浦江（明史卷 127）	翰林侍講學士
王僎	明史無傳		待制臣
李叔允	明史無傳		修撰臣
朱右	字伯賢	浙江臨海人（明史卷 285）	編脩
越壎	字伯友	江西新喻人（明史卷 285）	編脩
朱廉	字伯清	浙江義烏人（明史卷 285）	編脩
瞿莊	明史無傳		典簿
鄒孟達	明史無傳		典簿
孫蕡	字仲衍	廣東順德人（明史卷 285）	典籍
荅祿與權	字道夫	蒙古人，仕元為河南北道廉訪使僉事，入明寓河南永寧（明史卷 136）	典籍
汪廣洋	字朝宗	江蘇高郵人（明史卷 127）	左御史大夫
陳寧	湖南茶陵人		右御史大夫
劉基	字伯溫	浙江青田人（明史卷 128）	御史中丞
陶凱	字中立	浙江臨海人（明史卷 136）	湖廣行省參知政事

其中除了蒙古人荅祿與權之外皆係南方人。序文所說的「復恐拘於方言，無以達於上下」而質正於汪廣洋等四人，但其四人亦係南方人。

（二）《正韻》之得失

他們盡力求表現中原雅音，但是因其藍本《禮部韻略》編撰人毛晃的江浙方言〔註21〕和「欽定」的權威，再加上顧慮「五方之人皆能通解」的「正音」

〔註21〕毛晃為浙江衢州人。

性質，無法完全脫離舊韻，並帶有南方方音之色彩。因此有幾點背戾於中原雅音的現象，如平聲不分陰陽、保存濁聲母和入聲等，使大家懷疑其在音韻史上的價值。《洪武正韻》的這種措施也很可能是有意的，他們是為了實現名符其實的「正韻」權威，故意承襲部分傳統韻書體例。因為古人一向是抱持保守的態度，即使是新的東西，也需要有點兒傳統的根據才容易博得信任。

假如我們能夠把遷就舊韻書《禮部韻略》之處，及被南方方音所誤之處，區別清楚，則自然而然可以獲得當時標準語——中原雅音。

第四章　聲　類

第一節　《譯訓》的三十一聲類

關於《譯訓》三十一聲母的標音，已在第二章第四節列表。現在從《譯訓》凡例說明中，可以得知從中古三十六字母如何形成其三十一聲類。

1. 凡舌上聲，以舌腰點腭，故其聲難，而自歸於正齒。故韻會以知徹澄孃歸照穿牀禪，而中國時音獨以孃歸泥，且本韻混泥孃而不別。今以知徹澄歸照穿牀，以孃歸泥。（第三條）

我們從上文中可以得知兩點：中古知系字為以舌腰點腭而發出的音，即舌面前塞音，但是由於其發音上的困難，就變入照系中。羅常培主張中古知系音值為舌尖後塞音（按：即捲舌音）ṭ ṭ' ḍ [註1]，李方桂先生亦有同樣的主張[註2]，但是「舌腰點腭」之音不當解釋為捲舌音或舌尖後音。按高本

〔註1〕 《知徹澄孃音值考》p122：「就是應當讀作舌尖後音（Supradentals）的塞聲（plosives）〔ṭ〕〔ṭ'〕〔ḍ〕（或〔ḍ'〕），牠們的三等字後來或者因為 j 化（Yodisé）而有接近顎音的傾向。」羅常培把知系擬為捲舌音是根據梵文字母的譯音、佛典譯名的華梵對音、藏譯梵音、現代方音、韻圖排列情形。

〔註2〕 《上古音研究》p5，李先生就切韻音系的聲母分配上、從上古至切韻演變音理上，認為知徹澄孃等跟照二穿二牀二審二等捲舌音相似，故擬為捲舌音 t- th- d- n- 。

漢、董同龢先生將中古知系字擬為舌面前塞音ȶ ȶʻ ȡ或ʈ ʈʻ ɖ‘，二者皆與「舌腰點腭」之義相符合。至於泥娘則已合併，泥娘的分別是否代表中古實際語音，早已有問題。

　　2. 唇輕聲非敷二母之字，本韻及《蒙古韻》混而一之，且中國時音
　　　亦無別，今以敷歸非。（第四條）

　　敷母的送氣成分消失而與非母合併。這現象不是自《洪武正韻》開始，《蒙古韻略》以前已經沒有送氣不送氣的區別。

　　3. 凡齒音，齒頭則舉舌點齒，故其聲淺；整齒〔註3〕則卷舌點腭，
　　　故其聲深。……（第五條）

　　第二章第四節中，精系字擬為ts tsʻ dz s z，與此文相符合。正齒音由上文「卷舌點腭」的解釋來看，好像是捲舌塞擦音tʂ，但是《正韻》中，中古屬於照二系的字雖然都不接細音，然而照三系、知系字大部分仍然接細音。因此本論文還是把正齒音擬成舌尖面混合塞擦音tʃ tʃʻ dʒ ʃ ʒ了。照二系字在《正韻》很可能是完全變成現代官話的捲舌音tʂ等。

　　4. 本韻疑、喻母諸字多相雜，今於逐字下從古韻喻則只書ㅇ母，疑
　　　則只書ㆁ母，以別之。（第六條）

　　《正韻》多數喻母、疑母互混，大抵表現當時疑母〔ŋ-〕大部分都消失的現象。

　　由以上四項凡例的說明，我們可以知道《正韻》已沒有中古三十六字母中知徹澄娘敷五母，而成為三十一聲母系統。

　　《洪武正韻譯訓》所定三十一聲類，前一章已詳細敘述。《譯訓》標音完全基於中國音韻學知識以及質正當時實際語音於中國學士。定聲類亦不外乎此兩種方法。中國音韻學知識，即指傳統的切韻系韻書，《廣韻》、《集韻》、《禮部韻略》、《古今韻會》等韻書以及等韻學的知識〔註4〕。他們所質正的音韻大致是以「燕都」為中心的北方官話。

〔註3〕「整齒」疑當作「正齒」。
〔註4〕《譯訓》序：「叶以七音，調以四聲，諧之以清濁縱衡經緯，始正周缺。」

第二節　劉文錦的三十一聲類反切系聯

劉文錦依陳澧的反切系聯法綴系《洪武正韻》反切上字，而得三十一聲類〔註5〕，此與《譯訓》三十一聲母相合。韻書是為詩詞押韻而設的，而且由於陳澧反切系聯法本身的缺陷，劉文錦歸類反切上字所得的三十一聲類與《譯訓》的三十一聲母在反切上字歸類上略有出入。本節討論聲母，引用劉文錦三十一聲類，而其與《譯訓》不合的地方，則有時從《譯訓》歸類，有時也參考《正韻》整個體例，加以考究而更正之。

劉文錦的三十一聲類，雖然已經有應裕康試圖「重加覈訂」補完劉氏之遺漏，然而不甚徹底，現在仍然需要真正地「重加覈訂」。下面討論劉文錦三十一聲類時，所注音值為根據《譯訓》的標音。

（一）重唇音

重唇音幫滂並明的音值為 p　p‘　b　m。

幫母（劉氏之博類）

博（伯各）搏（伯各）伯（博陌）補（博古）布（博故）邦（搏旁）彼（補委）兵（補名）比（補委）陂（兵媚）逋（奔謨）晡（奔謨）奔（逋昆）卑（逋眉）班（逋還）悲（逋眉）邊（卑眠）必（璧[1]吉）璧[1]（必歷）北（必勒）

註1：劉文錦誤寫為「壁」，應裕康重蹈覆轍。

滂母（劉氏之普類）

普（滂五）鋪（滂摸）滂（普郎）丕（鋪杯）匹（僻亦）僻（匹亦）篇（紕連）紕（篇夷）披（篇夷）

並母（劉氏之蒲類）

〔註5〕《洪武正韻聲類考》p237：「錦不敏，嘗取《正韻》反切上字依陳澧《切韻考》同用互用遞用可以相聯之例，試加綴系。顧有反切上字不相系聯而聲實同類者，以《正韻》於一字兩音者並不互注切語，故不能沿用陳氏系聯切韻聲類之變例。然考「正紐」四聲相承之字聲必同類。《正韻》部居雖與《廣韻》不同，而其四聲相承則一，故凡《廣韻》同紐四聲相承者，《正韻》亦必同紐四聲相承。今於《正韻》反切上字聲實同類，而因兩兩互用不能系聯者，既據此以證之。（……）準此二例徧考全書，凡得三十有一類。」

蒲（薄 胡）弼（薄 密）步（薄 故）簿（薄 故）薄（弼 角）毗（蒲 彌）皮（蒲 彌）裴（蒲 枚）備（毗 意）避（毗 意）部（裴 古）婢（部 比[1]）

註1：劉氏「部比切」誤為「部思切」，應氏從之。

明母（劉氏之莫類）

莫（末 各）末（莫 葛）謀（莫 胡）母（莫 厚）弭（莫 禮）美（莫 賄）蒙（莫 紅）綿（莫 堅）覓（莫 狄）忙（謀 郎）眉（謀 杯）彌（綿 兮）密（覓 筆）靡（彌 計）

此莫類與中古明母完全相合。

（二）輕唇音

非奉微的音值為 f　v　w。

非母（劉氏之方類）

方（敷 房）芳（敷 房）裴（敷 尾）敷（芳 無）孚（芳 無）妃（芳 微）府（斐 古）甫（斐 古）俯（斐 古）撫（斐 古）

《正韻》非母與中古非、敷二母相合。

對此非敷二母併合情形，《譯訓》序及凡例已解釋清楚。《譯訓》序說：「七音為三十六字母，而舌上四母唇輕次清一母，世之不用已久，且先輩已有變之者，此不可強存而泥古也。」其凡例第四條云：「唇輕聲非敷二母之字，本韻及蒙古韻混而一之，且中國時音亦無別，今以敷歸非。」《洪武正韻》前輕唇音次清敷母早已歸入非母，即表示敷母之送氣成分已消失。擦音原在發音方法上，不容易分辨送氣與否，故崔世珍在《四聲通解》卷首所附之《廣韻三十六字母之圖》上非敷二母皆以 ㅸ ［f］ 來標，而後附解釋說：「非敷、泥娘，鄉漢難辨。」

那麼何時二母合併？《廣韻》、《集韻》、《禮部韻略》皆把非、敷二母分得清楚，然而非、敷母混淆的情形，由來已久。李榮《切韻音系》（p172）以如下的笑話引證非敷不分情形：「咸通中（860～873）……釋迦如來是何人，對曰：是婦人，問者驚曰：何也，對曰：《金剛經》云：敷座而坐，或非婦人，何煩夫坐，然後兒坐也。」（高彥休《唐闕史》，李可及戲三教傳），「夫」與「敷」同為虞韻，而「夫」為非母，「敷」系敷母。慧林《一切經音義》（810）

非敷合併〔註6〕，十一世紀中葉邵雍之《皇極經世聲音唱和圖》亦不分〔註7〕。《古今韻會》三十五聲母中敷母雖另立，但據崔世珍的解釋，實與非母同音，《四聲通解》卷首《韻會三十五字母之圖》中，非、敷為同一符號ㅸ〔f〕，圖後附說：「敷即非音，不宜分二而《韻會》分之者，蓋因《蒙韻》內魚疑二母音雖同而蒙字即異也，泥孃、么影、非敷六母亦同。」同書凡例第四條又云：「黃公紹作《韻會》，字音則亦依《蒙韻》，而又緣蒙字，有一音兩體之失。」假如我們相信此說，認為《古今韻會》時代非敷已無別，也相差不會太遠。

奉母（劉氏之符類）

符（逢　夫）扶（逢　夫）逢（符　中）房（符　方）馮（符　中）防（符　方）

微母（劉氏之武類）

武（罔　古）罔（文　紡）文（無　分）微（無　非）亡（無　方）無（微　夫）巫（微　夫）

（三）舌頭音

端　透　定　泥　音值為 t　tʻ　d　n。

端母（劉氏之都類）

都（東　徒）東（德　紅）德（多　則）得（多　則）典（多　殄）董（多　動）多（得　何）當（都　郎）覩（董　五）丁（當　經）

透母（劉氏之佗類）

他¹（湯　何）佗¹（湯　何）台（湯　來）湯（他　郎）天（他　前）通（佗　經）土（他　魯）吐（他　魯）逖（他　歷）惕（他　歷）託（他　各）

註1：「佗」與「它、他」通，《正韻》以「他」為反切上字者多，「佗」則少。劉氏佗類只有「佗」而漏收「他」。

定母（劉氏之徒類）

徒（同　都）同（徒　紅）杜（徒　古）堂（徒　郎）唐（徒　郎）蕩（徒　黨）獨（杜　谷）敵（杜　歷）達（堂　滑）亭（唐　丁）待（蕩　亥）度（獨　故）田（亭　年）大（度　奈）

〔註6〕參見黃淬伯《慧林一切經音義反切考》p20～22。

〔註7〕參見李榮《切韻音系》p172，鄭再發《漢語音韻史的分期問題》p643。

泥母（劉氏之奴類）

奴（農 都）農（奴 宗）寧（奴 經）囊（奴 當）那（奴 何）笯（奴 古）年（寧 田）乃（囊 亥）囊（乃 黨）昵[1]（尼 質）女（尼 呂）尼（女 夷）

註 1：「昵」為上字，見合韻。《永樂本》、《隆慶本》作「宧、昵洽切」，《中研本》「昵」作「胒」，劉氏從《中研本》，而加註曰：「胒字《正韻》未收，《正字通》乃計切。」今案「宧」字，《集韻》，《毛韻》皆為「昵洽切」，今從《永樂》、《隆慶本》。「昵」字、《正韻》未收，《廣韻》為「尼質切」。

（四）齒頭音

《正韻》精 清 從 心 邪為 ts ts' dz s z。

精母（劉氏之子類）[1]

子（祖 似）宗（祖 冬[2]）祖（摠 五）摠（作 孔）再（作 代）作（即 各）即（節 力）節（子 結）則（子 德）租（宗 蘇）餞（則 前）遵（租 昆）薺（餞 西）將（資 良）津（資 辛）積（資 昔）資（津 私）茲（津 私）咨（津 私）縱（將 容）臧（茲 郎）足（縱 玉）

註 1：劉文錦子類反切上字多一個「緇（祖 似）」字。此字兩見於精母照母，又作侵韻照母「篸（12008）」的反切上字，即「緇深切」。「篸」屬照母，其反切上字「緇」也應該是照母，故取「緇（旨 而）」，而歸入照母。劉氏蓋未曾注意到「緇（旨 而）」的情形，應氏從之。

註 2：劉文錦誤為「祖東切」，應氏從之。

清母（劉氏之七類）

七（戚 悉）戚（七 迹）且（七 野）逡（七 倫）趨（逡 須）倉（千 剛）蒼（千 剛） 促（千 木）千（倉 先）村（倉 尊）寸（村 困）此（雌 氏）雌[1]（此 茲）取（此 主）采（此 宰）遷[2]（倉 先）

註 1：劉氏作「䳄」，字同。「䳄」字同於即夷、疾移二切之「鴜」，今改作「雌」字。應氏從劉文。

註 2：《正韻》禡韻最後一小韻為「赿、遷謝切」，而誤脫圈，與其上喻母「夜」字誤合。《譯訓》從其誤，劉氏、辻本亦未加注意。此從應氏補。《易通》、《匯通》此字入「從」母。

從母（劉氏之昨類）[1]

昨（疾 各）靖（疾 正）疾（昨 悉）族（昨 木）徂（叢 租²）叢（徂 紅）坐（徂 果）才（牆 來）財（牆 來）牆（慈 良）盡（慈 忍）情（慈 盈）秦（慈 鄰）慈（才 資）前（才 先）在（盡 亥）齊（前 西）

註1：劉氏「昨類」中尚有「雛（叢 租）鉏（叢 租）鋤（叢 租）茶（鋤 加）查（鋤 加）」五個字。詳查《譯訓》，其「從母」中並沒有此五字作反切上字的例子，皆在牀母作反切上字。因此五個反切上字出現的同韻中大部分已另有相對的確定不移的從母，如「12109 蠶、徂含切；12122 讒、鋤咸切」、「21117 踐、慈演切；21125 撰、雛免切」、「40404 巉、才達切；40426 鑡、查轄切」等等。《正韻》雖然偶而在同韻內，有二個開合洪細相同的同音字，分見於不同小韻中的例子，但是這種情形很少。故這些對立的例子可以證明以「雛」等五個字作反切上字的都是牀母。《譯訓》也皆入牀母。《中原音韻》、《易通》、《匯通》又都是 tʃ 系。由於《正韻》中此「雛鉏鋤」三字被收入從母中，而其反切為「叢租切」，因此劉氏以此五個反切上字歸入昨類。《譯訓》「茶查」二字收入牀母，其反切為「鋤加切」。《正韻》「麻馬禡」韻根本沒有精系字（中古麻韻精系皆歸入《正韻》「遮者蔗」韻中），於是「鋤加切」沒有對立的從母，這點更證實「雛」等反切上字之確為牀母無疑。應氏從劉氏，且加解釋說：「又雛（叢 租）鉏（叢 租）鋤（叢 租）查（鋤 加）等四字，《廣韻》屬於牀母；茶（鋤 加）一字，《廣韻》屬於澄母，《正韻》不併之於直類，而在昨類，大約其時雛鉏鋤查茶等五字音已變的關係。」（《洪武正韻聲母音值之擬定》p13），仍是曲解。

註2：「叢租切」之「租」，劉氏誤為「祖」，應氏同。

心母（劉氏之蘇類）[1]

蘇（孫 租）孫（蘇 昆）先（蘇 前）桑（蘇 郎）素（蘇 故）損（蘇 本）雪（蘇 絕）寫（先 野）息（思 積）昔（思 積）思（相 咨）斯（相 咨）私（相 咨）司（相 咨）相（息 良）想（息 兩）悉（息 七）竦（息 勇）新（斯 鄰）須（新 於）

註1：劉文錦因《正韻》10120「松」為「息中切」而入蘇類中，但蘇類沒有以「松」字作反切上字的例子，只在徐類（邪母）有作反切上字二例。震韻30814「殉，松閏切」，其上一小韻30813為「峻，須閏切」，是蘇類；屋韻40136

「續，松玉切」，同韻中有 40111「夙，蘇玉切」，是蘇類。所以「松閏切」、「松玉切」之「松」顯然是徐類，而不是蘇類。《譯訓》也歸入邪母。

邪母（劉氏之徐類）

徐（祥　於）席（祥　亦）祥（徐　羊）詳（徐　羊）旬（詳　倫）似（詳　子）詞（詳　茲）隨[1]（旬　威）象（似　兩）松[2]（息　中）

註1：劉文錦誤寫為「隋」，應氏未經詳察而於劉氏考出來的九個字再加「隨」字，且案語說：「隨（旬　威）一字，劉考漏收」其實劉氏「隋」為「隨」之誤寫，應氏把兩字都收。

註2：參見心母註1。因其「松」字為「殉」、「續」之反切上字。

（五）正齒音

《正韻》照穿牀審禪音值為 tʃ　tʃ‘　dʒ　ʃ　ʒ 。

照母（劉氏之陟類）[1]

陟（之　石）珍（之　人）竹（之　六）職（之　石）之（旨　而）甾（旨　而）緇[2]（旨　而）支（旨　而）知（珍　而）質（職　日）旨（諸　氏）止（諸　氏）征[3]（諸　成）腫（知　隴）章（止　良）主（腫　庾）諸（專　於）朱（專　於）株（專　於）專（朱　緣）莊（側　霜）牀（側　況）阻（壯　所）側（側　格）

註1：劉文錦多收一字「真（之　人）」，辻本氏同，但我所據之《永樂本》32012 沁韻牀母：「鳩、真禁切」，實是「直禁切」之誤刻，《譯訓》、《康熙字典》所引《正韻》反切皆是「直禁切」。故《正韻》陟類中應該去除「真」字。又應文陟類尚有「展（之　贊）」，本論文所據《永樂本》無，故不從。

註2：劉文錦歸入子類。參見精母註1。

註3：《永樂本》、《隆慶本》為「征」《譯訓》同。《中研本》為「征」（30208 制、征例切）。《集韻》、《禮部韻略》皆為「征例切」，而且劉氏、辻本氏從《中研本》。

此韻合於中古知系、照二系、照三系。《廣韻》、《集韻》、《禮部韻略》皆把這三類分得一絲不亂，然而其刪併由來已久。《譯訓》序說：「七音為三十六字母，而舌上四母、唇輕次清一母，世之不用已久。」《古今韻會》已不分知照系。《韻會》以「知徹澄」三字來代表中古知照二照三之三類，並沒有「中古照系歸併於知系」的意思，而只是以知系字來表示其併合之結果而已。《譯訓》

凡例第三條云：「凡舌上聲以舌腰點腭，故其聲難，而自歸於正齒，故《韻會》以知徹澄娘歸照穿牀禪……」我認為以知系歸入照系的解釋較妥當，如《譯訓》凡例所說，知系字由於其發音上的困難，易變為別的音。

穿母（劉氏之丑類）

丑（齒 九）昌（齒 良）齒（昌 止）敕（昌 石）尺（昌 石）敞（昌 兩）抽（丑 鳩）稱（丑 成）樞（抽 居）蚩（抽 知）恥（尺 里）初（楚 徂）楚（創 徂）創（初 莊）叉（初 加）測（初 力）

牀母（劉氏之直類）[1]

直（直 隻）仲（直 眾）呈（直 正）柱（直 呂）治（直 意）長（仲 良）丈（呈 兩）杖（呈 兩）除（長 魚）持（陳 知）池（陳 知）馳（陳 知）常（陳 羊）裳（陳 羊）陳（池 鄰）重（持 中）助（狀 祚）狀（助 浪）牀[5]（助 莊）茶[2]（鋤 加）查[2]（鉏 加）鉏[2]（叢 租）鋤[2]（叢 租）雛[2]（叢 租）時[3]（辰 之）士[4]（上 紙）

註 1：劉氏直類中尚有「石（裳 隻）」「食（裳 隻）」二字。本文歸入禪母，詳見禪母註 3。

註 2：劉氏歸入昨類。詳見從母註 1。

註 3：《譯訓》牀母中有以「時」字作反切上字一例，11836「成、時征切」，同韻中又有禪母 11839「繩、神陵切」。「成」「繩」二字在中古時恰巧相反；「成、是征切」屬於禪母；「繩、食陵切」屬於牀母。以「時」切「成」者，可謂此因中古二字本同為禪母，是為中古反切之遺，其「成」之時音則實為塞擦音，故「時征切」之「時」亦入牀母。

註 4：劉氏因「士」為「上紙切」，與禪母系聯而歸入禪母。但《譯訓》除 40717「頤、士革切」屬於禪母外，「士」字皆為牀母之反切上字，如 31748「潒、士降切」、11821「傖、士耕切」、22125「嶄、士減切」，均注明牀母。雖然同韻中有牀母 31713「狀、助浪切」、11811「棖、除庚切」、22125「湛、丈減切」分別與「潒」、「傖」、「嶄」對立，其實兩兩同音，故《譯訓》即合「嶄」於「湛」，「狀」「潒」、「棖」「傖」則因正韻二音相隔甚遠，在「不敢輕有變更」的態度下，未加合併而已，然而並註明為牀母。故本文除「蹟」之上字「士」見於禪母外，於此類亦收「士」字。辻本氏亦以「士」字列此。

註5：10608「豺、牀皆切」，劉氏、辻本氏皆漏收反切上字「牀」。此從應氏補。應氏又有「社、常者切」，永樂本無，今不從。

審母（劉氏之所類）[1]

所（疎 五）疎（山 祖）疏（山 祖）山（師 姦）沙（師 加）師（申 之）尸（申 之）詩（申 之）施（申 之）申（升 人）升（書 征）書（商 居）舒（商 居）輸（商 居）商（尸 羊）數（所 武）始（詩 止）矢（詩 止）式（施 隻）賞（始 兩）失（式 質）朔（色 角）色（色 窄）

註1：劉文錦把「實、式質切」歸入所類，但其反切用法上宜歸入時類。31216「邵、實照切」以外同韻中已有審母字31214「少、失照切」，故「實」字歸入時類（禪母）較好。《譯訓》歸入禪母，《指掌圖》第十八圖亦列入禪母下。

禪母（劉氏之時類）

時（辰 之）辰（丞 真）神（丞 真）寔（丞 職）丞（時 征）承（時 征）尚（時 亮）殊（尚 朱）視（善 紙）善（上 演）是（上 紙）市（上 紙）上（是 掌）仕[1]（上 紙）士[2]（上 紙）石[3]（裳 隻）食[3]（裳 隻）實[4]（式 質）

註1：20411「豎、仕庾切」，《永樂本》、《隆慶本》、《中研本》皆以「仕」為「仁」。《中研本》連反切下字也誤寫為「庚」而成「仁庚切」。《禮部韻略》「臣庾切」屬於禪母。《康熙字典》「豎」字下未收《正韻》反切，卻在「又某某切」之下收《正韻》去聲讀「殊遇切」，可見《正韻》之上聲讀與《唐韻》「臣庾切」、《集韻》《韻會》「上主切」無異。其「仁」字蓋為「仕」之誤刻，《譯訓》更正為「仕庾切」，今從之。劉氏、辻本氏未收此字。參見日母註1。

註2：《譯訓》將40717「䕌、士革切」一例歸入禪母。以「士」切「䕌」者，很可能是中古反切之遺。其時音則實為擦音，故「士革切」之「士」亦入禪母。《指掌圖》亦列入禪母下。

註3：此二字，劉氏歸入直類中。以「裳」切「石」、「食」是中古反切之遺。就其反切上字用法上，歸入時類較好；如 40532「轍、直列切」：40539「舌、食列切」、40650「濁、直角切」：40614「涊、食角切」之同韻內對立的一套聲母中，前者是明顯的牀母，依《陳澧》之分析條理，後者宜入禪母。《譯訓》同。40726「石、裳隻切」與40727「擲、直隻切」緊鄰，而《譯訓》

未合併，可見「石」非牀母字。

　　註4：參見審母註1。

（六）牙　音

　　《正韻》見溪群疑音值為 k　k'　g　ŋ。

見母（劉氏之古類）

　　古（公　土）公（古　紅）攻（古　紅）姑（攻　乎）沽（攻　乎）柯（居　何）規（居　為）圭（居　為）斤（居　銀）佳（居　牙）厥（居　月）葛（居　曷[1]）經（居　卿[2]）舉（居　許）嘉（居　牙）居（斤　於）俱（斤　於）涓（圭　淵）各（葛　鶴）堅（經　天）九（舉　有）吉（激　質）訖（激　質）激（訖　逆）

　　註1：辻本氏誤為「居何切」

　　註2：辻本氏寫為「堅丁切」，《正韻》「經」註釋有「堅丁切」，但沒有中隔以圈，而併入「京，居卿切」之下。《譯訓》同。

溪母（劉氏之苦類）

　　苦（孔　五）孔（康　董）康（丘　剛）丘（驅　尤）驅（丘　於）祛（丘　於）區（丘　於）墟[1]（丘　於）曲（丘　六）空（苦　紅）口（苦　厚）犬（苦　泫[2]）牽（苦　堅）去（區　遇）枯（空　胡）可（口　我）欺（牽　奚）棄（去　冀）窺（枯　回）詰（欺　訖）乞（欺　訖）克（乞　格）

　　註1：劉氏漏收此「墟」字、應氏補之。

　　註2：辻本氏誤寫為「苦法切」

群母（劉氏之渠類）

　　渠（求　於）求（渠　尤）逵（渠　為）祁[1]（渠　宜）奇（渠　宜）其（渠　宜[2]）琦（渠　宜）忌（奇　寄）具（忌　遇）巨（臼　許）臼（巨　九）竭（巨　列）極（竭　戟）

　　註1：劉氏誤寫為「祈」，應氏加「祁（渠　宜）」而謂「祁（渠　宜）一字劉考漏收。」

　　註2：辻本氏誤寫為「渠渠切」。

疑母（劉氏之五類）

　　五（阮　古）阮（五　遠）吾（訛　胡）訛[1]（吾　禾）偶（語　口）語（偶許）[2]

註1：劉氏誤寫為「吾永切」，應文同。

註2：《譯訓》此類尚有「魚」、「牛」、「牙」、「虞」四字。《正韻》「牛」為「于求切」屬於喻母；又以「牛」切「魚牙虞」三字，可知此四字時音實為零聲母。《譯訓》以此四字作反切上字的小韻，皆注明疑母，蓋因遷就中古反切之故。

若依劉文錦「《正韻》同鈕四聲相承之字聲必同類」之原則，「語」與喻母「魚」、「牛」雖不系聯，實為同一類。如《廣韻》麻韻「牙、五加切」，馬韻「雅、五下切」，同鈕平上相承；《正韻》麻韻「牙、牛加切」，馬韻「雅、語下切」，亦當同鈕平上相承。又如《廣韻》侯韻「䮾、五婁切」，厚韻「偶、五口切」；《正韻》尤韻「䮾、魚侯切」，有韻「偶、、語口切」，亦當同鈕平上相承。如此則劉氏之五類與以類不能分立。然而《譯訓》於喻母字「逆」「額」分別注明俗音 [ŋjiˀ]、[ŋiˀ]，可知《譯訓》時疑母尚未完全消失。故本文從劉文，以此六字為疑母之反切上字。

（七）喉　音

《正韻》影曉匣喻音值為 ʔ　x　ɣ　·

影母（劉氏之烏類）

烏（汪　胡）汪（烏　光）委（烏　賄）於（衣　虛）迂（衣　虛）衣（於　宜）依（於　宜）隱（於　謹）安（於　寒）鴉（於　加）嫗（於　語）阿（於　何）伊（於　宜）倚（隱　綺）鄔（安　古）遏（阿　葛）因（伊　真）益（伊　昔[1]）乙（益　悉）一（益　悉）紆[2]（衣　虛）

註1：劉氏誤寫為「伊奚切」，應氏從之。

註2：劉氏歸入以類，《譯訓》歸入影母。

「紆」《正韻》「衣虛切」中古「憶俱切」，劉氏誤以為「雲俱切」而錯入於以類中，應氏從之。《正韻》「紆」作反切上字的有二例：

10817 氳、紆倫切　《廣韻》：於云切

40245 鬱、紆勿切　《廣韻》：紆物切

曉母（劉氏之呼類）

呼（荒　胡）荒（呼　光）翾（呼　淵）忽（呼　骨）霍（呼　郭）虎（火　五）火（虎　果）毀（虎　委）許（虛　呂）馦（虛　宜）況（虛　放）詡（虛　呂）休

（虛　尤）香（虛　良）馨（醯　經）虛（休　居）吁（休　居）曉（馨　杳）黑（迄得）迄（黑　乙）

匣母（劉氏之胡類）

胡（洪　孤）洪（胡　公）弦（胡　田）雄（胡　容）侯（胡　鈎）亥（胡　改）華（胡　瓜）狹（胡　夾）轄（胡　八）穫（胡　郭）乎（洪　孤）奚（弦　雞）戶（侯　古）下（亥　雅）形（奚　經）刑（奚　經）湖（洪　孤）何（寒　歌）河（寒歌）寒（河　干）曷（何　葛）熒[1]（于　平）

註 1：《正韻》「熒、于平切」，劉氏入以類。但就其反切用法上，宜入胡類。《正韻》「熒」作反切上字的只有一例：31114[全]「眩、熒絹切」，《廣韻》「黃練切」，《集韻》《禮韻》「熒絹切」。此分歧是由於「熒」本身在《正韻》時代已從匣母變為喻母，而《正韻》沿襲《集韻》及《禮韻》，仍以「熒」作匣母的反切上字之用的緣故。故本文將此字歸入匣母。

喻母（劉氏之以類）

以（養　里）養（以　兩）尹（以　忍）于（雲　俱）餘（雲　俱）余（雲　俱）為（于　嬀）縈（于　平）雲（于　分）牛（于　求）云（于　分）爰（于　權）王（于　方）淵[1]（縈　圓）魚（牛　居）虞（牛　居）牙（牛　加）越[2]（魚　厥）寅（牛　巾）移（延　知）夷（延　知）宜（延　知）延（夷　然）弋（夷　益）研（夷　然）逆（宜　戟）羽（弋　渚）庾（弋　渚）禹（弋　渚）羊（移　章）倪（研　奚）

註 1：此淵字，《譯訓》歸入影母，蓋為沿襲舊韻之故。

註 2：「越」作反切上字有一例：40755「域役、越逼切」；廣韻「域、雨逼切」、「役、營隻切」。《譯訓》歸入疑母。

（八）半舌音

《正韻》來母音值為 l。

來母（劉氏之盧類）

盧（龍　都）良（龍　張）龍（盧　容）兩（良　獎）里（良　以）力（郎　狄）魯（郎　古）歷（郎　狄）劣（力　輟）郎（魯　堂）落（歷　各）洛（歷　各）鄰（離　珍）凌（離　呈）靈（離　呈）離（鄰　溪）犁（鄰　溪）閭（凌　如）連（靈年）

以上與中古來母完全相合，沒有例外情形。

（九）半齒音

《正韻》日母音值為 z。

日母（劉氏之而類）[1]

而（如 支）如（人 余）儒（人 余）日（人 質）人（而 鄰）忍（爾 軫）爾（忍 止）乳（忍 與）汝（忍 與）

註 1：劉氏迃本氏還有「仁（而 鄰）」一字入而類，應氏同。

《正韻》「豎、仁庾切」，《譯訓》「仕庾切」。「豎」下註釋云：「莊子音上聲，又殊遇切」，由此可以推知此字有上去兩讀，皆屬於禪母。《正韻》「仁庾切」極可能是「仕庾切」之誤刻。但是《正韻》軫韻「盾 楯 揗」，《集韻》《禮部韻略》皆作豎尹切，《正韻》卻與「蜃、乳允切」（中古：而允切）合併。據《漢語方音字滙》，遇合三虞韻「豎」與「乳」在蘇州、溫州等吳語方言區為同音 $[z-]$。因此「豎、仁庾切」也許是受《正韻》編撰人之方音影響而來的，《譯訓》也許是根據北方官話而改為「仕庾切」。但現在無法分辨其是非，暫且採用《譯訓》的反切。

以上三十一聲類為《洪武正韻》反切系聯以及《譯訓》歸類所顯示的正韻聲母系統。三十一聲母的擬音是完全據《譯訓》標音的。

現在我們應該解決濁聲母送氣與否的問題。高本漢[註8]以來，大部分人把中古濁聲母並定群等標為送氣音 b' d' g'。李榮在《切韻音系》[註9]裡先提及高本漢主張濁聲母塞音送氣說的五點證據，然後逐目舉反證來反駁其送氣說。他再舉梵文字母對音、龍州僮語的漢語借字、廣西傜歌，三項情形來證明濁聲母並定群等應是不送氣音 b d g。

應裕康在《洪武正韻聲母音值之擬定》[註10]中批評李榮之不送氣說，證據不足，然而他又說濁聲母在漢語中送氣與否並沒有辨義作用。他接著說：「我覺得《正韻》的蒲、徒、渠三個濁塞音，和直、昨兩個濁塞擦音，也應該沒有送氣不送氣的分別，不過假如標作 b d dz $dʒ$ g 的話，就很容易被誤認

[註8] 參看《中國音韻學研究》p251～254，《中國聲韻學大綱》p13～14。

[註9] p116～124。

[註10] p18～23。

為是不送氣的濁音。」此句前後有矛盾，既然沒有送氣不送氣之分別，標作常見的不送氣 b d g 總是比罕見的送氣 b' d' g' 合理些。但是他更進而舉出兩個理由，主張《正韻》濁聲母上應該加送氣的符號：

1. 參加《洪武正韻》編撰工作的，一共十一人；參預評定的，又有四人，這十五人中間籍貫可考的一共十一人：……，除荅祿與權為北方人外，其他隸浙江者五人，安徽、江西、廣東、江蘇、湖南者，各一人。以人數的比例，使我選擇吳語的送氣，而不選擇湘語的不送氣（吳語濁塞音和濁塞擦音送氣，湖南零陵不送氣）。

2. 董同龢先生《漢語音韻學》7.2（142 頁）說：「……照理想，說送氣消失而變不送氣的音，總比說本不送氣而後加送氣好一些……」因此即使說吳語的〔d'〕和湘語的〔d〕都來自《正韻》的話，〔d'〕 ↗〔d'〕 ↘〔d〕 的說法，總要比

〔d〕 ↗〔d'〕 ↘〔d〕 的說法自然有力些。

他根據這二點，把「蒲 徒 直 昨 渠」五類標為「b' d' dʒ' dz' g'」。

應裕康所提的二項理由都是以「《洪武正韻》是表現吳語系統的假定下才能建立的。我們目前無法知道《洪武正韻》與吳語之間的關係」，所以要是說《洪武正韻》的濁聲母受吳語影響，應該是送氣的，那麼未免有成為空中樓閣的危險。何況現在對吳語濁聲母送氣與否的看法亦不甚一致。

高本漢說現在吳語方言裡濁塞音與濁塞擦音在除阻的時候，後面跟隨着一個濁的送氣〔ɦ〕，但是這吳語的送氣是很弱，弱得不夠讓我們認為送氣、不夠讓我們使用 b' d' g' 的寫法。所以他把吳語濁塞音標為 b d g。他說吳語在前一個時期把送氣失去成為 b d g 了〔註11〕。（按：大概不是說完全不送氣的 b d g，而是送氣成分弱得不足為標送氣罷了。）

此外，王力、李榮、董同龢諸位先生都認為吳語濁聲母是送氣的。王力《漢語史稿》頁一一二中說：「吳方言裡的濁聲母，以聲帶顫動為其特徵，不須區別吐氣和不吐氣。就多數情況而論，吳方言的濁聲母是吐氣的（吐濁氣，即當吐氣時聲帶仍顫動）。但是，有時候不吐氣也不至於改變音位。」

〔註11〕參見《中國音韻學研究》p168，p253～254。

　　《漢語方音字滙》中代表吳語的兩個方言，蘇州話與溫州話的濁塞音及濁塞擦音皆標為不送氣 b　d　g（dz）　dʑ 等。

　　就現代吳語而論，各家對送氣不送氣的標法也參差不齊，因為在描寫語音學上，濁聲母送氣與否也不易分辨。尤其是在音位上送氣不送氣不會成為對比時，標法不甚重要。切韻、吳語的濁聲母情形，暫且不談。我們回到本題，討論《洪武正韻》的濁聲母情形。

　　今日吳語濁聲母的送氣對決定《正韻》濁聲母送氣與否問題，無關緊要。因為《洪武正韻》不一定根據吳語。就序言中所說，原則上極力驅逐方言的色彩，尤其吳語是第一個排斥的目標。《正韻》所根據的中原雅音的濁聲母當時已不存在。所以《正韻》濁聲母的來源，我們更難考知。現在只有就《譯訓》標音探討《正韻》濁聲母送氣與否的問題。《譯訓》目的在標正確的《正韻》音，故不管《正韻》濁聲母存在之虛實如何，可以從《譯訓》標音討論《正韻》音。

　　我把《正韻》濁聲母定為不送氣是基於二個觀點：一為訓民正音制字理論，另一為音位觀念。

　　訓民正音無疑是在中國音韻學理論背景下產生的。初聲（等於聲母）二十三個字中，用於《洪武正韻譯訓》標濁聲母的六個並書字，可以說完全是為了標中國音（或《東國正韻》的朝鮮漢字音）之濁聲母而設的。那麼六個濁聲母字的造字必定斟酌當時中國實際語音中濁聲母的發音情形。

　　《訓民正音解例・制字解》說：「全清並書則為全濁，以其全清之聲凝，則為全濁也」其濁聲母字形為全清字之並書，如ㄱ[k]→ㄲ[g]、ㄷ[t]→ㄸ[d]、ㅂ[p]→ㅃ[b]、ㅈ[ts]→ㅉ[dz]。如果濁塞音及濁塞擦音聲母為送氣的話，為何不用次清字ㅋ[kʻ]等並書為ㅋㅋ[gʻ]或一個全清字與一個次清字合併成ㄱㅋ[gʻ]呢。

　　《譯訓》用訓民正音全濁字，即全清並書字標《正韻》濁聲母，故濁聲母不送氣之可能性比送氣之可能性大。

　　而且在音位上，濁聲母送氣不送氣不發生衝突，即沒有對比現象。所以我選不送氣的 b　d　g　dz　dʒ 標《洪武正韻》的濁塞音及濁擦音聲母。

　　不過這些不送氣的濁音 b　d　g 等，是否能通用於中古音濁聲母的擬音，

仍然是可疑的。高本漢〔註12〕說:「大部分高麗文的中國借字,可溯源于公元六百年左右,即與切韻的中古音同時。」而且他大規模用高麗譯音(即指朝鮮漢字音)解釋切韻。但朝鮮漢字音為已依韓國語音系統有所變化的音,雖然研究切韻音,仍可以參考,而實際上切韻音系中有些音在朝鮮漢字音系統上不容存在,如濁聲母等。即使朝鮮漢字音韻書《東國正韻》序中說:「其音雖變,清濁四聲則猶古也。」而亦用全清並書字ㄲㄸㅃ等代表濁聲母,但是《東國正韻》的濁聲母並不能代表當時實際漢字音,故不宜據《東國正韻》濁聲母不送氣情形解釋說中古音濁聲母也是不送氣的。

第三節 《正韻》實際聲類之探討

　　《洪武正韻》所收的字與註釋是根據毛晃《增修互註禮部韻略》,甚至於其反切、體例亦大致承襲《毛韻》的。辻本春彥在《洪武正韻反切用字考》中已舉出《正韻》一東韻與《毛韻》一東二冬三鍾的比較表,證實二書密切的關係。因此辻本氏認為劉文錦《洪武正韻聲類考》毫無考慮到《毛韻》,可以說其在研究程序上犯了很大的錯誤。於是他將《正韻》反切上字用系聯法整理,同時把《毛韻》的反切上字也用同樣的方法整理出來,然後把結果加以比較,欲從其分歧之處考究《洪武正韻》聲類系統的特點。而且為了證實《正韻》所根據的「中原雅音」音系與「《中原音韻》」大體一致的論點,舉出一些《毛韻》清聲母字併於《正韻》濁聲母字中,《毛韻》濁聲母字併入《正韻》清聲母字中的例子,解釋這現象與《中原音韻》的「全濁平聲變送氣清音,仄聲變不送氣清音」現象一致,而且是現代官話中能見到的普遍現象。他還舉例說明《毛韻》喻母和影母、疑母和喻母在《正韻》中混用的情形。

　　我非常讚同辻本氏這比較方法以及所得出的結論。然而其方法不夠縝密,也許會有許多遺缺而引致不確實的結論。而且舉例不成系統,例字又太少,每例只用一個字來代表,例如「《增韻》的稌(他胡切)(次清)之音,而在《正韻》合流於徒(同都切)(濁音)」,未免給人「若此之類,蓋皆單字之出入,不足淆亂全部聲系也」之感〔註13〕。

〔註12〕《中國聲韻學大綱》p7。

〔註13〕劉文錦《洪武正韻聲類考》p248:「綜此三十一聲類以與等韻三十六字母相較,

　　辻本春彥作這比較的目的完全是為了證明「《正韻》所據的中原雅音音系極相近於《中原音韻》」的假設。通常如果先有一個假設，然後選擇適當的材料來求證，雖能夠獲得令人滿意的結果，但是時常會受到假設的範圍所限，而容易忽略假設之外的其他種種現象。不過辻本氏如此的嘗試還是給我們很大的啟示。

　　不過目前《洪武正韻》的三十一聲類雖然已成定說，但是因為《洪武正韻》在體裁上依然蹈襲傳統韻書，只作反切系聯來考究《洪武正韻》聲母的話，也許不能看出實際語音現象，因此我想要從例外字上著手，窺視《洪武正韻》反映實際語音的情形。我覺得研究語音，絕不可忽視例外字。例外字不拘泥於形式，卻富有能夠表現實際語音之可能性，所以以例外情形作線索，可以探究當時實際音系，或許能獲得意外的成果。

　　我把《正韻》全部收錄字一個字一個字地和中古三十六字母（以《廣韻》、《集韻》反切為主）對照，然後抽出不合乎三十六字母系統的例外字，再與《毛韻》收錄的字比較異同，又考察前後字母關係。《毛韻》大體仍是承襲切韻系韻書，其反切與《廣韻》在用字上，雖然往往有異，而實際所表之音相同，但是因為《毛韻》是《正韻》的藍本，所以還是需要比較。《正韻》例外字情形同於《毛韻》，則可以解釋為承襲《毛韻》而來的；仍然不合於《毛韻》的例外字，就是《正韻》依據當時「中原雅音」而更改的地方，也就是當時

則知徹澄娘與照穿牀泥不分，非與敷不分；禪母半轉為牀，疑母半轉為喻；而正齒音二等亦與齒頭音每相涉入，（如牀母『鉏鋤查』可與從母『徂叢坐』系聯；《廣韻》魚韻『菹沮』兩字本作『側魚切』屬照母，《正韻》魚韻改作『子余切』轉為精母。）此其大齊也。至於《廣韻》先韻『淵，烏玄切』本屬影母，《正韻》先韻作『縈圓切』與『于』系聯，則清混於濁，《廣韻》脂韻『惟，以追切』本屬喻母，《正韻》支韻作『無非切』與微合紐，則喉變為脣：若此之類，蓋皆單字之出入，不足淆亂全部聲系也。」我並不認為這段話是否認例外情形的價值的。劉氏這篇文章的目的在於以反切系聯來得出聲類，所以例外情形仍然不會淆亂他所得出的三十一聲類。因為三十一聲類是韻書《洪武正韻》所標榜的聲類，例外字情形是或有意或無意中造出來的。所以我們應該分開來討論。崔世珍《四聲通解》中較明顯的例外情形之下附案語解釋，有時說「誤矣」，有時說「未詳」。他只注意到那些不符合《正韻》整個系統的字不當，未曾考慮到這就是描寫當時實際語音的片段資料的另一面。

語音獨特的現象。

　　下面探討例外字時，同時舉出所謂官話系統的韻書，《中原音韻》、《韻略易通》、《韻略匯通》的該字聲母表現情形，加以比較，需要時亦參考《韻會》反切。然後將其特殊現象再與現代各地方音比較，查考是否有牽涉到方音之處。

　　我們從例外字中可以歸納出《正韻》所根據的「中原雅音」音韻現象。〔　〕中的字是同小韻中合乎中古音的正規字。

一、有音韻規律的現象

（一）精照二互用

1、以精系切照二系

N		例　字	中　古	正　韻	中原	易	匯	
以精切照二	20205	〔子…〕淬第肺肺	止　阻史切	紙　祖似切			ts	
	20205	〔子…〕緇	旨　側几切	〃　〃		tʃ	tʃ	◎
	30202	〔恣…〕戠剚淄俥	志　側吏切	實　資四切		ts	ts	
	10409	〔疽…〕菹	魚　側魚切	魚　子余切		ts	ts	
以清切穿二	10712	〔崔…〕衰榱	支　初危切	灰　倉回切	tsʻ	tsʻ	tsʻ	
	21723	〔搶…〕刅	養　初兩切	養　七兩切				
	32105	〔參…〕儳	鑑　乂鑑切	勘　七紺切				
以從切牀二	10505	〔徂…〕鉏耡	魚　士魚切	模　叢租切	tʃʻ	tʃʻ	tʃʻ	※1
	10505	〔徂…〕鶵雛穳嬬	虞　仕于切	模　叢租切	tʃʻ	tʃʻ	tʃʻ	※1
	21011	棧輚孱虥	產　士限切	產　徂限切	tʃ	tʃ	tʃ	去 ※2
	32108	〔暫…〕儳	陷　仕陷切	勘　昨濫切				
	40753	崱萴	職　士力切	陌　疾力切				※3
以心切審二	40110	〔速…〕謖謖	屋　所六切	屋　蘇谷切	s	s	s	
	20303	〔徙…〕躧灑跿纚縰轣漇鞭釃徙釃籭	紙　所綺切	薺　想里切	s	s	s	
	21201	〔篠…〕溲	尤　所鳩切	篠　先了切		ʃ	ʃ	平 √
以邪切禪二	20215	〔似…〕俟竢駛涘	止　牀史切	紙　詳子切	s	s	s	

案1：「鉏」、「雛」等六字，《正韻》皆收入中古從母「徂」等字下；《易通》將此小韻（連中古從母字「徂」）歸入「春」母下，可見《易通》沿襲《正韻》而中古屬於從、牀二兩母字合併，只是未歸入「從」母（如《正韻》），而歸入「春」母而已。

案2：「棧」等四字，《正韻》反切「徂限切」屬於從母；《禮部韻略》「仕限切」。《正韻》產韻中已另有從母小韻「趲、在簡切」，故其反切上字「徂」也可能是「仕」之誤刻。

案3：《譯訓》將「崲萴」小韻與下一小韻「賊、疾則切」合併為一。

2、以照二系切精系

N		例 字	中 古	正 韻	中原	易	匯	
以照二切精	40520	[苴…] 蕝蒮	薛 子悦切	屑 側劣切		ts	ts	
	40802	[戢…] 輯	緝 秦入切	緝 側入切	ts	ts	ts	◎
以穿二切從	10203	[差…] 鞻	脂 疾資切	支 叉茲切				√
以牀二切從	12122	[讒…] 憖	談 昨甘切	覃 鋤咸切	tʃʻ	tʃʻ	tʃʻ	
以審二切心	11001	[刪…] 珊	寒 蘇干切	刪 師姦切	s	ʃ	ʃ	
	11918	[搜…] 艘	豪 蘇遭切	尤 踈鳩切	s	s	s	◎△

以上精照互用之例甚多。完全從系聯看，精與照、知可以為一。但精與照的關係只見於照二，絕不涉及照三、知系。此為本文不主張精照為一的一大理由。

我認為可以從兩方面來解釋此精照互用情形：

1.《正韻》當時，這些字很可能有精照兩讀，如現代國語。國語照二系中梗攝入聲二等字有精照兩讀（讀書音為 [ts-] 系），如「窄」（陌韻 側伯切）tʂai、tsɤ；「側」（職韻 阻力切）tʂai、tsɤ；「色」（職韻 所力切）ʂai、sɤ等等。在精照兩讀中，《正韻》選擇任何一種音讀而已。

2.《正韻》精照互用情形與官話系韻書及現代官話大體一致。只是有些例外，如「鉏」、「雛」、「棧」、「蕝」、「輯」、「憖」等字音，很可能是受吳語方音之影響而來的。據《方言字彙》，上海、溫州等地「鉏」、「雛」、「棧」、「憖」等字皆唸為 [dz-]，與從母字音相同。

（二）從邪互用

1、以從切邪

N	例 字	中 古	正 韻	中原	易	匯	
10111	[叢…] 誴	鍾 祥容切	東 徂紅切				

N	例　字	中　古	正　韻	中原	易	匯	
20806	［盡…］賮贐臏	震　徐刃切	軫　慈忍切				◎△
30817	［盡…］賮贐臏進蓋	震　徐刃切	震　齊進切	s	ts	ts	
21606	［苴…］灺	馬　徐野切	者　才野切		s	s	△
11915	［酋…］囚燸泅	尤　似由切	尤　慈秋切	s	s	s	

2. 以邪切從

N	例　字	中　古	正　韻	中原	易	匯
31604	［謝…］藉	禡　慈夜切	蔗　詞夜切	ts		

從邪的互用，由來已久。《顏氏家訓音辭篇》〔註14〕說：

> 南人以錢為涎，以石為射，以賤為羨，以是為舐。

一三兩例言南人不分從邪，二四兩例言南人不分三等牀禪。羅常培編輯《經典釋文》音彙，發現「從邪混而為一，與《原本玉篇》反切及現代吳語均有可引證之處。」〔註15〕。龍師宇純《例外反切的研究》〔註16〕，亦從唐寫全本王仁昫《刊謬補缺切韻》等韻書中發現十五例從邪二母混用情形。因此《正韻》此從邪互用情形也許與南音有關，但是顏氏所舉的二例皆為「以從母字為邪母字」。

周法高先生《補正》云：

> 案「以甲為乙」云云，其排列恐非無意。例如顏氏蓋以為南人
> 以塞擦音 dzʻ-（從紐）讀為擦音 z-，與邪紐相混；故云然。

《正韻》「以從切邪」者，五例；「以邪切從」者，却只有一例，而且從反切系聯上看，從邪二母也絕不相混。故此《正韻》從邪互用之例顯然不是南音現象。除了「藉」之外，蓋為中原雅音現象。

（三）牀禪互用

1、以牀切禪

N	例　字	中　古	正　韻	中原	易	匯	
10413	［除…］蜍蟵	魚　署魚切	魚　長魚切	tʃʻ	tʃʻ	tʃʻ	

〔註14〕《顏氏家訓彙注》《音辭》第十八頁一二〇。

〔註15〕見周法高先生編輯《近代學人手跡》初集五十七頁。

〔註16〕p355～357。

N	例字	中古		正韻		中原	易	匯
10814	[陳…]臣	真	植鄰切	真	池鄰切	tʃʻ	tʃʻ	tʃʻ
11128	[…纏]蟬澶單嬋儃禪撣	仙	市連切	先	呈延切	tʃʻ	tʃʻ	tʃʻ
11119	[椽…]遄篅	仙	市緣切	先	重圓切			tʃʻ
11713	常尚裳嘗償鱨	陽	市羊切	陽	陳羊切	tʃʻ	tʃʻʃ	tʃʻ
11836	[成…]承丞	蒸	署陵切	庚	時征切	tʃʻ	tʃʻ	tʃʻ
11910	[儔…]雔醻酬訓嚋翿	尤	市流切	尤	除流切	tʃʻ	tʃʻ	tʃʻ

2、以禪切牀

N	例字	中古		正韻		中原	易	匯
40125	[孰…]贖	燭	神蜀切	屋	神六切	ʃ	ʃ	ʃ
20207	[視…]舓狋	紙	神帋切	紙	善指切		ʃ	
30204	[侍…]示諡	至	神至切	寘	時吏切	ʃ	ʃ	
10804	[辰…]神	真	食鄰切	真	丞真切	ʃ		ʃ
10830	[純…]脣漘	諄	食倫切	真	殊倫切	tʃʻ		ʃ
30830	順揗楯	稕	食閏切	震	食閏切	ʃ	ʃ	ʃ
40226	術述沭潏秫术	術	食聿切	質	食律切	ʃ	ʃ	ʃ
11849	繩澠譝憴	蒸	食陵切	庚	神陵切	ʃ	ʃ	ʃ
31825	[盛…]乘甸椉剩賸嵊鱦	證	實證切	敬	時正切	ʃ	ʃ	ʃ
40726	[石…]射	昔	食亦切	陌	裳隻切	ʃ	ʃ	ʃ
40726	[石…]食蝕	職	乘力切	〃	〃	ʃ	ʃ	ʃ
40717	[…咋]蹟	麥	士革切	陌	士革切			
22005	[甚…]葚椹	寢	食荏切	寢	食枕切	ʃ	ʃ	ʃ
20207	[市…]枾士仕阰	止	鉏里切	紙	上紙切	ʃ	ʃ	ʃ 去
30204	[侍…]事	志	鉏吏切	寘	時吏切	ʃ	ʃ	ʃ
30204	[侍…]士仕柿	止	鉏里切	〃	〃	ʃ	ʃ	ʃ
40717	[蹟…]咋齰	陌	鋤陌切	陌	士革切			

牀禪不分，由來已久。前引《顏氏家訓音辭篇》舉「石射」、「是舓」之例，說明南音牀禪不分情形。唐寫本《守溫韻學殘卷》，正齒音中也沒有牀母。燉煌寫本中又有唐人《歸三十字母例》，每个字母下舉四個例字，其禪母下的四個例字中，「乘神」二字屬於三十六字母之牀母；「常諶」屬於禪母。代表六朝語音的更早材料，如《原本玉篇》、《經典釋文》亦都不分牀禪。《廣韻》牀禪分得很清楚（又切可併），《集韻》、《禮部韻略》，則可以系聯。後期韻圖中，牀禪大致是互補的分配，尤其是《指掌圖》更明顯，甚至有牀母字佔禪

母位之例，如「賾、士革切」在第十六圖入聲二等禪母下；亦有禪母字入牀母位之例，如「遄、市緣切」在第八圖平聲三等牀母下。龍師宇純在《例外反切的研究》（三五八頁）說：

> 牀禪相混據顏之推所說也是南方語言系統的不同。牀與禪的關係同從與邪，在理論上講，其背景似乎應該是一致的。

《正韻》牀禪互用情形不少，完全從系聯看，牀與禪可以為一。此似乎亦為南音系統之現象。但是《正韻》以牀切禪者，皆為平聲字，而且《中原音韻》等官話系韻書及現代官話皆為塞擦音；以禪切牀者，大致為仄聲字，而且是擦音。《譯訓》之歸類也一致，凡是塞擦音字歸入牀母；擦音歸入禪母。此現象與顏氏所謂南音「以禪為牀」（案：擦音讀為塞擦音）相異，亦不合於現代吳語方言牀禪皆讀為擦音〔z-〕，如蘇州。《正韻》牀禪母反切之別已與中古不同，中古屬於牀母的上字「神」、「食」在《正韻》屬於禪母，乃表現牀禪之間的語音變化。

《正韻》牀禪互用情形與官話系韻書及國語一致，正如高本漢所說：「dẓ‘、dẓ‘大概在平聲裏是 tṣ‘，在其他聲調是 ṣ。」〔註17〕趙元任先生在《國音古音的比較》中補充說：「牀崇 dẓ‘牀乘 dẓ‘禪 z‘在平聲大致變 tṣ‘，在仄聲變 ṣ。」（頁二〇一）故本文主張《正韻》牀禪互用並非南音系統之表現，而是中原雅音現象。

（四）以喻切疑、以疑為喻

N	例　字	中　古		正　韻		中原	易	匯
10121	顒喁禺	鍾	魚容切	東	魚容切		Ø	Ø
40129	玉獄	燭	魚欲切	屋	魚欲切	Ø	Ø	Ø
10217	［夷…］宜儀轙轙涯崖螘檥議	支	魚羈切	支	延知切	Ø	Ø	Ø
10217	［夷…］疑嶷礒	之	語其切	〃	〃	Ø	Ø	Ø
10217	［夷…］沂濭	微	魚衣切	〃	〃	Ø	Ø	Ø

〔註17〕《中國古音（切韻）之系統及其演變》p188。Bernhard Karlgren：*Analytic Dictionary of Chinese and Sino-Japanese* 書中引論第二章，原名 *The Phonetic System of Ancient Chinese （Tsie jün）* 1923. 王靜如譯。中央研究院歷史語言研究所集刊第二本第二分 p185-204.（後附趙元任先生《國音古音的比較》p200-204）

20208	［以…］螘蛾齮艤檥礒錡轙	紙　魚依切	紙　養里切	Ø	Ø	Ø
20208	［以…］顗掜	尾　魚豈切	〃　〃	Ø	Ø	Ø
20208	［以…］擬薿儗	止　魚紀切	〃　〃	Ø	Ø	Ø
30211	［異…］義誼議	寘　宜寄切	寘　以智切	Ø	Ø	Ø
30211	［異…］儗	志　魚記切	〃　〃			
30211A	詣栺羿睨堄輗 寱帠埶	霽　五計切	寘　倪制切	Ø	Ø	Ø
30211A	藝蓺囈褹槸	祭　魚祭切	〃　〃	Ø	Ø	Ø
30211A	艾乂刈壁忩	廢　魚肺切	〃　〃	Ø	Ø	Ø
30211A	甈劓	祭　牛例切	〃　〃	Ø	Ø	Ø
30211A	毅藙	未　魚既切	〃　〃	Ø	Ø	Ø
10401	魚瞧驗漁歔衙齬	魚　語居切	魚　牛居切	Ø	Ø	Ø
	虞鸆虞禺愚娛澞 嵎隅髃齵喁	虞　遇俱切	〃　〃	Ø	Ø	Ø
30401	御馭禦語漁	御　牛倨切	御　魚據切	Ø	Ø	Ø
	遇寓禺虞	遇　牛具切	〃　〃	Ø	Ø	Ø
10618	皚敳	咍　五來切	皆　魚開切	Ø	Ø	Ø
30610	艾忩乂	泰　五蓋切	泰　牛蓋切	Ø	Ø	Ø
30610	礙硋閡	代　五溉切	〃　〃		Ø	Ø
30620	睚	卦　五懈切	泰　牛懈切		Ø	Ø
10612	涯睚崖	佳　五佳切	皆　宜皆切	Ø	Ø	Ø
30724	魏犩	未　魚貴切	隊　魚胃切	Ø	Ø	Ø
30724	僞	寘　危睡切	〃　〃		Ø	Ø
30724	磑	隊　五對切	〃　〃		Ø	Ø
20844	眼限	混　魚懇切	軫　魚懇切			
10823	［…寅］銀齗誾言訢					
	嚚狺垠沂釿珢鄞	真　語巾切	真　魚巾切	Ø	Ø	Ø
10823	［…寅］圻齗齦听	欣　語斤切	〃　〃	Ø	Ø	Ø
30806	憖迍	震　魚覲切	震　魚僅切		Ø	Ø
40217	仡疙屹虓疑	迄　魚迄切	質　魚乞切			
30906	岸騂豻犴干矸諺喭	翰　五旰切	翰　魚幹切	Ø	Ø	Ø
11008	顏	刪　五姦切	刪　牛姦切	Ø	Ø	Ø
31022	鴈贗	諫　五晏切	諫　魚澗切	Ø	Ø	Ø

40402	蘖壁枿轐鼊	曷	五割切	轄	牙八切		Ø	Ø
40502	孽糱夒蘖薛鶱讞	薛	魚列切	屑	魚列切			
	钀轕	薛	魚列切	屑	魚列切	n	Ø	Ø
40502	齧祝臬槷闑摯陧齯嵲辥蜺霓蟄	屑	五結切	〃	〃	n	Ø	Ø
31115	[⋯遠] 願愿謜	願	魚怨切	霰	虞怨切	Ø	Ø	Ø
40509	[⋯悅] 月刖軏	月	魚厥切	屑	魚厥切	Ø	Ø	Ø
11116	[延⋯] 妍研	先	五堅切	先	夷然切	Ø	Ø	Ø
11116	[延⋯] 言笒齴	元	語軒切	〃	〃	Ø	Ø	Ø
31112	[⋯衍] 硯研豣	霰	吾甸切	霰	倪甸切	Ø	Ø	Ø
31112	[⋯衍] 彥唁喭諺齴讞	線	魚變切	〃	〃	Ø	Ø	Ø
11142	[員⋯] 元原源邍沅祁謜嫄騵螈蚖黿阮	元	愚袁切	先	于權切	Ø	Ø	Ø
11222	[⋯遙] 堯嶢垚僥	宵	五聊切	蕭	餘招切	Ø	Ø	Ø
11319	敖遨熬獒螯嗷嶅謷警赵鼇驁摰翱囂踞聱嗸	豪	五勞切	爻	牛刀切	Ø	Ø	Ø
31322	傲傲敖驁警㬵鏊	号	五到切	效	魚到切	Ø	Ø	Ø
31305	樂	效	五教切	效	魚教切	Ø		
11406	莪哦娥俄峨鵝蛾睋	歌	五何切	歌	牛何切	Ø	Ø	Ø
11517	牙芽枒呀齖衙	麻	五加切	麻	牛加切	Ø	Ø	Ø
11517	涯厓倪崖	佳	五佳切	〃	〃	Ø	Ø	Ø
21707	仰卬	養	魚兩切	養	魚兩切	n	Ø	Ø
31722	[⋯釀] 仰䬓	漾	魚向切	漾	魚向切	n		
31737	枊	宕	五浪切	漾	魚浪切			
40647	諤堊齶愕鄂塄鍔咢崿萼鰐鶚遻鱷	鐸	五各切	藥	逆各切	Ø	Ø	Ø
40601	[藥⋯] 虐瘧	藥	魚約切	藥	弋灼切	n	Ø	Ø
40601A	嶽岳鸑樂	覺	五角切	藥	逆角切	Ø	Ø	Ø
11851	凝冰	蒸	魚陵切	庚	魚陵切	Ø	Ø	Ø
31814	迎	敬	魚敬切	敬	魚慶切			
31814	凝	證	牛餕切	〃	〃	Ø		
31818	硬鞕	諍	五諍切	敬	魚孟切	Ø	Ø	Ø
11839	[盈⋯] 迎	庚	語京切	庚	餘輕切	Ø	Ø	Ø
40739	逆縌	陌	宜戟切	陌	宜戟切		Ø	Ø

N	例字	中古韻	中古切	正韻韻	正韻切	中原	易	匯	
40739	鵙鶃䴅舺霓	錫	五歷切	〃	〃			Ø	Ø
40739	嶷嶷嶷疑臡	職	魚力切	〃	〃			Ø	Ø
40711	額頷詻客	陌	五陌切	陌	鄂格切	Ø	Ø	Ø	
11929	腢齫	侯	五婁切	尤	魚侯切				
11901	[尤…]牛	尤	語求切	尤	于求切	Ø	Ø	Ø	
12016	吟唫崟嶔碞	侵	魚金切	侵	魚音切	Ø	Ø	Ø	
22010	唫	寑	牛錦切	寑	魚錦切				
32017	吟	沁	宜禁切	沁	宜禁切				
12120	嵒碞巖	咸	五咸切	覃	魚咸切		Ø	Ø	
12120	巖巉壧	銜	五銜切	〃	〃		Ø	Ø	
12214	唵	鹽	牛廉切	鹽	牛廉切				
22210	顩唵	琰	魚檢切	琰	魚檢切				
32215	醶驗唫	豔	魚欠切	豔	魚欠切	Ø	Ø	Ø	
41018	業鄴嶪僷嶪	業	魚怯切	葉	魚怯切	Ø	Ø	Ø	
12201	[鹽…]嚴籤	嚴	語輪切	鹽	移廉切	Ø	Ø	Ø	
12201	[鹽…]巖	銜	五銜切	〃	〃				Ø
22201	[琰…]儼曮广	儼	魚檢切	琰	以冉切		Ø	Ø	

　　從劉文錦反切系聯，已知道中古疑母半轉為喻母之情形。《正韻》「以喻切疑」及「以疑為喻」之例如此多，可見《正韻》時代疑母〔ŋ-〕大半消失。

　　「以喻切疑」之例皆為細音字；「以疑為喻」之例雖洪細音字皆有，但查考所有的《正韻》疑母字，細音只有六例（語、偶許切，听、語謹切，爧、語騫切，阮、五遠切，澆、五弔切，骹、五巧切），倘若其六例算為例外，我們可以歸納說〔ŋ-〕聲母在細音前先消失，至《正韻》時代，洪音前之〔ŋ-〕聲母亦開始消失，只在「模灰寒刪歌…」等韻少數洪音字前仍保留〔ŋ-〕聲母而已。

（五）以微切喻

N	例字	中古韻	中古切	正韻韻	正韻切	中原	易	匯	
10222	[微…]惟維唯灘	脂	以追切	支	無非切	v	w	w	
	帷	脂	洎悲切	〃	〃	v	Ø	Ø	◎

《翻譯老乞大朴通事》凡例第六條云：

微母則作聲近似於喻母，如惟（疑惟字誤）字本微（疑喻字誤）

母，而《洪武韻》亦自分收於兩母引〔wjɨj〕或위〔wɨj〕。今之呼引

〔wjɨj〕亦歸於위〔wɨj〕。此微母近喻之驗也。今之呼微或從喻母亦

通，漢俗定呼為喻母者，今亦從喻母書之。

可見《正韻》時代喻母和微母極相近，於是我們將微母標為〔w-〕，喻母
標為零聲母，可以解釋此混用情形。《中原音韻》、《易通》、《匯通》的表現與
《正韻》一致。

（六）以喻三切匣

N	例　字	中　古	正　韻	中原	易	匯
31723	[王…] 煌熿	蕩　戶廣切	漾　于放切			△
11820	[榮…] 熒螢滎濚	青　戶扃切	庚　于平切	Ø	Ø	Ø

喻三與匣在切韻以前是不分的。《經典釋文》和《原本玉篇》的反切，可
以為證〔註18〕。此《正韻》以喻三切匣之例，說明喻三與匣之關係。《中原音韻》
等官話系韻書與此同。

以上六種情形，雖然兩母互用，但不至於兩母合併為一，《正韻》聲類仍
為三十一類。然而下兩種互用情形使《正韻》聲類從三十一類減為二十一類。

（七）影喻互用

1. 以影切喻

N	例　字	中　古	正　韻	中原	易	匯
20702	[猥…] 蔿䓷闈	紙　韋委切	賄　烏賄切		Ø	Ø
20702	[猥…] 洧鮪痏	旨　榮美切	〃　〃		Ø	Ø
20702	[猥…] 蔿	紙　羊捶切	〃　〃			
20702	[猥…] 韙愇偉韠颶葦暐煒	尾　于鬼切	〃　〃	Ø	Ø	Ø
20702	[猥…] 趹唯壝	旨　以水切	〃　〃	Ø	Ø	Ø
21207	[杳…] 溔鷕䁝瞗	小　以沼切	篠　伊鳥切	Ø	Ø	Ø
40629	[臒…] 籰	藥　王縛切	藥　烏郭切		Ø	Ø

〔註18〕據羅常培《經典釋文和原本玉篇反切中的匣于兩紐》。中央研究院歷史語言研究
　　　所集刊第八本第一分。

21819	[影…]樗	靜 以整切	梗 於丙切			
11908	[憂…]攸悠	尤 以周切	尤 於尤切	Ø	Ø	Ø
40813	[揖…]熠煜曄	緝 為立切	緝 一入切	Ø	Ø	Ø

2、以喻切影

N	例　字	中　古	正　韻	中原	易	匯
20118	[勇…]擁雍	腫 於龍切	董 尹竦切	Ø	Ø	Ø
11116	[延…]焉	仙 於乾切	先 夷然切	Ø	Ø	Ø
21820	[潁…]麘瓔	靜 於郢切	梗 庾頃切	Ø	Ø	Ø
11820	[榮…]縈	清 於營切	庚 于平切		Ø	Ø
41001	[葉…]厭猒擪靨壓	葉 於葉切	葉 弋涉切			Ø
41001	[葉…]浥裛腌	業 於業切	葉 弋涉切			

以上影母與喻母互用情形表示影母喉塞音聲母[ʔ-]之消失。這些影喻互用之例，可以證明《正韻》時代影母已消失，而與喻母相混現象。

（八）清濁互用及濁上歸去

1、以清切濁

N		例　字	中　古	正　韻	中原	易	匯	
以幫切並	30215	[祕…]芘	至 毗至切	寘 兵媚切				
	20603	[…擺]罷	蟹 薄蟹切	解 補買切				
	20835	[本…]旙畚	混 部本切	軫 布袞切				
	21007	[版…]反	潸 部版切	產 補綰切				
	40636	[博…]薄礴	鐸 傍各切	藥 伯各切	p	p	p	◎
以滂切並	20212	[庀…]痞圮	旨 符鄙切	紙 普弭切	p'	p'	p'	
	11107	[篇…]翩	銑 薄泫切	先 紕連切				√
	11107	[篇…]蹁	先 部田切	〃 〃		p'	p'	
	21218	[標…]鰾	小 苻少切	篠 普沼切	p	p	p	
	40639	[朴…]鏷	沃 蒲沃切	藥 匹各切				√
	21931	[剖…]部培瓿脏	厚 蒲口切	有 普厚切		p'	p'	
非以敷切奉	30116	[賵…]俸	用 扶用切	送 撫鳳切		f	f	
	40117	[福…]復馥	屋 房六切	屋 方六切	f	f	f	
	30223	[費…]屝菲跰荆屝皲翡痱腓狒萉穖櫃費蜚	未 扶沸切	寘 芳未切		f	f	

類	號碼	字	韻	反切	韻	反切				備註
	30223	[費…]吷茷	廢	符廢切	″	″	f	f	f	
	10837	[芬…]棼鳻	文	符文切	真	敷文切				◎
	21008	[返…]飯筭	阮	扶晚切	諫	甫版切	f	f	f	
	31702	[訪…]防	漾	符況切	漾	敷亮切				
以端切定	41012	[喋…]牒諜諜喋渫堞褶蹀蝶鰈疊喋氎渫褋鰈	帖	徒協切	葉	丁協切	t	t	t	※1
以透切定	30849	[褪…]飩	稕	屯閏切	震	吐困切				√
	40255	突捘快脮垵鈯	沒	陀骨切	質	吐訥切	t	t	t	※2
以精切從	30202	[恣…]漬髊齜眥	真	疾智切	真	資四切	ts	ts	ts	
	30615	[再…]裁栽截	代	昨代切	泰	作代切				
	30845	[鐏…]鱒	慁	祖悶切	震	祖悶切				
	40230	[卒…]捽崒	術	慈卹切	質	即律切	ts	ts		
以心切邪	30206	[四…]寺嗣飤食飼	志	祥吏切	寘	息漬切	s	s	s	
	30206	[四…]似	止	詳里切	″	″	s	s	s	◎
	40803	[雪…]颮	緝	似入切	緝	息入切				
知澄以照切牀	30208	[智…]緻	至	直利切	寘	知意切			tʃ	
	20519	[阻…]齟	語	牀呂切	姥	壯所切	tʃ	tʃ	tʃ	
	31747	[…戇]撞艟橦憧幢	絳	直絳切	漾	陟降切	tʃ	tʃ	tʃ	
以知切禪	20113	[腫…]尰瘇	腫	時宂切	董	知隴切				※3
徹澄以穿切牀	10121	[充…]沖冲种狆	東	直弓切	東	昌中切	tʃ'	tʃ'	tʃ'	
	20203	[佟…]杝	紙	丈尒切	紙	尺里切				
	11810	[…鎁]崢	耕	士耕切	庚	抽庚切		tʃ'	tʃ'	
	12126	[欃…]劖鑱漸	衞	鋤衞切	覃	初銜切	tʃ'	tʃ'	tʃ'	
以審切禪	40120	[叔…]淑	屋	殊六切	屋	式竹切	ʃ	ʃ	ʃ	
	22203	[閃…]剡	琰	時染切	琰	失冉切				
	32205	[苫…]贍澹	豔	時豔切	豔	舒贍切	ʃ	ʃ	ʃ	
	41006	[攝…]涉拾	葉	時攝切	葉	失涉切		ʃ	ʃ	
以見切群	30310	[寄…]其忌己	志	渠記切	霽	吉器切	k	k	k	◎△
		幾刉璣	未	其既切	″	″				

	N	例　字	中　古		正　韻		中原	易	匯
	30406	[據…]遽渠詎遽懅勮醵	御	其據切	御	居御切	k	k	k	
	40221	[吉…]姞佶	質	巨乙切	質	激質切			k
	40223	[橘…]獝	術	揆聿切	質	厥筆切			△ ※4
	40503	[結…]偈	薛	渠列切	轄	古屑切		k	k
	31209	[叫…]橋撟	笑	渠廟切	嘯	古弔切			△
	31801	[敬…]徼	敬	渠敬切	敬	居慶切			
	32014	[禁…]玪噤澿	沁	巨禁切	沁	居蔭切	k	k	k
以溪切群	32213	[歉…]儉	琰	巨險切	琰	詰念切	k		×
以曉切匣	40712	[…諫]畫獲劃嬅嘩嚄濩嚄鑊	麥	胡麥切	陌	霍虢切	x	x	x

案1：《四聲通解》「喋」字下，崔世珍按語云：「自此以下諸字，《韻會》及古韻書皆收入定母，《洪武韻》雖收入端母，而以一喋字重收於一母之下，則此明為兩母而誤合為一也。」《正韻》的兩個「喋」字意義迥然不同，屬於中古端母的字義為「流血滂沱也」；中古定母的字義為「多言便語」。此與《禮韻》、《毛韻》重收「喋」字之情形全合，所不同的只是《禮部韻略》將端、定母分，《洪武正韻》將兩母合併，而兩個「喋」見於同一韻之下而已。《四聲通解》按語以「重收喋字於一母之下」之情形作為「端定兩母誤合為一」之證據顯然不大正確，因為《洪武正韻》收字原則上，「字畫同而音義異者，各見之」並未說「同畫義異者，音必不同而不可見於同小韻之下」。《正韻》此舊韻書之端、定母字合併並非誤合，而是有意的。此小韻中，屬於中古定母之首字「喋」字下，見「同上切」三字，乃為明顯地表現將「喋」以下一連串的定母字，有意與上面端母「喋跕」等字合併之義。

案2：「突」等字中古屬於定母，《譯訓》反切「陀訥切」異於《正韻》，《譯訓》蓋為中古反切所誤。《集韻》、《禮部韻略》皆為「陀沒切」。

案3：「尰瘇」原義為「足腫」。

案4：「獝」，《廣韻》為「況必切」，此中古反切「揆聿切」乃據《毛韻》、《韻會》。

2、以濁切清

	N	例　字	中　古		正　韻		中原	易	匯
以並切幫	30706	[㿺…]北	隊	補妹切	隊	步昧切			
	11809	[棚…]掤	蒸	筆陵切	庚	蒲庚切			◎√
	40637	[雹…]欂	鐸	補各切	藥	弼角切			◎
以並切滂	30216	[避…]濞淠	至	匹備切	寘	毗意切			◎√
	20716	[嚭…]秠	旨	匹鄙切	賄	部癸切			

聲類	號碼	字							備註
非 以奉切 敷	30832	[分…] 償拚坌貢 奔忿奮漢糞	問 方問切	震 房問切	f	f	f		※1
	11920	[浮…] 不紑衃碻	尤 甫鳩切	尤 房鳩切		f	f		
	32122	[梵…] 泛汎氾溫 瀜	梵 孚梵切	勘 扶泛切	f	f	f		
以定切端	22102	[襌…] 扰	感 都感切	感 徒感切		t'			△
以定切透	21836	[挺…] 珽頲耵町	迥 他鼎切	梗 徒鼎切	t'		t'		
	40911	[沓…] 錔	合 他合切	合 達合切					√
以從切精	21119	[雋…] 騰	獮 子兗切	銑 徂兗切					
	40805	[集…] 渫喋	緝 子入切	緝 秦入切		ts	ts		
	40805	[集…] 眷	緝 即入切	〃 〃					※2
以從切清	20417	[聚…] 且	語 七序切	語 慈庾切					※3 ×
	30712	[萃…] 襊寂	泰 麤最切	泰 秦醉切					
	21421	[坐…] 脞	果 倉果切	哿 徂果切	ts'	ts'	ts'		√
澄 以牀切知	20413A	[柱…] 貯	語 展呂切	語 直呂切	tʃ	tʃ	tʃ		
	30416	[箸…] 駐邁鉒	遇 中句切	御 治據切	tʃ	tʃ	tʃ		
	30416	[箸…] 著	御 陟慮切	〃 〃	tʃ	tʃ	tʃ		
以澄切穿	11910	[儔…] 雔雡	尤 赤周切	尤 除留切	tʃ'		tʃ'		
以禪切審	40809	[十…] 濕溼	緝 失入切	緝 寔執切		ʃ	ʃ		
以群切見	30828	[僅…] 靳斤攭劤	焮 居焮切	震 具吝切		k	k		
以群切溪	30213	[芰…] 碣	曷 苦葛切	寘 奇寄切					△
	20407	[巨…] 麌踽	麌 驅雨切	語 臼許切		k	k		上
	40505	朅愒偈揭	薛 丘竭切	屑 琦熱切			k'		
以匣切曉	20108	[澒…] 嗊	董 呼孔切	董 胡孔切	x	x	x		
	30632	[械…] 論忩	怪 許介切	泰 下戒切					
	20701	[…瘣] 賄悔	賄 呼罪切	賄 乎罪切	x	x	x		
	30713	[潰…] 靧纇	隊 荒內切	隊 胡對切		x	x		
	30715	[慧…] 隋	寘 呼恚切	隊 胡桂切					
	30715	[慧…] 嘒暳	霽 呼惠切	〃 〃	x	x	x		
	40643	[學…] 嗃歊滈縠	覺 許角切	藥 轄覺切					
	21740	[晃…] 慌暁㬬	蕩 呼晃切	養 戶廣切					
	31808	[橫…] 轟輷	諍 呼迸切	敬 戶孟切					
	12111	[含…] 哈	覃 火含切	覃 胡南切					
	12118	[酣…] 蚶蚶	談 呼談切	覃 胡甘切		x	x		

| 40901 | [合…] 欱 | 合 呼合切 | 合 胡閤切 | x | x | |
| 41013 | [協…] 脅憒嗋 | 業 虛業切 | 葉 胡頰切 | x | x | |

案1：「債」字下亦有「方問切」之反切。這一組中古非母字如何佔《正韻》奉母的後半位置，有兩種可能：一是《正韻》誤脫圈，《譯訓》依此未加字母「非」；一是「債」字下雖別著反切，而當時語音不易分辨非、奉，故歸併於上一小韻「分」等奉母下。就《譯訓》未將「債」以下字歸入非母之情形看來，《正韻》此歸併措施為有意的可能性較大。

案2：此字中古反切「即入切」據《毛韻》。《毛韻》此字之上一小韻為「集、秦入切」，《正韻》極可能是因兩小韻相鄰而合併。

案3：中古反切「七序切」據《禮韻》、《毛韻》、《韻會》。

3、濁聲母上聲字入去聲中

	N	例 字	中 古	正 韻	中原	易	匯	
並	30504	[步…] 簿部	姥 裴古切	暮 薄故切	p	p	p	
	31730	[傍…] 棒棓蚌	講 步項切	漾 蒲浪切	p	p	p	
	31812	[病…] 竝並	迥 蒲迥切	敬 皮命切	p	p	p	
奉	30525	[附…] 婦負萯偩	有 房久切	暮 防父切	f	f	f	
	30832	[分…] 憤忿蕡	吻 父吻切	震 房問切	f	f	f	
定	30602	[代…] 迨待殆怠怠	海 徒亥切	泰 度耐切	t	t	t	
	31017	[憚…] 潬	旱 徒旱切	諫 杜晏切				
	31726	[宕…] 蕩湯	蕩 徒朗切	漾 徒浪切	t	t	t	
從	30302	[劑…] 薺	薺 徂禮切	霽 才詣切	ts	ts	ts	
	30817	[…瓄] 盡	軫 慈忍切	震 齊進切	ts	ts	ts	
邪	30206	[笥…] 似	止 詳里切	寘 相吏切	s	s	s	
牀	31922	[胄…] 紂	有 除柳切	宥 直又切	tʃ	tʃ	tʃ	
	31217	[召…] 趙	小 治小切	嘯 直笑切	tʃ	tʃ	tʃ	
禪	30204	[侍…] 是	紙 承紙切	寘 時吏切	ʃ	ʃ	ʃ	
		士仕柿	止 鉏里切	寘 時吏切	ʃ	ʃ	ʃ	
		市恃	止 時止切	〃 〃		ʃ	ʃ	ʃ	
	31216	[邵…] 紹	小 市沼切	嘯 實照切	ʃ	ʃ	ʃ	△
匣	30516	[護…] 戶	姥 侯古切	暮 胡故切	x	x	x	
	30611	[害…] 亥劾	海 胡改切	泰 下蓋切	x	x	x	
	30713	[潰…] 匯	賄 胡罪切	隊 胡對切	x	x	x	
	31405	荷	哿 胡可切	箇 胡箇切				△

案1：除「蕡」、「蕡」二字外，皆又見上聲。

案2：《中原音韻》、《易通》、《匯通》皆收入去聲。

以上三類例字情形，皆表現濁聲母清化現象。

以清切濁者，乃表示其濁即清。以濁切清者，亦可解釋為濁聲母清化現象。現代漢語方言有濁變清者，無清變濁者（僅少數字見廈門話）。此書既多中古清音而今用濁母為反切上字者，是其濁即清甚明。

濁上歸入濁去者，亦可說為濁音清化現象之反映。《廣韻》厚韻「厚、厚薄」、「胡口切」、同紐「后、君也」、「後、先後」，此三字又見候韻「胡遘切」，則此非是絕對清化之証；但有前二例，則此固可作為是觀，再証以《中原音韻》等書，然後可以確定。由於《正韻》有意保留傳統韻書濁聲母體制，而濁上仍歸入濁去，並未入清去，且此大部分字皆重見濁上。其中，中古邪母「似」見邪母上聲，又見心母去聲，乃為傳統韻書與中原雅音並存之例。

由此可以推知《正韻》審音所據中原雅音濁聲母已不存在。在《譯訓》方面，序文及凡例也可以為証。《譯訓》序云：

> 四聲為平上去入，而全濁之字，平聲近於次清；上去入近於全
> 清。世之所用如此，然亦不知其所以至此也。

可見《譯訓》時代早已發生「濁平變送氣清音；濁上去入變不送氣清音」之演變。《譯訓》凡例第二條更詳細說明：

> 全濁上去入三聲之字，今漢人所用初聲與清聲相近，而亦各有清濁
> 之別。濁平聲之字初聲與次清相近，然次清則其聲清，故音終直伍，
> 濁聲則其聲濁，故音終稍厲。

從字面上看，濁聲母似乎仍然存在，其實清濁聲母對比已不在音之清濁，而在於其調之不同，所以說：「然次清則其聲清，故音終直伍，……」。「音終直伍（＝低）」可解釋為平調；「音終稍厲」之「厲」亦通「高」，故可解釋為升調。因此大約可以用陰陽平調來分別《譯訓》時代平聲送氣中，原屬次清者與全濁者。上去入三聲清濁之別蓋亦指陰陽調之不同，只是其調之差別不如平聲明顯，而未詳加解釋而已。《翻譯老乞大朴通事》凡例第六條云：「大抵呼清濁聲勢之分，在平聲則分明可辨，餘三聲則固難辨明矣。」

於是我相信《譯訓》時代聲母系統中濁聲母已不存在。中原雅音聲母系統亦會如此，只是從《正韻》例外字中僅能窺視「濁平變送氣；濁上去入變不送氣」、「濁上歸去」等現象。

二、無音韻規律的現象

（一）全清次清互用

1、以全清切次清

N		例　字	中　古	正　韻	中原	易	匯	
以幫切滂	20211	［彼…］呲	紙　匹婢切	紙　補委切				
	30227	［閉…］澈	祭　匹蔽切	實　必弊切		p‘	p‘	√
		撆撇	屑　普蔑切	〃　〃		p‘	p‘	√
	30227A	［孿…］帔	寘　披義切	寘　兵臂切		p	p	
		媲	霽　匹詣切	〃　〃			p	
	30503	［布…］怖	暮　普故切	暮　博故切	p	p	p	
	40730	［壁…］堛副鰏愊	職　芳逼切	陌　必歷切		p	p	
以精切清	31326	［竈…］懆	皓　采老切	效　則到切	ts	ts	ts	△
	40722	［積…］磧	昔　七迹切	陌　資昔切		ts	ts	
以照切穿二（徹穿二）	31505	［詐…］汊	禡　楚嫁切	禡　側駕切	tʃ‘	tʃ‘	tʃ‘	
	31817	［諍…］掌	映　恥孟切	敬　側迸切				
以見切溪	20722	［詭…］蟡蟡	旨　丘軌切	賄　古委切				√
	40411	［戛…］刮	黠　恪八切	轄　訖黠切		k‘	k‘	△

2、以次清切全清

N		例　字	中　古	正　韻	中原	易	匯
以清切精	31416	［剉…］挫夎	過　則臥切	箇　寸臥切	ts‘	ts‘	ts‘
以穿二切照（徹知穿二切照）	20606	舓	蟹　仄蟹切	解　初買切	tʃ‘	tʃ‘	
	11506	［叉…］咤	麻　陟加切	麻　初加切			
	31507	［…詫］咤吒𠸄姹哆夎	禡　陟駕切	禡　丑亞切	tʃ‘	tʃ‘	tʃ‘
以溪切見	20719	［跬…］頯	旨　居洧切	賄　犬蘂切			

　　以上全清次清互用情形，除了少數字之外，大致與《中原音韻》等書一致。

（二）幫母「不」之產生

N	例　字	中　古	正　韻	中原	易	匯
40248	不	物　分勿切	質　逋沒切	p	p	p

丁聲樹在《釋否定詞「弗、不」》一文 [註19] 中，解釋這兩個字的來源：

$$*pjuət（弗）\longrightarrow \begin{cases} \text{重讀 pjuət} \rangle \text{fɐt（廣州）} \cdot \text{fu（北平）} ——字寫作「弗」。\\ \text{輕讀 puət} \rangle \text{pɐt（廣州）} \cdot \text{pu（北平）} ——字寫作「不」。\end{cases}$$

《廣韻》、《集韻》、《禮韻》、《毛韻》等韻書皆未收此重唇音讀的「不」，《指掌圖》、《指南》收入沒韻幫母一等。可見當時已有「不」字重唇音讀。《正韻》把「不」字收入幫母下，表示當時語音實況。

（三）字母之變

1、合乎官話糸韻書的演變

N		例 字	中 古	正 韻	中原	易	匯	
以端切知	11610	爹	麻 陟邪切	遮 丁邪切	t	t	t	※1
以泥切端	21203	[…嬲]鳥	篠 都了切	篠 尼了切	n	n	n	
以泥切透	30311	[泥…]殢	霽 他計切	霽 乃計切	n	n	n	
以泥切日	41008	[聶…]讘囁	葉 而涉切	葉 尼輒切		3	n	
以照切匣	10718	[佳…]蠵觿鑴	齊 戶圭切	灰 朱惟切		tʃ	tʃ	◎√
以穿切審	30203	翅觝翄	寘 施智切	寘 昌智切	tʃʻ	tʃʻ	tʃʻ	
	21001	[…剗]產鏟幓嶃滻	產 所簡切	產 楚簡切	tʃʻ	tʃʻ	tʃʻ	
	22011	[踸…]踸	寑 式荏切	寑 丑錦切	ʃ	tʃʻ	tʃʻ	
以審切穿	40120	[叔…]俶琡	屋 昌六切	屋 式竹切	ʃ	ʃ	ʃ	√
以審切牀	20410	[暑…]紓抒杼	語 神語切	語 賞呂切				
	40202	[失…]實寔	質 神質切	質 式質切		ʃ	ʃ	
以見切影	11118	[涓…]娟	仙 於緣切	先 圭淵切	k	k	k	◎
以群切疑	40817	[及…]岌	緝 魚及切	緝 忌立切			k	
以曉切見	11224	[…膮]驍梟	蕭 古堯切	蕭 吁驕切	x	x	x	
以曉切喻	11224	[…膮]鴞	宵 于嬌切	蕭 吁驕切	x	x	x	
以匣切影	30715	[慧…]恚娃	寘 於避切	隊 胡桂切		x	x	
以匣切疑	30713	[潰…]聵	怪 五怪切	隊 胡對切		x		△
以匣切見	30713	[潰…]瞶	未 居胃切	隊 胡對切	x	x		◎△
	10123	[戎…]鱅慵鄘	鍾 蜀庸切	東 而中切	tʃʻ	3	3	

〔註19〕中央研究院歷史語言研究所集刊外編第一種《慶祝蔡元培先生六十五歲論文集》p967～996《釋否定詞「弗不」》p996。

案1：《廣韻》「爹」為知母麻韻三等，以列四等的「邪」作反切上字。《門法玉鑰匙》謂此為「麻韻不定切」。

2、不合乎官話糸韻書的演變

N		例　字	中　古	正　韻	中原	易	匯	
以非切幫	20112	[捧…] 絣	董　邊孔切	董　方孔切				△
以微切奉	20220	[尾…] 腓	尾　浮鬼切	紙　無匪切				△
以定切喻	31108	[電…] 蜓	仙　夷然切	霰　蕩練切				×※1
以泥切疑	21129	[輾…] 齞	銑　研峴切	銑　尼展切				△
以精切心	30818	[俊…] 狻	稕　須閏切	震　祖峻切				◎√
以心切精	30709	[碎…] 晬	隊　子對切	隊　須銳切				◎√
以禪切日	10830	[純…] 稕瞋	諄　如匀切	真　殊倫切				
	21121	[善…] 燀	獮　人善切	銑　上演切				△
	31216	[邵…] 繞饒	笑　人要切	嘯　實照切	3	3		※2
以見切疑	40420	[刮…] 刖	鎋　五刮切	轄　古滑切	Ø	Ø		×※3
以見切來	11302	[交…] 嘐	蕭　落蕭切	爻　居肴切				△
以溪切曉	40103	[酷…] 部	鐸　呵各切	屋　枯沃切				
以喻切匣	10823	[寅…] 礥	真　下珍切	真　魚巾切				×※4
以喻切曉	40509	[越…] 颰猲	月　許月切	屑　魚厥切				△※5
以喻切泥	31722	[仰…] 釀醸穰	漾　女亮切	漾　魚向切	n	n	n	※6
以影切匣	21207	[杳…] 皛瀟芍	篠　胡了切	篠　伊鳥切				×※7
以影切疑	12112	[諳…] 啽	覃　吾含切	覃　烏含切				△
以曉切影	40712	[謋…] 攉攫	陌　一虢切	陌　霍虢切				√
以曉切溪	21813	[詗…] 焎	迴　口迴切	梗　火迴切				×※8
以匣切疑	20831	[混…] 顐	慁　五困切	軫　湖本切				△
	30838	[慁…] 顐	〃　〃	震　胡困切				△
以匣切邪	30715	[惠…] 鏸	祭　祥歲切	隊　胡桂切				√
以匣切溪	40401	[轄…] 劼鬝搨	黠　恪八切	轄　胡八切				×※9
以匣切溪	31004	[患…] 眷	仙　丘圓切	諫　胡慣切				△
	21416	[輠…] 髁	果　苦瓦切	哿　胡果切				△
以匣切喻	31838	[脛…] 鼮俓脀	證　以證切	敬　形定切				×※10
以日切禪	20714	[蕊…] 蓶	紙　時髓切	賄　如累切				※11
	11140	[輲…] 輲	仙　市緣切	先　而宣切				△
	40620	[若…] 芍	藥　市若切	藥　如灼切				△
	20818	[…楯] 盾楯揗	準　豎尹切	軫　乳允切	∫	∫	∫	

案1：蓋誤收，可能是誤讀「蜓」（《集韻》徒典切）或「婝」（《集韻》堂練切）之音。

案2：《四聲通解》「饒」字下案語（p233）云：「《洪武正韻》以繞饒二字並收『邵』字之下，詳考古韻皆收入日母，《集成》亦收日母，故今亦移入日母。蓋《九經韻覽》，禪日二母合為一音，則臣恐南音如此通呼而然也。然亦未詳。」據《漢語方音字滙》，蘇州「繞」與禪母「紹」為同音〔zæ〕。

案3：《毛韻》「刮、古滑切」下緊接着有「刖、五刮切」，《正韻》蓋因而誤併。

案4：「瞷」字，《毛韻》緊接於「寅」小韻，蓋因而誤併。

案5：「颭狖」，《毛韻》「王月切」，喻三母，《正韻》承襲《毛韻》而歸入「越」等，「越」等字與中古疑母「月」等字合併。此亦「魚」非〔ŋ-〕之証。

案6：《四聲通解》「釀」下註云：「《蒙韻》《韻會》並냥〔njaŋ〕，今俗音양〔jaŋ〕。」可見崔世珍（十六世紀初）時中國某地區音為〔jaŋ〕，與「仰」同音。極可能是《正韻》時代也是如此，其所據方言中「仰」、「釀」同音，而《正韻》將《毛韻》不同聲母的兩類字合併。《中原音韻》所據的方言也是同樣的情形，《中原音韻》此二字相鄰而中隔以圈，董同龢先生《漢語音韻學》（p62）認為這兩字中間的圈是傳抄誤添的。

案7：《毛韻》「䚡漁芍」等匣母字緊接於影母「杳、伊鳥切」之下，《正韻》蓋因而誤併。

案8：《毛韻》此字緊接於曉母「詗、火迥切」下，蓋因而誤併。

案9：《毛韻》此三字緊接於「黠、胡八切」下，蓋因而誤併。

案10：《正韻》上一小韻為「孕、以證切」喻母，「䚢」等三字蓋誤收入匣母韻中。

案11：部分禪母與日母字混用情形蓋為吳語方音之影響。據《漢語方言概要》（p71-72），吳語方音（以蘇州音系為代表）禪日不分，皆為〔z-〕（但日母白話音為〔ȵ-〕）

三、結　語

從以上例外字之探討，可以得知《洪武正韻》實際聲類情形只要除去《正韻》為《毛韻》、撰人的方音所誤之處、或疏忽而誤併之處，便可得《正韻》實際二十一聲類。

（一）《正韻》二十一聲母的音位表

《洪武正韻》二十一聲母的音位，表列於下：

方式 / 部位	塞音及塞擦音		鼻音	通音	其他
	不送氣	送氣			
雙唇音	p	P'	m	w	
唇齒音					f
舌尖音	t	t'	n	l	
	ts	ts'		s	
捲舌音				ẓ	
舌尖面音	tʃ	tʃ'		ʃ	

舌根音	k	k'	ŋ	x	
喉音					Ø

（二）聲類比較表

下面列聲類比較表，表示《洪武正韻》實際二十一聲母與劉文、《譯訓》以及中古音、《中原音韻》、《韻略易通》之間的關係：

洪武正韻	劉文錦	譯訓	中古	中原音韻	韻略易通
p	博，蒲（部分）	幫，並（部分）	幫，並（部分）	p	p（冰）
P'	普，蒲（部分）	滂，並（部分）	滂，並（部分）	P'	P'（破）
m	莫	明	明	m	m（梅）
f	方，符	非，奉	非，敷，奉	f	f（風）
w	武	微	微	v	w（無）
t	都，徒（部分）	端，定（部分）	端，定（部分）	t	t（東）
t'	佗，徒（部分）	透，定（部分）	透，定（部分）	t'	t'（天）
n	奴	泥	泥，娘	n	n（暖）
ts	子，昨（部分）	精，從（部分）	精，從（部分）	ts	ts（早）
ts'	七，昨（部分）	清，從（部分）	清，從（部分）	ts'	ts'（從）
S	蘇，徐	心，邪	心，邪	s	s（雪）
tʃ	陟，直（部分）	照，牀（部分）	知，照，澄（部分），牀（部分）	tʃ	tʃ（枝）
tʃ'	丑，直（部分）	穿，牀（部分）	徹，穿，澄（部分），牀（部分）	tʃ'	tʃ'（春）
ʃ	所，時	審，禪	審，禪	ʃ	ʃ（上）
k	古，渠（部分）	見，群（部分）	見，群（部分）	k	k（見）
k'	苦，渠（部分）	溪，群（部分）	溪，群（部分）	k'	k'（開）
ŋ	五	疑（部分）	疑（部分）	(ŋ)	Ø（一）
x	呼，胡	曉，匣	曉，匣	x	x（向）
Ø	烏，以	影，喻，疑（部分）	影，喻，疑（部分）	Ø	Ø（一）
l	盧	來	來	l	l（來）
ʐ	而	日	日	3	3（人）

案：牀、禪不易分。《正韻》〔tʃ〕、〔tʃ'〕並非只從中古牀母變來，亦有禪母變來的，〔ʃ〕亦同。精、照₂互用情形沒列出來。

第五章　韻　類

第一節　《譯訓》對《正韻》韻母的標音及註釋

（一）《譯訓》凡例中有一項是關於《正韻》韻母的正確音值的說明：

> 大抵本國之音輕而淺，中國之音重而深。今訓民正音出於本國
> 之音，若用於漢音，則必變而通之，乃得無礙。如中聲卜卜ㅓㅕ張
> 口之字，則初聲所發之口不變，ㅗㅛㅜㅠ縮口之字，則出聲所發之
> 舌不變，故中聲為卜之字讀如卜‧之間，為卜之字則讀如卜‧之間，
> ㅓ則ㅓㅡ之間，ㅕ則ㅕㅡ之間，ㅗ則ㅗ‧之間，ㅛ則ㅛ‧之間，ㅜ
> 則ㅜㅡ之間，ㅠ則ㅠㅡ之間，‧則‧ㅡ之間，ㅡ則ㅡ‧之間，ㅣ則
> ㅣㅡ之間，然後庶合中國之音矣。今中聲變者逐韻同中聲首字之下
> 論釋之。

以上凡例所提及的訓民正音十一字中，ㅗ〔o〕、ㅛ〔jo〕、‧〔ʌ〕三字不出現於
《正韻》，可以撇開不談。其餘的八字中，先討論ㅜ〔u〕、ㅠ〔ju〕、ㅣ〔i〕三
個字的問題。

1、ㅜ〔u〕、ㅠ〔ju〕、ㅣ〔i〕

《譯訓》對此三字讀音的解釋：「初聲所發之舌不變……ㅜ則ㅜㅡ之間，ㅣ
則ㅣㅡ之間（讀之）」與本文承認《正韻》中高元音〔ɨ〕的存在，而否認前後

高元音〔i〕、〔u〕的存在，有非常密切的關係。

　　ㅜ〔u〕字發音時，舌位高低不能變動，一定要維持〔u〕的舌位，先以圓唇之形發〔u〕音後，立刻趨向展唇之形狀，同時發〔ɨ〕音。兩音之間沒有間隔，不能成為兩個音節，所以我把它標為〔wɨ〕。ㅠ〔ju〕也是和ㅜ〔u〕一樣的情形，標為〔jwɨ〕，ㅣ〔i〕也是同樣的道理，可以解釋說，先發〔i〕音後立刻趨向圓唇之狀同時發〔ɨ〕音，故標為〔jɨ〕。因此我們可以明白《正韻》為什麼沒有〔i〕及〔u〕元音而只有一個高元音〔ɨ〕。

　　我們從訓民正音制字理論上以及《正韻》音韻結構上，還能找出幾點有利的證據來支持高元音〔ɨ〕之存在。《訓民正音解例・制字解》中：

> 　　ㅗ與・同而口蹙，其形則・與一合而成，取天地初交之義也。
> ㅏ與・同而口張，其形則ㅣ與・合而成，取天地之用發於事物，待人而成也。ㅜ與一同而口蹙，其形則一與・合而成，亦取天地初交之義也。ㅓ與一同而口張，其形則・與ㅣ合而成，亦取天地之用發於事物，待人而成也。

這是說明ㅗ〔o〕ㅏ〔a〕ㅜ〔u〕ㅓ〔ə〕四字字形的來源及其發音，文中「口蹙」與「口張」是形容唇狀的相對語。「口蹙」等於現在的圓唇，「口張」卻不完全是指展唇。「口張」裡展唇的意思之外，也包含舌位低的意思。例如從上文中「ㅏ〔a〕與・〔ʌ〕同而口張」之句，可知〔a〕比〔ʌ〕之音展唇一點、低一點。「ㅓ〔ə〕與一〔ɨ〕同而口張」中的「口張」完全是指元音高低，卻沒有展唇之義。我們已經知道「口蹙」就是「圓唇」。「ㅜ〔u〕與一〔ɨ〕同而口蹙」等於「ㅜ〔u〕與一〔ɨ〕同而圓唇」，換句話說，ㅜ〔u〕就是圓唇的一〔ɨ〕，可以用符號〔wɨ〕來代替ㅜ音〔u〕。因此我們從訓民正音制字理論上也可以證明〔wɨ〕、〔jwɨ〕、〔jɨ〕等標音之妥善。

　　《訓民正音解例・合字解》云：

> 　　・〔ʌ〕、一〔ɨ〕起ㅣ〔i〕聲，於國語無用，兒童之音，邊野之語或有之，當合二字而用，如ㄱㅣ〔kjʌ〕、ㄱㅣ〔kjɨ〕之類。

雖然是說國語中沒有〔-jɨ〕的用法，但是這句話很明顯的反證〔-jɨ〕音之存在。此音就是完全符合《譯訓》凡例「ㅣ讀如ㅣ一之間」的音。

　　十五世紀中葉國語音ㅸ〔β〕→〔w〕的演變已成定論。李崇寧《音韻論

研究‧唇音攷》（p239）中解釋「ᄫᅟ［βɨ］→ㅜ［u］」的規則中說：「ᄫᅟ
［βɨ］→ ㅜ［u］……唇輕音＋ㅡ［ɨ］→圓唇性＋ㅡ［ɨ］→ ㅜ［u］」這就表示
βɨ→wɨ之演變。但是我們不能說［wɨ］又變為［u］，只能說［wɨ］音也是
和［u］音一樣以「ㅜ」字形來代表。李基文《國語音韻史研究》（p45）說：

βʌ〉wʌ、βa〉wa、βə〉wə、βo〉wo、βu〉wu、βɨ〉wɨ

等，其中〔wʌ〕和〔wo〕以ㅗ〔o〕實現，〔wɨ〕和〔wu〕以ㅜ〔u〕

實現。以源生音韻論之觀點看，這些各自代表 underlying

representation 和 phonetic representation。

因此我們知道就國語音韻結構上，也有充分的理由支持［jɨ］、［wɨ］的標音。

《譯訓》所標的《洪武正韻》音韻結構上，可以找出四點理由支持此種標
音的必然性。

（1）正韻平上去各二十二韻，入聲十韻可以配陽聲韻。在同一韻裏只容許
一個主要元音的原則下，如果拿《譯訓》標音平鋪直敘地描寫《正韻》音韻細
節（phonetic detail），不免招致一韻裏有兩個以上主要元音的矛盾，如：

> 二　　支紙寘　　〔ɨ〕、〔i〕
>
> 八　　真軫震質　〔ɨ〕、〔i〕、〔u〕
>
> 十八　庚梗敬陌　〔ɨ〕、〔i〕　〔註1〕
>
> 十九　尤有宥　　〔ɨ〕、〔i〕
>
> 二十　侵寢沁緝　〔ɨ〕、〔i〕

所以我們必須採用一種依音位原則（phonemic principles）的擬音方法來擬《正
韻》的元音系統。我們用高元音［ɨ］作主要元音，其地位與［ə］、［a］等元音
相等，有時用來代表確定的高元音，有時以［wɨ］、［jɨ］等結構來代表語音上
聽不出來的音位上的高元音。凡是［ɨ］皆代表高元音。

（2）有利於解釋中國音韻演變過程。

A、如果我們不承認［wɨ］、［jɨ］等標音，就得說明為什麼中古的複元音到
《正韻》時代變成單元音，《正韻》以後（如現代）又變成複元音。這種現象不
容易圓滿地解釋，如：

〔註1〕參見第五章第三節（1）。

　　七　　灰　賄　隊　〔-ui〕

　　十九　尤　有　宥　〔iu〕、〔iu〕

　　B、就《正韻》齊齒音的演變來看；[i] 的標法不大合理，例如支、真、庚、侵等韻的照三系、知系字大部分仍然可以配細音，而現代都只能配洪音。我們把此 [i] → [ɿ] 的現象解釋為 [jɿ] 受聲母的影響，把 [j] 介音失去而變為洪音 [ɿ]，較為合理。而且真、庚、侵等韻齊齒音，現在在官話讀音裏除了齒音以外，都唸成 [-in]、[-iŋ] 等，但是在音韻結構上實應為 [-iən]、[-iəŋ]。所以《正韻》的標音極可能是 [jin]、[jiŋ]。

　　二　　支　紙　寘　　〔-i〕

　　八　　真　軫　震　質　〔-in〕

　　十八　庚　梗　敬　陌　〔-iŋ〕

　　二十　侵　寢　沁　緝　〔-im〕

　　（3）假如承認 [i]、[u] 元音，則庚梗敬陌之開合洪細的四音對照為 [-ɨiŋ]、[-iŋ]、[-uiŋ]、[-juiŋ]。《譯訓》在韻尾 [ŋ] 前加了 [i]（其原因詳見於第三節元音系統），那麼在這樣的標音下，我們必得承認 [i] 為主要元音，[ɨ]、[u]、[ju] 為介音。其中 [u]、[ju] 為介音尚可以說得通，但是 [ɨ] 為介音卻不能成立。而且庚韻主要元音為 [i] 也不合理。

　　（4）假如承認 [ɨ]、[u] 是元音，《正韻》的元音系統如下：

$$
\begin{array}{ccc}
i & ɨ & u \\
& ə & \\
& a &
\end{array}
$$

三個前中後的高元音對一個中元音和一個低元音的五元音系統在結構上較少見。本論文擬測的《正韻》元音系統是：

$$
\begin{array}{c}
ɨ \\
ə \\
a
\end{array}
$$

高中低各有一個元音。這三元音系統在結構上較完美。

　　以上四點有關內部結構的證據和訓民正音的結構理論，都能夠支持《譯訓》凡例對於ㅜ〔u〕、ㅠ〔ju〕、ㅣ〔i〕讀音的解釋。經過上述證明，我們對〔jɨ〕、〔wɨ〕、〔jwɨ〕的標音法是不容置疑的。

　　這種基於音位原則的擬音，有時比表現音韻細節的擬音更能切實地表現出當時的音韻結構。作為整體擬音之基礎的音韻分析是從 Samuel E. Martin： *The Phonemes of Ancient Chinese* （1953）開始。他用結構語言學的觀點把高本漢的擬音重新編製。Hugh M.Stimson： *The Jongyuan in yunn ：A Guide to Old Mandarin Pronunciation* 亦用同樣的方法來擬切韻、《中原音韻》和現代官話音。

　　這種標音的方法恰巧又能配合「開齊合撮四呼由介音來決定」的假設。（關於介音的問題，詳見於下一節）

　　2、ㅏ〔a〕

　　「初聲所發之口不變，……中聲為ㅏ〔a〕之字則讀如ㅏ〔a〕·〔ʌ〕之間。」凡例中的這一句話可用於《正韻》皆、刪、爻、陽、覃五韻平上去入各韻的開口字讀音。《譯訓》在這五韻平上去入各韻的開口小韻首字下都有如下的註釋：

　　　　韻內中聲ㅏ〔a〕音諸字，其聲稍深，唯唇音正齒音以ㅏ〔a〕

　　　讀之，其餘諸字宜以ㅏ〔a〕·〔ʌ〕之間讀之。

意思是說，開口音（狹義的）中，唇音、正齒音後的主要元音「ㅏ〔a〕」讀為本音〔a〕，而其他舌、齒頭、牙、喉、半舌音後的元音「ㅏ〔a〕」的發音部位較靠後，故讀為〔a〕和〔ʌ〕之間的音，其音很可能是後低元音〔ɑ〕。詳考此五韻的情形，發現唇音及正齒音字與其他聲母字的對比就是中古一等韻與二等韻的對比。中古二等開口韻中，喉牙音皆產生介音 j 而變成細音，所以《正韻》中留在二等的開口音只有唇音與正齒音。因此我們可以推知《正韻》雖然是把中古的一等與二等完全合併，但是語音上的細微區別還是存在。此五韻開口中，中古屬於一等的主要元音為〔ɑ〕；屬於二等的主要元音為〔a〕。其〔ɑ〕、〔a〕屬於一個音位，因為一等與二等中，七音的分配是互補的。舌、齒頭、牙、喉、半舌音屬於一等；唇音、正齒音屬於二等。喉牙音，中古出現在一等與二等，到《正韻》時代，其二等喉牙音已產生 j 介音變成齊齒，脫離我所討論的開口（狹義）範圍，因此一、二等互補的分配上不會發生衝突。只是陽、爻韻一等亦有唇音，但是我們可以解釋說，唇音一等因其雙唇

塞音聲母使後低元音〔ɑ〕先變為前低元音〔a〕，故《正韻》其唇音一、二等完全是同音。細節的問題在討論各韻部時再詳細解釋。現在我們不妨說《正韻》時代低元音一、二等雖有別，卻可以通押，使之合併。同樣以低元音〔a〕為主要元音的麻馬禡韻卻沒有任何註釋，因為麻韻根本沒有一等字，所以不會發生〔ɑ〕〔a〕的對比現象。這更有助於我們相信一、二等的對比是在〔ɑ〕、〔a〕的區別上。

我們也需要考慮到《譯訓》此註釋的來源。《譯訓》標音根據韻書、韻圖以及當時中國實際語音。《正韻》雖然是一、二等合併而無區別，但是因為沿襲切韻系統書《禮部韻略》的反切，所以一、二等反切下字仍沒有混淆。但是我認為反切下字的情形不足為《譯訓》註釋的來源。《譯訓》作者一定是根據實際語音而發覺〔ɑ〕、〔a〕之區別。假如他們根據韻圖而分，絕不會以唇音、正齒音與其他音之對比來說明，因為韻圖喉牙音一、二等俱存，七音的一、二等分配不能互補，所以應該會以一等與二等的對比來說明。當時北方官話是否還有一、二等的對比現象，還不能確定。就《中原音韻》蕭豪韻一、二等仍有對比的情形來看，也不能斷定當時北方官話一等、二等已經完全同音。我們也不能忽略此註釋受方言讀音影響的可能性。現在無法考究《譯訓》作者根據中國何處何人的方言。從文獻記載裏只能推知當時質正音韻對象以有學問有音韻知識的儒臣為主。《世宗實錄》等記載中，可以得知三個人確是被質正音韻的人，其中除謫居遼東的翰林學士黃瓚的籍貫不明之外，倪謙是江蘇上元人，司馬恂係浙江山陰人。二人都是進士而且是奉使朝鮮的明朝儒臣〔註 2〕。因此我們也必須考慮到江蘇及浙江方言對其註譯之影響的可能性。

〔註 2〕《世宗實錄》卷一二六（世宗 31 年己巳 12 月 22 日戊辰條）:「戊辰，通事高用智自京師來言……又言使臣倪謙，司馬恂奉登極詔來，於是以工曹判書尹炯為遠接使……」同月 28 日甲戌條:「甲戌，上謂承政院曰:前此使臣二則館伴亦二，將以金何尹炯為館伴，又曰，今來使臣，皆儒者也，申叔舟等所校韻書，欲令質正，使臣入京後，使叔舟，成三問等往來太平館，又令孫壽山，林效善為通事。」
《世宗實錄》卷一二七（世宗 32 年庚午閏正月 1 日丙午朔）:「閏月丙午朔，翰林侍講倪謙，刑科給事中司馬恂來，命首陽大君率百官迎于慕華館，……」（閏正月 3 日戊申）:「命直集賢殿成三問、應教申叔舟、奉禮郎孫壽山，問韻書于使臣。……何日此二子欲從大人學正音，願大人教之，三問叔舟將洪武韻講論良久，……」

　　無論這註釋是表現北方官話或《正韻》音或南方音，我們無法抹煞《正韻》一、二等在〔ɑ〕、〔a〕的區別。因為我們據此更能確信主要元音為低元音的中古韻一、二等之區別乃是在後元音〔ɑ〕與前元音〔a〕之不同。此理論與高本漢以及董同龢先生的擬音結果正好相互印證。

　　3、ㅕ〔jə〕

　　凡例說，讀ㅕ〔jə〕音時，以口不變而讀如ㅕ〔jə〕一〔ɨ〕之間。《譯訓》蕭篠嘯韻有註，云：「韻內諸字中聲，若直讀以ㅕ〔jə〕則不合於時音，特以口不變，故讀如ㅕ〔jə〕、一〔ɨ〕之間。」

　　只靠文字上的解釋，很難了解其真正的意思。註釋也許是和其韻尾後半元音〔w〕有關，換句話說，〔jə〕與〔w〕之間的過渡音以〔ɨ〕來表示，這〔ɨ〕的作用在把中元音〔ə〕提高，以便接後半元音韻尾〔w〕。具有同樣的介音和主要元音，後帶韻尾〔j〕、〔n〕的齊韻〔-jəj〕、先韻〔-jən〕都沒有此註釋。

　　但是有韻尾〔w〕的爻韻、尤韻也沒有此註釋。我推想，因聲母ㅱ〔w〕不成音節，作韻尾之用，易受元音之影響而變化，如前有低元音〔a〕，則／w／音值稍微降低，似乎〔o〕，如爻韻〔-(j)aw〕；如前有高元音〔ɨ〕，則／w／仍保持〔w〕音，如尤韻〔-(j)ɨw〕。《翻譯老乞大朴通事》將爻韻韻尾ㅱ〔w〕作ㅗ〔o〕（因蕭韻韻母已經是〔-jaw〕，故標法與爻韻同）；尤韻韻尾ㅱ〔w〕作ㅜ〔u〕。《正韻》蕭韻主要元音為中元音〔ə〕，其韻尾／w／受〔ə〕之影響而成為〔o〕音之可能性大。因此《譯訓》作者為了表現其韻尾／w／為〔w〕音，而加〔ɨ〕於〔ə〕和／w／之間，作〔ɨ〕音時，只要作圓唇狀，就可以形成〔w〕音。

　　4、ㅓ〔ə〕

　　凡例中說，ㅓ〔ə〕音以口不變而讀如ㅓ〔ə〕一〔ɨ〕之間。《譯訓》歌智箇韻下都有註釋：

　　　　韻內諸字中聲若直讀以ㅓ〔ə〕則不合於時音，特以口不變而讀

　　如ㅓ〔ə〕一〔ɨ〕之間，故其聲近於ㅗ〔o〕，ㅝ〔wə〕之字亦同。

這句話很明顯的指出歌韻實際音值為〔ɔ〕。（詳見第三節）

　　5、凡例中說一〔ɨ〕字應該讀如〔ɨ〕、〔ʌ〕之間才合乎中國音。此與「ㅜ」「ㅣ」的情形一樣在本韻中沒有特別加註說明此現象。我們可以認為此一音

讀也是和「ㄒ」、「ㄧ」一樣可以適用於所有的「ㄧ」字上。除了開尾韻支紙實的精、照二系之外，其他〔ɨ〕主要元音的韻在音韻演變上都合乎「ㄧ」音讀如〔ɨ〕、〔ʌ〕之間的現象。〔ɨ〕、〔ʌ〕之間的音為接近〔ə〕的音，所以我們可以解釋說，主要元音〔ɨ〕若有韻尾，則至少在《譯訓》時代其〔ɨ〕音已變得很接近〔ə〕的音。

　　支韻齒音在俗音中都加△〔z〕（或〔ʐ〕）韻尾〔註3〕，我認為這△韻尾與這「ㄧ讀如〔ɨ〕〔ʌ〕之間」的凡例也有關係。換句話說，唯支韻齒音始終讀如〔ɨ〕，未變為〔ə〕，不能適用這項凡例，所以特地加「△」韻尾來限制支韻齒音的發音。

　　（二）《譯訓》凡例第九條是關於韻尾的解釋：

　　　　凡字音必有終聲，如平聲支齊魚模皆灰等韻之字，當以喉音○
　　　　（案：喻母）為終聲，而今不爾者，以其非如牙舌唇終之為明白，
　　　　且雖不以○補之，而自成音爾，上去諸韻同。

此所謂終聲不完全相等於現代我們所說的韻尾；半元音不能當終聲，惟輔音可以。所以此文說，已有半元音韻尾的皆、灰韻也需要有一個終聲。本文所要討論的不是這些問題，故暫置不論。我們知道《譯訓》作者的音韻學觀點是著重在音位上；無韻尾也認為是一個音位，這和無聲母喻母一樣有辨義作用。這種音位觀念與現代音韻學一致。《譯訓》作者的這種音位觀念在整個標音上完全一貫地表現出來，詳細情況見於下一節。

第二節　介　音

　　我們討論《洪武正韻》的介音前，先要知道明清之際興起的所謂「四呼」的觀念。「四呼」即指開口、齊齒、合口、撮口，與宋元等韻的「四等」是兩回事。

　　介音位於聲母與主要元音之間，和主要元音構成複元音。介音為半元音，雖有元音性質，卻不能單獨出現，必須和主要元音一起才能構成一音節。我們知道切韻以來，漢語裏已有兩種介音——展唇前半元音 j 與圓唇後半元音 w。

〔註3〕詳見第五章第四節（二）。

《洪武正韻》音韻系統裏出現的也是這兩個介音。從《譯訓》標音，可以截然分明地看出 j 的顎化作用及 w 的唇化作用：就是說齊齒、撮口有 j 介音；合口、撮口有 w 介音。介音決定四呼——開齊合撮，四呼跟主要元音無關。這「決定開齊合撮只顧介音」的原則成為本論文韻母擬音的基本觀點（待下文詳述）。

《正韻》介音與開齊合撮的配合如下：

開口：Ø（沒有介音，可以說介音為 Ø）

齊齒：j（介音為 j，顎化）

合口：w（介音為 w，唇化）

撮口：jw（介音為 jw，既顎化又唇化）

[i]、[u] 符號可以同時作主要元音、介音、韻尾之用，而且本文所擬的主要元音中，不出現 [i]、[u]，所以似乎可以用 [i]、[u] 代替 j、w。Stimson 就在《中原音韻》（*The Jongyuan inyunn*）裏，以 [i]、[u]、[iu] 作介音。但是就語音結構理論上，介音為半元音；訓民正音的音值上，其介音、韻尾也同為半元音（韻尾無 w），故本論文還是用 j、w、jw 符號標介音及韻尾（韻尾無 jw）。

第三節　《洪武正韻》的元音系統

從《譯訓》標音可以看出《正韻》七十六韻可分為三大類；現在只列舒聲，不列入聲，以求簡明：

（一）

			一等	三四等
一	東董送	合	wiŋ	jwiŋ
二	支紙寘	開	ɨ	jɨ，jɨj
四	魚語御	合		jwɨ
五	模姥暮	合	wɨ	
七	灰賄隊	合	wɨj	
八	真軫震	開	in	jin

		合	wɨn	jwɨn
十八	庚梗敬	開	ɨŋ	jɨŋ
		合	wɨŋ	jwɨŋ
十九	尤有宥	開	ɨw	jɨw
二十	侵寢沁	開	ɨm	jɨm

以上九韻的主要元音為〔ɨ〕。我們要注意的是上面舉出的一二三四等已經不是宋代等韻的四等，而是已起了變化的《正韻》本身的四等。庚韻（以下只舉平聲韻）標音（j）（w）ɨŋ 是稍微修改而成的。《譯訓》原來的標音是（j）（w）ɨiŋ，主要元音與韻尾之間多一個〔i〕。此既不合於漢語音韻結構 C M V E，又從切韻以來的音韻演變史上找不出線索來。假如把〔i〕當作主要元音，前面的〔ɨ〕無法安置，而且拿〔ɨ〕來作介音也是前所未有。現在我們看庚韻的俗音都是（j）（w）ɨŋ，其古怪的〔i〕卻消失了。我相信《譯訓》標音者在庚韻主要元音後加〔i〕是有意的。我們從《譯訓》標音本身系統上可以找出三方面的理由：1. 真韻與庚韻除了韻尾〔-n〕、〔-ŋ〕之不同外，連開、齊、合、撮俱全都相同。察看現代中國各地方音，發現許多方言區-ən：-əŋ（等於臻攝：梗攝）是不分的，如部分北方官話區（太原等）-ne 皆唸成-əŋ；四川（成都）-əŋ 唸成-ən；下江官話區也全不分。《譯訓》編撰時，質正音韻的中國人並不限於燕都人。《譯訓》序說：「燕都為萬國會同之地，而其往返道途之遠，所嘗與周旋講明者又為不少，以至殊方異域之使，釋老卒伍之微，莫不與之相接以盡正俗異同之變，且天子之使至國而儒者則又取正焉。」我想他們質正音韻的標準還是在會說北方官話，而又有音韻知識的儒者。前一章提及的黃瓚也是謫居遼東的翰林學士。《文宗實錄》卷四冬十月庚辰（1450）云：「上曰：音韻，倪謙來時，已令質問，雖中朝罕有如倪謙者，令成三問入朝如遇勝於倪謙者問之，否則不必問也。」可見他們謹慎地選擇質正對象。但他們的審音對象可能不限於以北京為中心的標準官話區的人，所以他們一定遇到許多人庚韻與臻韻不分的情形，故雖然知道標準官話以韻尾-n　-ŋ 來區別，還是需要另外有辨義作用的區別。2. 除此之外，還有更明顯的理由卻在東韻上。東韻與庚韻合口（廣義的）韻母完全相同。無疑是表現當時東韻與庚韻合口（只有喉牙音）合併現象。《四聲通解》凡例第二十四條說明東、庚合口相混的現象，「至於東與庚則又以中聲ㅜ、ㅠ之呼相混者亦多矣，故

《韻會》庚韻內『盲』音與『蒙』同，『宏』音與『洪』同，此因中聲相似以致其相混也。」《匯通》「庚晴」韻合口也皆入「東洪」韻中。如果《譯訓》依實際語音標庚韻的話，東韻與庚韻合口完全相同，而無法辨別。因為他們早已知道《正韻》併同析異，不同韻，音必有不同處的原則；所以他們只好把〔i〕加在庚韻的主要元音與韻尾之間，這和現代福州方言梗曾攝大部分的唸法為〔-eiŋ〕極相似。福州方言臻攝也大致都唸〔-eiŋ〕，所以我們說《正韻》或《譯訓》音取自福州音是大大不合理的。但是我們不妨說《譯訓》編者為了區別庚韻與東韻或真韻，發現福州音〔-eiŋ〕的形式與眾不同，故採用於庚韻標〔-iiŋ〕，以區別庚與東、真混淆的現象，然後俗音下標本音，因俗音可以不考慮整個系統。《世宗實錄》三十二年閏正月丁未條：「本國之音初學於双冀學士，冀亦福建州人也。」正好可以說明他們當時能夠參考福州音的背景〔註4〕。3. 但是有一點令我們難解的地方，就是入聲字完全沒有俗音。這表示《譯訓》時代入聲讀音都有帶喉塞音-ʔ的〔i〕韻尾。如〔-iiʔ〕、〔-wiiʔ〕、〔-jwiiʔ〕等；此等入聲字，《中原音韻》大致都唸〔-(u)ai〕或〔-(u)ei〕。《譯訓》讀音雖有〔-ʔ〕，但是喉塞音符號在〔i〕韻尾下也許不是喉塞音，只不過是入聲俗音韻尾上加的一種形式而已。我們發現《譯訓》俗音與《中原音韻》讀音很接近。《譯訓》撰者在庚梗敬陌韻都加〔i〕於元音和韻尾〔-ŋ〕之間，也許和入聲讀音有關；因為他們發現陌韻白話音都有〔-i〕韻尾，如以〔-ʔ〕代替〔-k〕韻尾，其讀音不合於白話音，所以k韻尾前加〔i〕，則整個系統上，平上去聲字也都加進〔i〕了，而後用俗音來表示當時實際音沒有〔i〕。《譯訓》俗音所根據的不一定全是讀書音，陌韻首字「陌」的俗音是〔majʔ〕，可以說是白話音。

因此現在應該把〔i〕去掉，標為(j)(w)iŋ，復原其本音。

〔註4〕姜信沆《四聲通解研究》(p98～100)認為〔-iiŋ〕之標音是受朝鮮漢字音影響。河野六郎《朝鮮漢字音の研究》p135，有坂秀世《漢字の朝鮮音について》p324皆認為朝鮮漢字音梗攝字中〔-ing〕的〔-i-〕是從元音和韻尾〔ng〕之間的glide發達而成的。

《東國正韻》梗曾合口標為〔-ujŋ〕〔-ojŋ〕，梗開二為〔-ʌjŋ〕，曾開一為〔-iŋ〕。雖然《譯訓》標音也有受朝鮮漢字音影響之可能性，但是《譯訓》撰者當不會疏忽到把中國音與朝鮮漢字音完全混淆的程度，而且《譯訓》標音與《東國正韻》標音也不大一致。

（二）

			一等	三四等
三	齊薺霽	開		jəj
九	寒旱翰	開	ən	
		合	wən	
十一	先銑霰	開		jən
		合		jwən
十二	蕭篠嘯	開		jəw
十四	歌哿箇	開	ə	
		合	wə	
十六	遮者蔗	開		jə
		合		jwə
二十二	鹽琰豔	開		jəm

以上七韻主要元音皆是〔ə〕。

（三）

			二等
六	皆解泰	開	（j）aj
		合	waj
十	刪產諫	開	（j）an
		合	（w）an
十三	爻巧效	開	（j）aw
十五	麻馬禡	開	（j）a
		合	wa
十七	陽養漾	開	（j）aŋ
		合	waŋ
二十一	覃感勘	開	（j）am

以上六韻主要元音為〔a〕。

上列二十二韻的《譯訓》標音在《正韻》音韻系統上，除了三個例子之外，大概不會發生問題。問題是在魚：模、寒：先、歌：遮，這三套韻上；這每套

兩韻的區別完全在於洪細的對比。現在看看開合洪細的條件能不能算作《正韻》分韻標準。

　　主要元音為〔ɨ〕的韻

　　　洪細音合併者：東、支、尤、侵四韻

　　　開合洪細合併者：真、庚二韻

　　主要元音為〔a〕的韻

　　　洪細音合併者：爻、覃二韻

　　　開合洪細合併者：皆、刪、麻、陽四韻

　　主要元音為〔ə〕的韻

　　　開合合併者：寒、先、歌、遮四韻

由此可以看出洪細不能當作分韻標準，開合更不能。魚模等三套韻的情形是：

	魚 ： 模	寒 ： 先	歌 ： 遮
開		√	√
齊		√	√
合	√	√	√
撮	√	√	√

※√：表示有字

三套標音在洪細的對比上完全是互補的。這違背了《正韻》本來的分韻標準，應在洪細之外另有一對比來區別兩韻。換句話說，《正韻》時代這每一套韻除了洪細對比以外必有另外的對比現象，故不能合韻。現在我們先探討魚：模的情形。《中原音韻》把魚模合為一韻，《正韻》分為魚、模兩韻，《易通》《匯通》從之。這種現象讓我們懷疑魚韻的介音是否已經從 jw 變到如同現代的圓唇前半元音 y 介音。《譯訓》凡例第七條說：「大抵本國之音輕而淺，中國之音重且深，今訓民正音出於本國之音，若用於漢音則必變而通之，乃得無礙。……」同一條中解釋〔jwɨ〕發音方法說發「ㅠ」音時，舌位不變而讀如〔ju〕與〔ɨ〕之間，方合乎中國音。上一節我們已把這句話作為承認高元音〔ɨ〕的例證，現在不妨再提出來斟酌能否應用於此。我們可以借用陸志韋先生《易通》居魚韻的擬音〔iʉ〕來代表《正韻》魚韻處於自〔jwɨ〕至〔yɨ〕的演變過程中的情形。另一方面，我們也可以說訓民正音的語音系統標不出這種音，故仍用〔jwɨ〕來代表。但是《譯訓》魚韻下既無俗音，亦無註釋解釋

語音變化，似乎不符合《譯訓》「今中聲變者逐韻同，中聲首字之下論釋之」的態度；因此，當時魚韻即使有變化，應當也微小得超不出 [jwɨ] 的藩籬之外。寒：先的互補情形，可以如此解釋：《正韻》寒韻是中古寒韻喉牙音與桓韻的併合。屬於中古寒韻的字，《譯訓》逐字標有俗音 [an]；屬於桓韻的合口字卻沒有俗音，《中原音韻》、《易通》都把寒、桓分開，可知兩韻的主要元音並不相同，至《匯通》合韻，表示兩韻主要元音為 [a]，已沒有區別。那麼《洪武正韻》寒桓的對比僅在開合不同嗎？我相信是如此，《正韻》寒桓不分，卻把寒、刪分開（但寒韻舌齒音——端、精、來併入刪韻），不像《中原音韻》、《易通》、《匯通》那樣把寒刪兩韻合併。《正韻》刪韻主要元音標為 [a] 是無可置疑的，因此寒韻絕不會是 [a]，《中原音韻》、《易通》把寒、刪合併，可見當時兩韻沒有任何區別了。《正韻》寒刪分韻現象很可能代表《中原音韻》（1324）前的語音現象。可是僅就這一些不確定的現象並不足以相信趙蔭棠先生的「牠的內容，恐怕就是宋末元初人所說的中原雅音」此一說法。我想《正韻》寒韻主要元音極可能是 [ɔ]，這樣不但能夠包羅中古桓韻，而且音韻演變理論上也說得通。——中古寒韻的舌齒音（端系、精系、來）的元音 [ɑ]（董同龢）先變為前低元音 [a]，喉牙音的元音受聲母的影響不但沒變，而且軟顎化而變為 [ɔ]。至俗音的喉牙音也都變為 [a]，桓韻是由於介音 w 的影響一直保持 [ɔ] 元音，到《匯通》才變為 [a]，而把寒桓刪都合併。

現代方言中，南昌（贛）、梅縣（客家）見系字寒韻唸-ɔn，桓韻唸-uɔn，正好表現《正韻》情形。《正韻》編者合併寒桓是否受這些方音影響，現在不能確定；無論如何《譯訓》標為 [ə]，在音位系統上，在表現《正韻》本身的系統上，都是很合理的。最後一例歌：遮情形可以迎刃而解了，《譯訓》歌韻平上去三韻下都有詳細的註釋說：「韻內諸字中聲，若直讀以 ə，則不合於時音，特以口不變而讀如 ə、ɨ 之間，故其聲近於 o；wə 之字亦同。」這多麼明顯的指出當時歌韻實際音值為 [ɔ]。

總而言之，《正韻》的元音系統如下：

高　　ɨ

中　　ə

低　　a

《正韻》的高中低三元音系統與現代國語情形很相似。中元音 /ə/ 音位代表 [ə]、[ɔ] 之外，雖未指明，也許還代表別的音。[ə]、[ɔ] 等出現情況是互補的，故應該是一個音位。《譯訓》標音簡直是把現代西方語言學者所建立的所謂音位觀念運用得淋漓盡致。

　　《正韻》二十二韻與中古十六攝的配合表如下：

四呼＼韻尾	韻攝	開口	齊齒	合口	撮口	韻攝	開口	齊齒	合口	撮口
ŋ	通 梗曾	ɨŋ	jɨŋ	wɨŋ wɨŋ	jwɨŋ jwɨŋ	江宕	aŋ	jaŋ	waŋ	
Ø	止 遇	ɨ	jɨ	wɨ	jwɨ	果 假	ə a	jə ja	wə wa	jwə
j	止		jɨj	wɨj		蟹	aj	jəj jaj	waj	
n	臻	in	jin	win	jwin	山	ən an	jən jan	wən wan	jwən
w	流	ɨw	jɨw			效	aw	jəw jaw		
m	深	ɨm	jɨm			咸	am	jəm jam		

上列圖表的《正韻》韻母完全依《譯訓》標音，雖有些問題仍然未解決，卻涵蓋中古等韻圖內外轉的對比。主要元音為高元音 [ɨ] 的通攝等大致屬內轉；主要元音為中、低元音 [ə]、[a] 的江攝等大致屬外轉（以下直稱《正韻》內外轉），這和羅常培先生《釋內外轉》中的解釋（《集刊》第四本第二分 p206-226）不謀而合。羅先生據《韻鏡》諸本記載把果、宕兩攝入外轉，臻攝入內轉，文中已有說明，故此不再解釋。羅說和上圖不同的是梗攝入內轉，而且內轉 j 韻尾的止攝中，原蟹攝一三四等合口併入止攝三等合口，皆為合口，蟹開三四唇牙喉音入止開三唇牙喉音與止合三非系合併為齊齒。早期韻圖上果假、江宕、梗曾已有合併的跡象，《四聲等子》果假等合圖而有「內外混等」之註。《指掌圖》亦合為一圖。上圖中梗曾合口（合撮）皆入通攝的情形看來，可知《譯訓》標音並不過份。蟹與止攝合口合併成 wɨj。止攝開口齒音都失去了韻尾 j。《四聲等子》、《切韻指南》等之內八外八攝之傳統分法，

一般音韻學家的解釋是內轉沒有獨立的二等韻，外轉則有獨立二等韻，這是指韻圖分配上的問題。這解釋與上圖《正韻》內外轉分配情形不會互相抵觸。因為從外轉轉入內轉的梗、臻攝的二等韻《正韻》時已不是二等，而與一等完全合併。《正韻》三四等也完全合併，故已沒有三四等之區別，也不需要為了解釋重紐的問題而費心。轉入外轉的果攝：宕攝，雖然本身沒有二等韻，然而已經分別與假、江合併，所以不會發生問題。我們或許可大膽地將《正韻》內外轉的結構作如下的歸納：

	內　　轉	外　　轉
一　等	（w）ɨ（E）	（w）ə（E）
二　等		（j）（w）a（E）
三四等	j（w）ɨ（E）	j（w）ə（E）

內轉只有一個主要元音，一三等之差別在洪細不同。外轉有一二三等，一三等的區別也在洪細不同，主要元音同為［ə］（一等的［ə］實際音值為［ɔ］），二等的主要元音為［a］，二等細音皆從中古二等韻變來的，和原來的三等韻仍有區別。這歸納法除宕攝三等字有問題之外，都可以解釋。留待討論各韻部時再詳細的敘述。

第四節　《正韻》的韻尾

（一）《正韻》韻尾的種類及《譯訓》標韻尾的原則

《正韻》舒聲韻有六個韻尾輔音：陽聲韻尾 m、n、ŋ，陰聲韻尾 Ø、j、w。入聲韻有三個：p、t、k。韻尾輔音與各韻的配合如下：（舒聲韻舉平聲以該上去聲）

陽	ŋ	東 陽 庚	入	k	屋 藥 陌	陰	w	蕭 爻 尤
聲	n	真 寒 刪 先	聲	t	質 曷 轄 屑	聲	j	齊 皆 灰 支一部
韻	m	侵 覃 鹽	韻	p	緝 合 葉	韻	Ø	支一部 魚 模 歌 麻

陰聲韻中開尾韻的情形，也算作一個音位——Ø。這樣不但有利於分析音韻結構，而且也合乎《譯訓》標音的原則。《譯訓》凡例第九條說：

> 凡字音必有終聲，如平聲支齊魚模皆灰等韻之字，當以喉音〇
> 為終聲，而今不爾者，以其非如牙舌唇終之為明白，且雖不以〇補

之而自成音爾，上去諸韻同。

他們主張凡是每個字音必須初聲、中聲、終聲俱備才能成一音。這裏我們需要
先瞭解訓民正音音韻結構。初聲、終聲是以輔音構成，中聲以元音構成。但是
其中聲的結構與漢語韻母中的元音大不相同。中聲可以單元音構成，可以是兩
個元音，也可以三個元音構成。中聲（V）V（V），有四種可能情形。

1.　　　　　V　　　　　：元音

2.　　V ＋ V　　　　　：介音＋元音

3.　　　　　V ＋ V　　　：元音＋韻尾

4.　　V ＋ V ＋ V　　　：介音＋元音＋韻尾

$$
V : \begin{cases} \text{介音：} j\ w \\ \text{元音：} \Lambda\ \dot{\imath}\ i\ o\ u\ a\ \mathrm{\ni} \\ \text{韻尾：} j \end{cases}
$$

凡是介音、韻尾在中聲中都是半元音。《訓民正音解例》所舉的例字中也有
「介音＋介音＋元音＋韻尾」的情形，如ᅪ（jwa）、ᅯ（jwə）、ᅫ（jwaj）、
ᅰ（jwəj），但並不能代表國語音韻結構，只是為了標中國音而造的，所以不
能當作中聲結構之一。

訓民正音音韻結構可以說是：

（C）（V）V（V）（C）

但是漢語音韻結構是：

（I）（M）V（E）（括弧（ ）表示可有可無）

兩種不同處在韻尾；因此訓民正音 j，韻尾後還可以再有輔音韻尾。漢語裏的
韻尾 j 半元音，在訓民正音中歸入中聲；由於中聲的結構本身，再加上初聲、
中聲、終聲俱備，乃能成為一字音的觀念。

由於二者結構的不同，《譯訓》撰者認為齊、皆、灰、支（除了齒音外）等
已有 j 韻尾的韻也該加終聲——以代表喻母 Ø 聲母的喉音ㅇ〔·〕標之。只要
我們明瞭訓民正音結構和漢語音韻結構之間的差別，則《譯訓》凡例第九條的
解釋便不足為怪了。

我們可以解釋為：《譯訓》標音始終保持一貫的態度──一個音節要具備初、中、終聲三成份，就是ＣＶＣ的結構。j既已歸入中聲，則缺少終聲，故必須加終聲ㅇ〔·〕，才能符合其音韻結構。

（二）蕭篠嘯、爻巧效、尤有宥韻的韻尾ㅱ〔w〕

蕭、爻、尤韻的韻尾〔w〕，《譯訓》用微母字ㅱ來表示。既合乎訓民正音之「終聲復用初聲」的原則，且其音值〔w〕也完全符合。《翻譯老乞大朴通事》把蕭、爻、尤韻的韻尾ㅱ〔w〕改為ㅜ〔u〕或ㅗ〔o〕；蕭、爻韻標ㅗ〔o〕，尤韻標ㅜ〔u〕〔註5〕。其凡例第七條云：「今之反譯『調땰〔djaw〕』為『턀〔t'jao〕』，『愁쯯〔ʤɨw〕』，為츄〔ʧ'iu〕，着쟣〔ʤjaw〕〔註6〕為죠〔ʧjo〕，쟏〔ʧjao〕，作잠〔tsaw〕為조〔tso〕좐〔tsao〕者。ㅱ〔w〕本非ㅜ〔u〕ㅗ〔o〕，ㅱ〔w〕本非ㅗ〔o〕ㅛ〔jo〕之聲，而蕭爻韻之ㅱ〔w〕呼如ㅜ〔u〕（案：疑，當作ㅗ〔o〕），尤韻之ㅱ呼如ㅜ〔u〕，藥韻之ㅱ〔w〕呼如ㅗ〔o〕ㅛ〔jo〕，故以ㅱ〔w〕ㅱ〔w〕為終聲者，今亦各依本韻之呼翻為ㅗ〔o〕ㅛ〔jo〕ㅗ〔o〕（案：疑，當作ㅜ〔u〕）而書之，以便初學之習焉。」ㅱ〔w〕字用作韻尾和用作聲母微母的情形不大一樣。朝鮮人對ㅱ〔w〕韻尾極不習慣，因此崔世珍著《翻譯老乞大朴通事》時，把ㅱ〔w〕韻尾通通改為中聲ㅜ〔u〕或ㅗ〔o〕。結果蕭爻尤韻中每個小韻都得用兩個中聲的合併字來標音。這種「中聲字作終聲之用」的方法違背「終聲必須是輔音」的訓民正音原則。就訓民正音的制字理論，兩個中聲合併為一字的方法，如ㅑ〔ja〕＋ㅗ〔o〕→ㅛ〔jao〕、ㅡ〔ɨ〕＋ㅜ〔u〕→ㅡㅜ〔ɨu〕，不能成立，必須分開作兩個字（兩個音節）ㅑㅗ〔ja-o〕或ㅡㅜ〔ɨ-u〕。如果分兩字來標蕭爻尤韻的每個小韻，在押韻方面會發生問題，而且不合乎整個系統，但是《老乞大朴通事》並不是韻書，只不過是教初級中國話的通俗課本而已〔註7〕。不需要講求整個結構或系統，或押韻與否等等問題，只要能夠求得正確的實際音，達到「以便初學之習」的實用上目的，其形式上的種種問題可以不必苛求。因此崔世珍所撰的另一本書《四聲通解》，因為是承襲《洪武正韻》系統下來的，有韻書的性質，需要著重系統，所以

〔註5〕 參考姜信沆《翻譯老乞大朴通事音系》p131、143、144（《震檀學報》38，1974）。

〔註6〕 參見第五章第四節（四）。

〔註7〕 《通解》序文：「夫始肄華語者，先讀《老乞大》、《朴通事》二書，以為學語之階梯。」

仍然保持ㅱ〔w〕韻尾；《翻譯老乞大朴通事》裏不僅改用大家所熟悉的中聲ㅜ〔u〕或ㅗ〔o〕來代替ㅱ〔w〕韻尾，連濁聲母都改為送氣、不送氣的清音來反映實際音。

我們從《老朴》凡例中可以知道ㅱ〔w〕與ㅜ〔u〕或ㅗ〔o〕音並不全同，但是至少兩者音近，所以能夠代替。凡例的說明也可以證明《正韻》微母ㅱ的音值擬為〔w〕的正確性。

（三）支紙寘韻的韻尾△〔z〕，〔ʐ〕

《譯訓》支紙寘韻中齒音都帶著-△韻尾的俗音。△在國語系統中代表〔z〕音，漢語系統中代表日母〔ʐ〕，現在卻用作支紙寘韻精系、照系、日母俗音的〔ɿ〕韻母或是〔jɿ〕韻母之後面的韻尾。同韻內唇牙喉音韻母皆為〔jɿ〕，而且沒有△韻尾。《譯訓》對此俗音韻尾沒有任何註釋，但是《四聲通解》、《翻譯老乞大朴通事》凡例中有關的解釋大概是引用《四聲通攷》的註釋。《老朴》凡例末後一條支紙寘三韻內齒音諸字項中說「通攷『貲』字音ᄌᆞ〔tsɿ〕。註云：俗音ᄌᅀᆞ，韻內齒音諸字口舌不變，故以△為終聲，然後可盡其妙。」從這些記載，我們無法得知其韻尾△的實際音值到底為何〔註8〕。

對此△韻尾可以從兩方面來討論，一是齒音的發音方式，一是音韻結構。

1. A、支紙寘三韻內精系、照ᄅ系完全消失j介音而其韻母為高元音〔ɿ〕，照ᄅ系字屬於止攝的大致消失j介音，蟹攝中照ᄅ系和知系仍然保持j介音〔註9〕。現在我們從上面所引凡例之文「以△為終聲，然後可盡其妙」，可以推想△韻尾是屬於發音方法範圍內的問題。△韻尾極可能是表示高元音〔ɿ〕和〔ʅ〕。那麼我們需要把精系和照系分別解釋，換句話說精系字韻尾△的音值從國語系統為不捲舌的〔z〕音。因其凡例中並沒有提及日母，只說「以△

〔註8〕俞昌均《蒙古韻略과四聲通攷의研究》p247 說明支韻齒音韻尾△：「這些字等於語音演變過程中的-je（開），-jue（合），而在諺音系統，因受聲母的影響，-je 蓋有-ə或-ər 的傾向。《翻譯老乞大朴通事》音ᄌᅀᆞ〔tsʌ〕的 ·〔ʌ〕和《通解》音ᄌᅀᆞ的「ㅡ+△」蓋為〔-ər〕之轉寫，故我認為這△可以當做〔-r〕。」我們對此說法採存疑的態度。

〔註9〕參見下一節支紙寘韻。

為終聲」，所以其△可以是〔z〕和〔ẓ〕兩種可能，而且俗音不講究系統，只求實用性，所以俗音有時也按國語系統的音來標音，如藥韻俗音韻尾 ʊ 是取自國語音韻系統中的〔w〕，不是代表非母的〔f〕音〔註10〕。

精系的韻尾代表〔z〕，表示其韻母〔ɨ〕已是舌尖高元音〔ɿ〕，也就是說：tsɨz → tsɿ。照二系和止攝照三系，日母的△尾代表〔ẓ〕，表示韻母〔ɨ〕已經是舌尖高元音〔ʅ〕，其〔ẓ〕韻尾多少含有捲舌的意味。因為國語音系沒有捲舌音，所以捲舌聲母很難發音，故加有捲舌意味的〔ẓ〕，幫助其發音；所以說「故以△為終聲，然後可盡其妙」。照二系止攝照三系日母的韻尾情形是：tʃɨẓ → tʂʅ。知系和蟹攝照三系的△韻尾也是代表〔ẓ〕，這一類字雖然未消失 j 介音，也可以適用照二系的解釋：tʃjɨẓ → tʃʅ〔註11〕。

B、舌尖高元音〔ɿ〕、〔ʅ〕後面不接別的音，同樣地，支紙寘韻齒音元音〔ɨ〕後也不接別的音，《譯訓》凡例中「一〔ɨ〕讀如一〔ɨ〕‧〔ʌ〕之間，庶合中國音」的原則不能適用於此韻齒音中，所以加△韻尾來限制其〔ɨ〕音不接〔ʌ〕音以及任何別的音。

A、B 兩種發音上的解釋不會互相抵觸。

2. 正韻支紙寘韻的齒音完全失去 j 韻尾，沒有任何韻尾。這種失去均衡的狀態之下，急需一個韻尾填補其空缺。正如原來沒有韻尾的魚模歌麻韻上《譯訓》加喉音韻尾ㅇ〔Ø〕。△音與精照日同為齒音，其性質相同，故取作韻尾之用。同韻中唇牙喉音仍然保存 j 韻尾，不另需韻尾。

1 發音方法上的解釋與 2 音韻結構上的解釋也不抵觸。我們可以把這兩方面的解釋綜合起來說：△韻尾一方面表示齒音字的元音〔ɨ〕代表〔ɿ〕和〔ʅ〕，另一方面在音韻結構上居韻尾的位置。

我把此俗音韻尾在這裏詳細地討論，理由是此俗音並不是其音不合正音而作的，而只是為了說明正音的發音方法而作的。既然如此，《譯訓》撰者為什麼不把△韻尾標在正音上，或加註說明，而另立只多一個△韻尾的俗音（其

〔註10〕參見第五章第四節（四）。

〔註11〕〔tʃʅ〕音在語音學上可否存在，不敢確定。但是解釋《譯訓》標音上，ɨẓ→ʅ 既然成立，jɨẓ → ʅ 也沒有理由不能成立。我認為這種奇怪的音大概是演變過渡時期的。就是 tʃjɨ → tʃʅ（tʃjɨẓ） → tʂʅ。〔ʅ〕的產生同時使介音 j 消失，又使〔tʃ〕變成〔tʂ〕。所以〔tʃʅ〕音之存在時間極短。

實就是正音）外還有比正音少一個 j 介音的真正俗音〔註12〕，如紙韻審母「始」，正音 ʃɿ，俗音 ʃiz；這一類已變化的俗音也需加△韻尾以表示聲母發音方法，乾脆都加△尾入俗音下，以免反覆重述。雖然△韻尾在發音上有所作用，但是△之有無在《正韻》整個系統上沒有對比現象，所以歸入俗音中不會亂整個系統。《老朴》凡例接著云：「今按齒音諸字，若從通攷加△為字，則恐初學難於作音。故今之反譯皆去△聲，而又恐其直接去△之聲，則必不合於時音。今書正音加△之字於右，庶使學者必從正音用△作聲，然後可合於時音矣。」是說〔ɿ〕〔ʅ〕發音之難，所以去△韻尾，這樣也不會和別的音發生衝突現象；但又顧慮到其正確的音而要求學者還是得發〔ɿ〕〔ʅ〕音才合乎實際音。從這句中，我們可以肯定△韻尾在發音上有所作用。姜信沆先生在《四聲通解研究》一三六頁中說「△是為了表示齒音諸字發音時『口舌不變』的狀態而加的符號」也值得商榷。

　　《四聲通解》支紙寘韻下加註云：「三韻內齒音諸字初呼口舌不變而以△為終聲，然後可盡其妙，如貲ᅀ字呼為ᅀᅳᆼ，知지字呼為짛，餘倣此，牙音唇音則否。」此文更可證實△尾純粹是正音唸法的問題。《通解》只保留《譯訓》俗音中比《正韻》少介音 j 而多△尾的，只多一個△尾的俗音一概消除。然而以此註釋來說明其唸法則完全是由於作者崔世珍卓越的審音能力。

　　△韻尾之發生也完全是因國語音系中沒有舌尖高元音〔ɿ〕〔ʅ〕的緣故。可見《譯訓》撰者想盡方法來標正確的中國音。

（四）入聲韻尾

　　現在我們看看《正韻》的入聲韻尾。入聲與濁聲母的存在是《正韻》的最大特色，也是最大疑問。《正韻》入聲分為十韻，雖然是從中古三十四韻（或劉淵十七韻）併成的，但是其收-p、-t、-k 的韻沒有相混，仍分得很清楚。因此雖然我們不能不承認《洪武正韻》裏入聲的存在，可是也不能把它當作當時《洪武正韻》所據的「中原雅音」的情形。由種種有關資料以及《正韻》聲母的例外情形來推測，「中原雅音」系統中入聲韻尾 p　t　k 不復存在。

　　通行的《正韻》的入聲是受吳語等方音影响而來的說法也欠妥，就《正

〔註12〕《譯訓》撰者未徹底領會《正韻》分韻情形，其實這一類俗音就是《正韻》音，《譯訓》時代的實際語音，即俗音也是如此，參見下一節支紙寘韻。

韻》序文及凡例中可知他們力斥沈約拘於吳音，又極力避免犯拘於方言之錯，絕不會把吳語之入聲引入《正韻》。現在我們確實無從知道《正韻》的入聲及濁聲母的來源，王力所謂的「《正韻》為方言之雜糅」之說也是太空洞。於是我試圖從《正韻》序及凡例中找出些《正韻》編撰人之觀點來解釋入聲的問題。他們在「四聲七音清濁具備而定天下之音」的觀念下，沿襲傳統的入聲及濁聲母。《洪武正韻》編輯重點實在是落在韻母的併同析異上。序說：「……見其比類失倫聲音乖舛」，其失倫乖舛的批評對象是「韻」，故接著說：「召詞臣諭之曰韻學起於江左殊失正音，有獨用當併為通用者，如東冬清青之屬，亦有一韻當析為二韻者，如虞模麻遮之屬，若斯之類不可枚舉，卿等當廣詢通音韻者，重刊定之。」又說：「凡六謄稿始克成編，其音諧韻諧者併入之，否則析之。」而且凡例第一條以很大的篇幅來說明《正韻》併舊韻之原則，第三條也是說明從舊韻二○六韻至《正韻》七十六韻的脈絡。關於聲母及聲調的問題幾乎都未提及，只是從凡例第二條「唯以四聲為正」知道《正韻》按七音清濁分聲母。由於《正韻》撰者根深蒂固的「四聲清濁」觀念，故未曾懷疑濁聲母及入聲韻尾之存在，只是當時實際音清濁不分的情況，使他們歸字上發生些例外情形而已。所以他們儘管能夠把知徹澄併入照穿牀，敷併入非，卻沒有把全濁併入全清或次清，且入聲的唇牙舌音韻尾並沒有相混，更沒有把它派入平上去各韻中。從《正韻》本身的性質上也可以解釋這情況。《正韻》是《禮部韻略》的替身，也是為詩賦押韻而設的韻書，《正韻》不太重視聲母的演變，大概與此有關。

　　《正韻》入聲韻尾 p　t　k 不能代表「中原雅音」系統。《譯訓》、《通解》都有關於入聲的記載，現在均列於下，以便參考：

　　　　《譯訓》序：且有始有終以成一字之音，理之必然，而獨於入聲世俗率不用終聲，甚無謂也。《蒙古韻》與黃公紹《韻會》入聲亦不用終聲何耶？如是者不一，此又可疑者也。

　　　　《譯訓》凡例第八條：入聲諸韻終聲，今南音傷於太白，北音流於緩弛。《蒙古韻》亦因北音故不用終聲，黃公紹《韻會》入聲如以質韻「颭、卒」等字屬屋韻「匊」字母，以合韻「閤、榼」等字屬葛韻「葛」字母之類，牙舌唇之音混而不別，是亦不用終聲也。平上去入四聲雖有清濁緩急之異，而其有終聲，則固未嘗不同，況

入聲之所以為入聲者，以其牙舌唇之全清為終聲而促急也，其尤不可不用終聲也，明矣。本韻之作，併同析異而入聲諸韻牙舌唇終聲皆別而不雜，今以ㄱ〔k〕ㄷ〔t〕ㅂ〔p〕為終聲，然直呼以ㄱ〔k〕ㄷ〔t〕ㅂ〔p〕則又似所謂南音，但微用而急終之，不至大白可也。且今俗音雖不用終聲而不至如平上去之緩弛。故俗音終聲於諸韻用喉音全清ㆆ〔ʔ〕，藥韻用唇輕全清ㅱ〔w〕〔註13〕以別之。

　　《通解》凡例第十三條：入聲ㄹ〔l〕〔註14〕，ㄱ〔k〕，ㅂ〔p〕三者漢俗及《韻會》《蒙韻》皆不用之，唯南音之呼多有用者，蓋韻學起於江左而入聲亦用終聲，故從其所呼類聚為門。此入聲之所以分從各類也。古韻亦皆沿襲舊法各收同韻而已。然今俗所呼穀與骨，質與職同音，而無ㄹ〔l〕（同上註14）、ㄱ〔k〕之辨也。故今撰《通解》亦不加終聲。《通攷》於諸韻入聲則皆加影母為字，唯藥則其呼似乎效韻之音，故《蒙韻》加ㅱ〔w〕為字，今亦從《通攷》加ㅱ為字。

　　《通解》凡例第八條：入聲諸字取《通攷》所著，俗音則依《通攷》作字加影母於下。若著今俗音及古韻之音，則只取中聲作字，不加影母。

　　《通解》凡例第七條：今俗呼入聲諸字或如全濁平聲，或如全

─────────────

〔註13〕《譯訓》入聲藥韻的俗音以ㅱ（原作非母字）作韻尾。《通解》說藥韻似乎效韻之音，理應以ㅱ（微母字）表示藥韻韻尾。《老朴》凡例說：「蒙古韻內，蕭爻尤等平上去三聲各韻及藥韻皆用ㅱ為終聲；故《通攷》亦從《蒙韻》，於蕭爻尤等平上去三聲各韻以ㅱ為終聲，而唯藥韻則以ㅱ為終聲，俗呼藥韻諸字鞏與蕭爻同韻，則《蒙韻》制字亦不差謬，而《通攷》以ㅱ為終聲者，殊不可曉也。」我認為ㅱㅱ二個韻尾都代表〔w〕音。表示輕唇音非系〔f〕〔v〕〔w〕的訓民正音字ㅱㅃㅱ中，唯ㅱ一個字也用在韓國音的元音之間，代表〔β〕音。據李崇寧《唇音攷》，ㅱ→f/#＿（表中國音）ㅱ→β/V＿V（國語音）。十五世紀中已經有β→w的變化，所以我們可以說ㅱ在韻尾時代表〔w〕音。《譯訓》標藥韻俗音韻尾，取ㅱ而不取ㅱ。除了以此區別正、俗音之外，主要的理由還是在求俗音的實用性。因為對朝鮮人而言，在自己語音裡有的ㅱ總是比為了標中國音而造出來的ㅱ熟悉些，而且俗音可以不講究系統的一貫性。《通解》從之。

〔註14〕崔世珍寫ㄹ〔l〕是為朝鮮漢字音所誤，已當做ㄷ〔t〕。

清上聲，或如去聲，其音不定。若依《通攷》加一點則又恐初學之
呼一如去聲，故亦不加點。

由《譯訓》、《通解》的記載，可以歸納出《正韻》入聲情形，首先我們必須立
一個原則：入聲聲調與入聲韻尾要分開來討論；而且我們一定要把《正韻》時
代、《譯訓》時代、《通解》時代劃分清楚。由上文中可以知道《蒙古韻》（指《蒙
古韻略》）〔註15〕，《韻會》，《譯訓》時中國音的入聲字都消失 p ｔ k 韻尾。《蒙
古韻》係根據北方音而作，北音 p ｔ k 韻尾已消失，其調值也是接近平上去
的緩弛之調。現在《蒙古韻略》失傳，不能得知詳情，但或許我們可大膽假設
《蒙古韻略》所根據的北方音中不僅沒有入聲韻尾 p ｔ k，也沒有入聲調。
俄人龍果夫（A.Dragunov）在《*The hphags-pa Script And Ancient Mandarin*》中
主張八思巴字所譯的古官話已經沒有入聲；恰好符合《蒙古韻略》的情形。龍
果夫又說（同書 p647）：-p -t -k 已經失去，可是在元音 a 類或是 e 類之後，
-k 留下一點痕跡，像是-u 或是-i；《通解》未提，但是-u 的情形與《通解》所說
的「唯藥韻則其呼似乎效韻之音，故《蒙韻》加ㅂ［w］為字。」不謀而合。
對《韻會》，我們不能如此解釋。從《韻會》入聲韻尾 p ｔ k 混用而不分別的
情況推知《韻會》已不用 p ｔ k 韻尾，但入聲韻還是和舒聲韻分開；入聲韻
很可能是用喉塞音韻尾［ʔ］來代替 p ｔ k，據之與舒聲區別。

《譯訓》所據的中國方言，其入聲韻尾已消失了，只留下入聲的短調，
「今俗音雖不用終聲而不至如平上去之緩弛」不就是表示-p-t-k ^短調→Ø ^短調的演
變嗎？《譯訓》雖然是在俗音韻尾上都加了喉音全清字，即影母字ㆆ［ʔ］，
但這ㆆ［ʔ］字並沒有現代語音學上的喉塞音［ʔ］的「塞住」作用，只是為
了入聲韻不緩弛的調（案：大概是指短調）與平上去舒聲緩弛的調（案：蓋
指長調）加以區別，在入聲韻尾上加ㆆ［ʔ］，藥韻上加ㅸ［w］。其ㆆ［ʔ］字
極可能沒有「塞住」的作用，只表示調之短，所以說「故俗音終聲於諸韻用
喉音全清ㆆ［ʔ］，藥韻用唇輕全清ㅸ［w］以別之」。《譯訓》俗音中有幾個例
字是因其元音與正音不同而著的；其中有兩個例字可以輔佐《譯訓》時入聲

〔註15〕《通解》凡例第一條：「《蒙古韻略》，元朝所撰也，胡元入主中國，乃以國字翻漢
　　　　字之音作韻書，以教國人也。」此《蒙古韻略》蓋係八思巴字系韻書（據鄭再發），
　　　　著成時代比《韻會》早。

韻尾-p-t-k→Ø 的假設。質韻「率帥」正音為［ʃwɨt］，俗音［ʃwajˀ］，陌韻「陌」正音為［mɨk］，俗音［majˀ］，有［j］和［ˀ］兩個韻尾。這情形不合於漢語音韻結構ＩＭＶＥ；而且《通解》陌韻「陌」字下註：「俗音，《蒙古韻》並叫［maj］，今俗音或몋［məˀ］」，其凡例中明白的說：「入聲諸字取《通攷》所著俗音，則依《通攷》作字加影母於下。若著今俗音及古韻之音，則只取初中聲作字，不加影母。」這裏把俗音的［ˀ］尾反而去掉，今俗音上卻加［ˀ］尾。因此《譯訓》俗音的［ˀ］韻尾並不能當作一個音位。而且據 Stimson《中原音韻》，其「率」的俗音［ʃwajˀ］是從中古去聲字變來的。《譯訓》蓋錯放入此入聲中，其詳情見於下一節（四）質韻。總之我們從這俗音的來源為去聲的事實，更能確信其「ˀ」符號沒有任何作用，只是表示入聲調之短或表示原屬於入聲韻的標識。

　　《通解》則完全擺脫《洪武正韻》體裁上的羈絆，把 p　t　k 韻尾全部除掉，也沒有加［ˀ］韻尾；至於俗音，全依《通攷》俗音的規律，只好加［ˀ］韻尾。崔世珍對入聲的看法甚為不妥，他的觀念中傳統韻書入聲 p　t　k 音之存在，完全是由於沿襲以江左方言為據的韻書而來的；所以他所引的集韻等古韻之音也不加 p　t　k 韻尾。這「以今律古」的方法甚為不當，但是他這種穿鑿附會的說法，反而暗示我們《通解》時代中國北方音的入聲韻尾已經消失，沒有留下任何痕跡，因此他會懷疑 p　t　k 本身的存在；《通解》時不但沒有入聲韻尾，而且如同凡例七條所說的：入聲調已變入平上去各調，已經不是類似《通攷》時代急終而短的似去聲的調。藥韻收 w 韻尾情形和《通攷》相同。

　　那麼我們現在回到《正韻》入聲的問題上，《譯訓》正音還是用 p　t　k 音標入聲韻尾，雖然從當時實際音與《韻會》、《蒙古韻略》的入聲情況來看，不能不懷疑《正韻》入聲的存在，但是《正韻》在體系上，也不能隨意廢除入聲，只好把 p　t　k 韻尾都分別標上去了，然後他們採取一種折衷辦法——在凡例中限制其讀法：「微用而急終之」，這句話意思雖模糊不清，我們從上下文來推測《譯訓》所標的《正韻》入聲韻尾蓋是喉塞音［ˀ］。《正韻》入聲本非代表具體的實際音，所以我們欲從《正韻》入聲反切來推出其所據的具體的入聲韻尾系統是不大可能的。

　　中古至國語，入聲的演變最為複雜；白滌洲、R. A. D. Forrest、Hugh. M.

Stimson 等人研究北方入聲演變的問題，但還沒有很好的規則來解釋入聲演變的現象，因為入聲演變問題還會涉及到方言借音的問題、讀書音和文言音的區別、方言區域之間的區別等等……。《譯訓》俗音入聲韻尾除了藥韻〔w〕之外皆為〔ʔ〕；但是有幾個字是聲母或元音不同而特地註明於該字之下。此等字除屋韻中由撮口變為合口的部分俗音，以及疑母、喻母之間變化的例字，非系從合口變開口者、開口變合口者等介音演變的例字之外，較顯著的元音變化之例字如下：

		正音	俗音	中原	易通	匯通
質韻	率帥	ʃwɨt	ʃwajʔ		ʃiuəʔ	ʃiuəʔ
	孛茀勃悖…	bwɨt	boʔ	po	pəʔ	pʊʔ
藥韻	却卻…礭…	k'jak	k'əʔ		kiaʔ	k'iɑʔ
陌韻	陌	mɨk	majʔ	mai	məʔ	məʔ
	赫	xɨk	xjəʔ		xəʔ	xəʔ
緝韻	入	zjɨp	zjwɨʔ	ʒi	ʒiəʔ	ʒuəʔ
合韻	合	ɣap	ɣəʔ	xo	xaʔ	xɑʔ

這些例字中的俗音大致與《中原音韻》相合，因為例子太少，只能推測《譯訓》俗音也許是代表北方某一官話的白話音。《通解》所著今俗音的例子較多，但是如同他所說的「隨所得聞之音而著之」而不成系統，本文不予討論。唯其今俗音大部分都有〔ʔ〕韻尾與其凡例不合。《通解》裏「陌」字下著「俗音、《蒙古韻》並 maj，今俗音或 məʔ」。俗音的〔ʔ〕反而丟掉了。俗音和今俗音是否表示當時文、白韻尾之不同，由其不規則的例子之中，我們無法找出條理。

　　《正韻》或《譯訓》俗音的入聲調確是近似去聲調，所以《譯訓》標正音、俗音聲調都和去聲一樣在字的左側加一點。

　　綜括上述，大致可以下圖來表示《譯訓》所據官話方言之入聲韻尾演變情形（但不包括一些不成系統的俗音與全部今俗音）。

中古……（《正韻》）　　《譯訓》（1455）前　　《通解》（1517）前

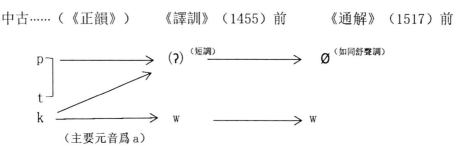

第五節　《正韻》韻部的各別討論

討論各韻的次序是從陽聲韻-ŋ-n-m（附入聲-k-t-p）至陰聲韻-w-j-Ø，再從高元音至低元音，不按照《洪武正韻》分韻次序。

討論各部之始，必需先解決《洪武正韻》分韻和《譯訓》標音之間的參差，所以先列出《譯訓》合併《正韻》小韻的情形。《譯訓》把《正韻》二個以上的小韻合併、或標同音，這情形對韻部的解釋有影響，故不能不先提出來討論。然後就《正韻》各韻之開齊合撮擬音並與中古各攝情形比較，再加以討論。

（一）東董送屋

A、《譯訓》合併《正韻》小韻的情形：（只舉中古不同韻的首一字）

N	正　韻	例字	中　古	正音	俗音	中原	易	匯
（1）40119	［精］子六切	蹙	（屋）子六切	tsjwik	tsʻwiʔ	tsʻiu	tsuʔ	tsʻuʔ
40135	［〃］縱玉切	足	（燭）即玉切	〃	tswiʔ	tsiu	〃	tsuʔ

《譯訓》的合併是對的，《正韻》之所以分韻是由於舊韻不同韻的緣故，換言之，《正韻》遷就舊韻系統而未徹底地合併，結果此同音字仍然分屬於不同小韻中。

N	正　韻	例字	中　古	正音	俗音	中原	易	匯
（2）10104	［來］盧容切	龍籠	（鍾）力鍾切	jwiŋ	wiŋ	iuŋ	uŋ	uŋ
			（東）盧紅切	〃	〃	uŋ	〃	〃
10105	［來］良中切	隆礱	（東）力中切	jwiŋ	wiŋ	iuŋ	uŋ	uŋ
			（冬）力冬切	〃	〃	uŋ		

《正韻》把「龍」、「隆」分為兩個小韻。《通解》、《續添》〔註16〕把它合併，而標細音［ljwiŋ］，俗音標洪音［lwiŋ］。《通解》此字下沒有任何註釋，所以《譯訓》的情形大概也是如此。《正韻》分韻很可能是由於韻母洪細的不同。「龍攏」二字已由細音變為洪音，所以與「籠」等十七個一等字合併；「隆」等五個三等

〔註16〕《續添洪武正韻》至今未公開，現在只能利用金完鎮所著《續添洪武正韻에對하여》《震壇學報》第二十九、三十合併號（1996.12.25）所列的字母、標音（正音、俗音、今俗音）、小韻首字。東韻只有一個來母，所列出來的是「龍」一字，所以我們可以承認此來母小韻是「龍」、「隆」之合併韻。

字，則仍讀細音，而一等字的「礱」，則由洪音變為細音，故合併於「隆」字。

B、合：wiŋ（k）　　通攝一等及通攝三等非系、照二系。

撮：jwiŋ（k）　　通攝三等（除非系、照二系）

1、《正韻》非系、照二系的介音 j 完全消失而與一等字合併。此外由《正韻》收字中我們還可以發現中古其他部分三等字併入一等的情形，這就顯示非系、照二系外其他聲母的字，有的也已經開始失去 j 介音了。

	N	正　韻	例　字	中　古	中原	易	匯
唇音	40108	［並］步木切	僕樸	（濁）房玉切		u²	u²
	10107	［明］莫紅切	夢瞢懞	（東）莫中切	uŋ	uŋ	uŋ
	30115	［〃］蒙弄切	夢懞懞瞢瀀霿	（送）莫鳳切	uŋ	uŋ	uŋ
	40109	［〃］莫卜切	目苜睦穆牧坶繆	（屋）莫六切	u	u²	u²
舌音	10121	［泥］奴宗切	濃醲檂襛	（鍾）女容切	iuŋ	uŋ	uŋ
齒頭	10108	［清］倉紅切	樅鏦從	（鍾）七恭切		uŋ	uŋ
	40112	［〃］千木切	促	（燭）七玉切	iu	u²	u²
	40110	［心］蘇谷切	蕭翻	（屋）息逐切		u²	u²
	〃		謖謖	（屋）所六切 [審二]	u	u²	u²
正齒	40125⁽全⁾	［禪］神六切	孰熟塾璹	（屋）殊六切	u	u²	u²
			蜀屬鸀	（燭）市玉切	u	u²	u²
			贖	（燭）神蜀切 [牀三]	iu	u²	u²
牙音	20120⁽全⁾	［見］居竦切	拱拲鞏棋珙苷碽	（腫）居悚切	uŋ	iuŋ / uŋ	uŋ
半舌	10104	［來］盧容切	龍瓏	（鍾）力鍾切	iuŋ	uŋ	uŋ
	20104	［〃］力董切	隴壠	（腫）力踵切	uŋ	uŋ	uŋ
	40116	［〃］盧谷切	六陸稑穋蓼戮僇勠	（屋）力竹切	iu	u²	u²
	〃		錄籙綠醁騄菉	（燭）力玉切	iu	u²	u²
半齒	40126⁽全⁾	［日］而六切	肉	（屋）如六切	iou	u²	u²
			辱蓐褥縟溽鄏	（燭）而蜀切	iu	u²	u²

幫系四個例子都具備了輕唇化的條件，大概是介音 j 消失在輕唇化之前，才能夠解釋這符合輕唇化條件的三等合口字未變輕唇而仍是重唇音的現象。尤

韻「謀」字情形與此相同，《指掌圖》第四圖「謀」字列入一等，蓋亦表現此現象。這些字《通解》所引《蒙古韻略》、《集韻》、《韻會》皆標輕唇音。《正韻》唇音不和撮口音配。上面有些例，《中原音韻》仍然讀三等音，這可以算是《中原音韻》至《正韻》之間的變化。

從俗音看介音 j 消失的情形：

精系　三等字　全部（除 40136［邪］祥玉切 「續薥俗」等一例外）

照三系 三等字　全部

見系　三等字　部分（陽聲韻的一部分，入聲字皆無俗音）

來母　三等字　全部

日母　三等字　全部

從此情形可以歸納說，《譯訓》時代精照三來日系三等字也都失去介音 j，完全沒有撮口字，換句話說，舌齒音已經消失洪細音的對比現象[註17]。見系三等部分陽聲韻字失去介音 j 而變成洪音，如弓［見］、供［見］、恐［溪］、共

〔註17〕

N	正　韻	例字	中　古	中原	易	匯
（1）40132	〔泥〕女六切	朒	（屋）女六切		u^ʔ	u^ʔ

《譯訓》〔njwik〕，未失去介 j，合乎今音〔ny〕，當作例外。

N	正　韻	例字	中　古	中原	易	匯
（2）10120	〔心〕息中切	鬆	（冬）私宗切	uŋ	uŋ	uŋ

此字與「松」等字合併。

N	正　韻	例字	中　古	中原	易	匯
10104	〔來〕盧容切	籠…	（東）盧紅切	uŋ	uŋ	uŋ

與「龍」等字合併。

N	正　韻	例字	中　古	中原	易	匯
10105	〔來〕良中切	礲	（冬）力冬切			

與「隆」等字合併。

《譯訓》把此三例都標撮口音〔-jwiŋ〕，結果仿佛一等字產生 j 介音而入三等。就語音演變情形來看，介音 j 消失而從細音變洪音的解釋較合理。我認為《正韻》一等、三等字合併表示三等介音 j 之消失，《譯訓》標音大概是過分遷就小韻首字，而錯標為細音，然後有時以俗音來補救，如「籠」字俗音為〔lwiŋ〕。《中原音韻》仍然有鬆：松、籠：龍的對比，蓋表示三等字「松」、「龍」字還未變為洪音。

［群］……等字（疑母字沒有消失）。這些字在《易通》還沒有失去介音 j，《匯通》裡部分字也仍保留介音 j，《中原音韻》完全消失。其餘的陽聲韻字及所有的三等入聲字都未失去介音 j 而保持撮口音，如窮［群］、顒［疑］、菊［見］、麴［溪］、局［群］、玉［疑］等。影系三等字全保持介音 j，我們可以說只有喉牙音保持洪細音對比。這和現代官話系統大致相同。我們應該注意細音由於介音 j 的消失歸入洪音的演變在《正韻》前早已開始，《正韻》反映出相當多的例子。

2、梗攝字歸入此韻的有二例：

N	正　韻	例字	中　古	中原	易	匯
30115	［明］蒙弄切	懜懵	（嶝）武亙切			
10133	［曉］許兄切	兄	（庚）許榮切	iuŋ	iueŋ	iuŋ

「兄」字《正韻》亦收入庚韻中。此二例蓋由於《正韻》時代梗攝合口和通攝音接近的關係。第二例「兄」《易通》仍歸入「庚晴」韻中。

（二）庚梗敬陌

A、《譯訓》合併《正韻》小韻的情形

N	正　韻	例字	中　古	正音	俗音	中原	易	匯
（1）31809	［幫］比孟切	榜	（敬）北孟切	iŋ	iŋ〔註18〕			
		迸	（諍）北諍切			uəŋ	əŋ	uŋ
31843	［〃］逋鄧切	埲	（嶝）方隥切	〃	〃		〃	〃
（2）40703	［幫］博陌切	百	（陌）博陌切	ik		ai	ə?	ə?
40707	［〃］搏厄切	檗	（麥）博厄切	〃		〃	〃	〃
40760	［〃］必勒切	北	（德）博墨切	〃		ei		
（3）40704	［並］簿陌切	白	（陌）傍陌切	ik		ai	ə?	ə?
40761	［〃］步黑切	匐	（德）蒲北切	〃			〃	〃
（4）21817	［明］眉永切	皿	（梗）武永切	jiŋ		iəŋ	iəŋ	iəŋ
21826	［〃］母耿切	黽	（耿）武幸切	〃				
21835	［〃］莫迥切	茗	（迥）莫迥切	〃		iəŋ	iəŋ	iəŋ
（5）40701	［明］莫白切	陌	（陌）莫白切	ik	aj?	ai	ə?	ə?
		麥	（麥）莫獲切			〃	〃	〃

〔註18〕《譯訓》正音的主要元音和韻尾之間都有〔i〕，俗音則沒有〔i〕，現在正音的〔i〕皆除去，故與俗音同。

40762	［〃］密北切	墨	（德）莫北切	〃		ei	〃	〃
（6）40722	［精］資昔切	積	（昔）資昔切	jik		i	iə?	iə?
		績	（錫）則歷切	〃		〃	〃	〃
40754	［〃］節力切	即	（職）子力切	〃		〃	〃	〃
（7）11858	［從］慈陵切	繒	（蒸）疾陵切	iŋ		iəŋ	əŋ	əŋ
	才登切	層	（登）昨棱切	〃		əŋ	〃	〃
（8）40753	［從］疾力切	崱	（職）士力切	ik				
	疾則切	賊	（德）昨則切	〃		ei	ə?	ə?
（9）11833	［心］思營切	觲	（清）息營切	jiŋ	iŋ	iəŋ	iəŋ	iəŋ
11843	［〃］先青切	星	（青）桑經切	〃		〃	〃	〃
（10）40706	［穿］恥格切	坼	（陌）丑格切	ik			ə?	ə?
		策	（麥）楚革切			ai	〃	〃
40752	［〃］初力切	測	（職）初力切	〃			〃	〃
（11）31827	［牀］直正切	鄭	（勁）直正切	jiŋ		iəŋ	iəŋ	iəŋ
		瞪	（證）丈證切					
31831	［〃］除更切	鋥	（敬）除更切	〃			əŋ	əŋ
（12）11811	［牀］除更切	橕	（庚）直庚切	iŋ	iŋ	əŋ	əŋ	əŋ
		橙	（耕）宅耕切			〃	〃	〃
11821	［〃］士耕切	傖	（庚）助庚切			〃	〃	〃
（13）40726	［禪］裳隻切	石	（昔）常隻切	jik		i	iə?	iə?
		射	（昔）食亦切			〃	〃	〃
		食	（職）乘力切			〃	〃	〃
40751	［〃］丞職切	寔	（職）常職切	〃		〃	〃	〃
（14）40734	［見］俱碧切	玃	（昔）俱碧切	jik				
40737	［〃］訖逆切	戟	（陌）几劇切	〃		i	iə?	iə?
		激	（錫）古歷切			〃	〃	〃
		殛	（職）紀力切			〃	〃	〃
（15）11801	［見］古衡切	庚	（庚）古行切	iŋ	iŋ jiŋ（又音）	iəi	əŋ	əŋ
		耕	（耕）古莖切			〃	〃	〃
11859	［〃］居登切	揯	（登）古恆切	〃	〃	〃	〃	〃
（16）31806	［見］居孟切	更	（敬）古孟切	iŋ	iŋ jiŋ	iəi	əŋ	əŋ
31845	［〃］居鄧切	亙	（嶝）古鄧切	〃	〃		〃	〃
（17）40735	［溪］驅碧切	躩	（昔）虧碧切	jik				
40740	［〃］乞逆切	隙	（陌）綺戟切	〃		i	iə?	iə?
40747	［〃］苦擊切	喫	（錫）苦擊切	〃		〃	〃	〃

（18）31814	［疑］魚慶切	迎 凝	（敬）魚敬切 （證）牛餕切	jɨŋ		iəŋ		
31818	［〃］魚孟切	硬	（諍）五諍切	〃		〃	iəŋ	iəŋ
（19）31802	［影］於命切	映 瀴 褮 應	（敬）於敬切 （敬）於孟切 （諍）鷖迸切	jɨŋ		iəŋ	iəŋ	iəŋ
31840	［〃］於證切		（證）於證切	〃		〃	〃	〃
（20）11847	［曉］醯經切	馨 興	（青）呼刑切	jɨŋ		iəŋ	iəŋ	iəŋ
11852	［〃］虛陵切		（蒸）虛陵切	〃		〃	〃	〃
（21）40708	［曉］呼格切	赫 黑	（陌）呼格切	ik	iəʔ	ai	əʔ	əʔ
	迄得切		（德）呼北切			〃	〃	〃
（22）21802	［匣］何梗切	杏 悻 幸	（梗）何梗切	jɨŋ		iəŋ	iəŋ	iəŋ
21815	［〃］下頂切		（迥）胡頂切	〃		〃	〃	〃
21825	［〃］下耿切		（耿）胡耿切	〃		〃	〃	〃
（23）31807	［匣］胡孟切	行 脛	（敬）下更切	jɨŋ		iəŋ	iəŋ	iəŋ
31838	［〃］形定切		（徑）胡定切	〃		〃	〃	〃
（24）40766	［匣］穫北切	或 獲	（德）胡國切	wik		uei	uəʔ	uəʔ
	胡麥切		（麥）胡麥切			〃		
（25）40729	［喻］夷益切	繹 弋 逆 鷁 嶷	（昔）羊益切 （職）與職切	jik		i	iəʔ	iəʔ
			（陌）宜戟切	〃		〃	〃	〃
40739	［疑］宜戟切		（錫）五歷切 （職）魚力切	〃	ŋjiʔ		iəʔ	iəʔ
							〃	〃

以上二十五例都沒有對比現象，《譯訓》的合併是對的。《正韻》之所以分韻都是由於遷就舊韻系統而來的，換句話說，舊韻屬於不同韻而《正韻》時代變成同音的字，《正韻》沒有徹底地合併，結果有些同音字仍然分屬於不同小韻中。如上列的例字所示，《正韻》編撰人不敢合併的二小韻之間的區別，大部分都在梗攝和曾攝的不同，如（1）～（6）（10）（13）（15）（16）（19）（20）（21）（24）等例子；有的是舊韻同攝不同韻而未合併，如（4）（9）（11）（14）（17）（18）（22）（23）；有的是舊韻一等和三等的不同而未合併，如（7）（8）；還有二例是舊韻雖然屬於同韻，卻因聲母不同，而未合併，如（12）有澄母與牀母的區別，（25）有喻母與疑母的區別，但《正韻》時代澄牀已

完全合併，疑母字大半消失〔ŋ-〕，而與喻母字合併（除了「五吾阮訛語偶」六字作反切上字者，仍保存〔ŋ-〕聲母之外），可知這些例子係由於疏忽而分開的。

但是下面的二例很可能是《譯訓》之誤合。

N	正　韻	例字	中　古	正音	俗音	中原	易	匯
（1）21821	〔見〕居影切	景 剄 頸	（梗）居影切 （迥）古挺切 （靜）居郢切	jiŋ		iəŋ	iəŋ	iəŋ
21823	〔見〕居永切	憬 穎	（梗）俱永切 （迥）古迥切	〃		yəŋ	iuəŋ 〃	iuŋ 〃
21814	〔〃〕古幸切	耿	（耿）古幸切	〃		iəŋ	iəŋ	əŋ

三例中第一例和第二例有對比現象，舊韻屬於同韻，聲母也沒有不同處。可見兩小韻之間必有所不同，因而《正韻》才分開的。第二例極可能是撮口音〔-jwiŋ〕，舊韻屬於三等合口，《中原音韻》、《易通》、《匯通》音也可以證實《正韻》此小韻為撮口音。但是我們也不能完全抹煞《譯訓》所根據的方言如現代官話音把「憬」唸為齊齒音〔-jiŋ〕的可能性。「穎」在現代官話裏仍然唸為撮口音，第一例和第三例合併則大概沒有問題。

N	正　韻	例字	中　古	正音	俗音	中原	易	匯
（2）11805〔匣〕	何庚切	行 恒 莖	（庚）戶庚切 （登）胡登切 （耕）戶耕切	jiŋ	iŋ	iəŋ əŋ 〃	əŋ 〃 〃	əŋ 〃 〃
11840〔〃〕	奚經切	形	（青）戶徑切	〃		iəŋ	iəŋ	iəŋ

這很可能是《譯訓》之誤合。「行」等第一例蓋為開口〔-iŋ〕。原來開口的小韻中只有入聲，故此小韻歸入開口也不會發生衝突。

B、開：iŋ（k）　　曾開一　及梗開二唇舌齒牙喉音

齊：jiŋ（k）　　曾開三　及梗開三四等唇舌齒牙喉音

合：wiŋ（k）　　曾合一　及梗合二喉牙音

撮：jwiŋ（k）　　曾合三　及梗合三四喉牙音

1. 主要元音為高元音〔ɨ〕的內轉各攝，不容許有二等韻。梗攝與曾攝合併而歸入內轉之前，其二等字已與一等字合併，不復有二等韻。三、四等也完

全合併。因此梗曾二攝只有一等和三等，其對比僅在洪細的不同。

2. 一部分梗攝開口二等字却產生 j 介音而與三等字合併，遂歸入三等 [-jiŋ]，其情形如下：

	N	正 韻	例 字	中 古	中原	易	匯
唇音	11828	［滂］披耕切	抨軯砰閛怦	（耕）普耕切	iəŋ	iəŋ
舌音	40732	［泥］女力切	搦	（陌）女白切			iəʔ
正齒	21808	［牀］杖梗切	瑒	（梗）丈梗切			
	31831	［牀］除更切	鋥瞠	（敬）除更切	əŋ	əŋ
牙音	21824^(全)	［見］古幸切	耿	（耿）古幸切	iəŋ	iəŋ	əŋ
	31818	［疑］魚孟切	硬鞕	（諍）五諍切	iəŋ	iəŋ	iəŋ
喉音	11819	［影］於京切	罌甖罃鸎鶯櫻鸚嚶	（耕）烏莖切	iəŋ	iəŋ	iəŋ
	31802	［影］於命切	瀅	（敬）於孟切			
			褮嫈	（諍）鷖迸切			
	21802	［匣］何梗切	杏荇莕	（梗）何梗切	iəŋ	iəŋ	iəŋ
	21825	［匣］下耿切	幸倖	（耿）胡耿切	iəŋ	iəŋ	iəŋ
	31807	［匣］胡孟切	行諻	（敬）下更切	iəŋ	iəŋ	iəŋ
半舌	11838	［來］離呈切	磷	（耕）力耕切			

其中喉牙音大抵符合《中原音韻》、《易通》、《匯通》，其他唇舌齒音可以當作例外。

3. 一部分曾攝開口三等字失去介音 j 而歸入一等 [-iŋ]。

	N	正 韻	例字	中 古	中原	易	匯
唇音	11827	［幫］補耕切	弸	（蒸）悲陵切		əŋ	uŋ
	11809	［並］蒲庚切	掤	（蒸）筆陵切			
齒頭	31836	［精］子孕切	甑	（證）子孕切	iəŋ	iəŋ	iəŋ
	11858	［從］慈陵切	繒鄫䌝矰橧	（蒸）疾陵切	iəŋ	əŋ	əŋ
	40753	［從］疾力切	崱萴	（職）士力切 ^{［牀二］}			
正齒二	40715	［照］側格切	側仄昃庂沢稄	（職）阻力切	ai	əʔ	əʔ
	40752	［穿］初力切	測惻畟	（職）初力切		əʔ	əʔ
	40714	［審］色窄切	色嗇穡薔	（職）所力切	ai	əʔ	əʔ

精母「甑」《正韻》併入曾開一「增」字中，但後二例從母字，《正韻》各與曾開一「層」、「賊」等字緊鄰而分開，《譯訓》却合併。精系字除了部分入聲

字外皆有這種演變，照二系也都變。

　　4、部分梗攝合口三、四等字失去介音 w 變開口-jiŋ：

	N	正　韻	例　字	中　古	中原	易	匯
齒頭	11833	[心] 思營切	觪騂垶	（清）息營切	iəŋ	iəŋ	iəŋ
	俗音之例（最後一例為「又音」）：						
牙音	11841	[溪] 窺營切	傾頃頃	（清）去營切	iəŋ	iuəŋ	iuŋ
	21811	[溪] 丘穎切	頃	（靜）去穎切	yəŋ	iuəŋ	iuŋ
	〃		褧褧絅	（迥）口迥切	yəŋ	iəŋ	iəŋ
	11842	[群] 渠營切	瓊璚藑煢惸景婷嬛	（清）渠營切	yəŋ	iuəŋ	iuŋ
	40755	[喻] 越逼切	域棫罭棫蜮緎閾	（職）雨逼切		iuə?	iuə?
	〃		役疫	（昔）營隻切〔註19〕	i	iə?	iə?
喉音	21814	[影] 烏迥切	瑩	（迥）烏迥切			
	31830	[影] 縈定切	瑩瀅鎣懙	（徑）烏定切〔註20〕	yəŋ	iuəŋ	iuŋ
	11820	[喻] 于平切	榮蠑嶸嫈嵤鎣	（庚）永兵切	yəŋ	iuəŋ	iuŋ
	〃		熒螢濴蠑	（青）戶扃切	yəŋ	iuəŋ	iuŋ
	〃		營塋瑩	（清）余傾切	yəŋ	iuəŋ	iuŋ
	〃		縈	（清）於營切		iuəŋ	iuŋ

　　以上除了《正韻》之例「心母」外，俗音、又音之例都是喉牙音字。群母「瓊」等字俗音為開口，不合乎官話系統，現代方言中亦有開口［kiŋ］音，如福州語。喻母「域」等字與「役疫」在《正韻》同一小韻內，《譯訓》俗音為齊齒音。「榮」等喻母字又音為開口，不合於《中原音韻》、《易通》、《匯通》，可見又音所據的方言與《中原音韻》等所據的方言不同，但又音卻符合現代官話音。以上大部分是中古屬於四等或列入四等的三等字，撮口變齊齒的現象大概是與四等顎化音有關。

　　5、見母二等字都有「又音」［kjiŋ］，如「庚、更、梗」等，蓋由於二讀的

〔註19〕「營隻切」為「下字為開口而以上字定合口」的例外反切。（龍師字純《例外反切的研究》p348）

〔註20〕「烏定切」、「縈定切」為「下字為開口，而以上字定合口」的例外反切。（龍師字純《例外反切的研究》p347）

關係。

6、三等字俗音為〔-iŋ〕，如「辭、省、醒」等，蓋由於方言之影響，現代方言中溫州話把「省」、「醒」讀為〔səŋ〕。

7、《正韻》也有三等開口字與合口字合併之例，曉母「夐」中古音「休正切（《集韻》虛政切）」；同小韻中「欸巠」中古音「許令切」與「夐」對立。只是後世誤讀「夐」為開口，而《正韻》將「夐」與開口字「欸巠」合併，《譯訓》標撮口音〔xjwiŋ〕，蓋由於《譯訓》所據的方言「夐」仍為撮口音，而《譯訓》未曾注意同小韻中「欸」等開口字的緣故。

8、俗音韻尾從-ŋ 變為-n

	N	正 韻	例 字	中 古	中原	易	匯
牙音	21834	［溪］苦等切	肯肎肯	（等）苦等切	əŋ	əŋ	əŋ
半齒	11850	［日］如陵切	仍芿陾	（蒸）如乘切	iəŋ	iəŋ	iəŋ
	31840	［日］而證切	認扔芿枥	（證）而證切		iəŋ	iəŋ

「肯」等字俗音與《中原音韻》一致，後兩例日母字則不合，此蓋為方音之影響，據《漢語方言字匯》，漢口、成都、揚州、蘇州、長沙等地都把「仍」、「扔」唸成〔-n〕。

9、《譯訓》標音〔(j)(w)iiŋ〕中，除〔-iiŋ〕皆有俗音〔-iŋ〕之外，〔-wiiŋ〕和〔-jwiiŋ〕有的有俗音，有的沒有，如牙音「扃」、喉音「轟、薨、橫、宏、弘、榮、永、詠」等合口字有俗音。俗音之有無，找不出其條件，沒有俗音的，蓋為漏注。

（三）陽養漾藥

A、《譯訓》合併《正韻》小韻的情形

	N	正 韻	例字	中 古	正音	俗音	中原	易	匯
（1）	31741	［滂］普浪切	滂	舊韻只有平聲	aŋ				
	31750	［〃］匹絳切	胖	（絳）匹絳切	〃				
（2）	31710	［照］側況切	壯	（漾）側亮切	aŋ	waŋ	waŋ	uaŋ	uaŋ
	31740	［〃］陟降切	撞	（絳）直絳切	〃	〃	〃	〃	〃
			戇	（〃）陟降切				〃	〃
（3）	31716	［穿］楚浪切	創	（漾）初亮切	aŋ	waŋ	uaŋ	uɑŋ	uaŋ
	31751	［〃］丑陵切	靚	（絳）丑絳切	〃	〃	〃	〃	〃

N	正韻	例字	中　古	正音	俗音	中原	易	匯
（4）31707	［穿］尺亮切	唱	（漾）尺亮切	jaŋ		iaŋ	iaŋ	iaŋ
		悵	（〃）丑亮切	〃		〃	〃	〃
31746	［〃］楚降切	塽	（絳）楚絳切	〃				
（5）31713	［牀］助浪切	狀	（漾）鋤亮切	aŋ		uaŋ	uaŋ	uaŋ
31748	［〃］士降切	漴	（絳）士降切	〃	waŋ			
（6）11713	［牀］陳羊切	常	（陽）市羊切	jaŋ		iaŋ	iaŋ	iaŋ
11720	［〃］仲良切	長	（〃）直良切	〃		〃	〃	〃
（7）21713	［見］居仰切	襁	（養）居兩切	jaŋ		iaŋ	iaŋ	iaŋ
21743	［〃］古項切	講	（講）古項切	〃		〃	〃	〃
（8）31725	［見］古況切	誑	（漾）居況切	waŋ		uaŋ	uaŋ	uaŋ
31740	［〃］古曠切	廣	（宕）古曠切	〃				
（9）40602	［影］乙角切	渥	（覺）於角切	jak			iaʔ	iaʔ
	乙却切	約	（藥）於略切	〃		iau		
（10）40630	［曉］忽郭切	霍	（鐸）虛郭切	wak			uaʔ	uaʔ
40632	［〃］許縛切	矆	（藥）許縛切	〃			〃	〃
（11）11722	［曉］虛良切	香	（陽）許良切	jaŋ		iaŋ	iaŋ	iaŋ
11752	［〃］許江切	舡	（江）許江切	〃		〃	〃	〃
（12）40601	［喻］弋灼切	藥	（藥）以灼切	jak	jaw	iau	iaʔ	iaʔ
		虐	（〃）魚約切			niau	〃	〃
〃	逆角切	嶽	（覺）五角切	〃		iau	〃	〃

《正韻》之所以分韻大致是由於舊韻屬於不同攝的緣故。除了（6）是聲母澄、禪之不同、（10）是一、三等之不同外，其他例子全部是因江攝宕攝之不同而分開的。《譯訓》的合併則是基於實際語音。這也是《正韻》遷就舊韻書系統之處。

　　《譯訓》的合併有問題的六個例字如下：

N	正　韻	例字	中　古	正音	俗音	中原	易	匯
（1）21709	［穿］楚兩切	縴	（養）初兩切	jaŋ			uaŋ	uaŋ
	昌兩切	敞	（〃）昌兩切	〃		iaŋ	iaŋ	iaŋ
		昶	（〃）丑兩切			〃	〃	〃

舊韻屬於同韻同母，此合併蓋誤。《譯訓》標音系統上照二系字「正音」為開口［-aŋ］，俗音為合口［-waŋ］。恰好開口平上去入四聲中僅缺上聲字，「縴」宜歸入開口［-aŋ］中。

N	正　韻	例字	中　古	正音	俗音	中原	易	匯
（2）40625	[見]訖岳切	覺	（覺）古岳切	jaŋ		au	iɑʔ	iɑʔ
		脚	（藥）居勺切	〃		〃	〃	〃
40627	[〃]厥縛切	矍	（藥）居縛切	〃			uɑʔ	uɑʔ

蓋《譯訓》標同音為誤，此兩小韻之不同在開、合口。「矍」字《切韻指南》列入合口（內五圖），《易通》、《匯通》也是合口，可見《正韻》因其開合不同而未合併。「矍」字應該標為合口-wak。

N	正　韻	例字	中　古	正音	俗音	中原	易	匯
（3）40622	[溪]乞約切	却	（藥）去約切	jak			iaŋ	iaŋ
		殼	（覺）苦角切					
40623	[〃]丘縛切	躩	（藥）丘縛切	〃				

「躩」之《譯訓》標音 [-jak] 極可能係誤刻。如果《譯訓》撰者認為是同音，必會除其中間的圈使之合併。這兩小韻各加溪母於首，標同音，不合乎《譯訓》系統。故 [-jak] 應改為 [-wak]。

N	正　韻	例字	中　古	正音	俗音	中原	易	匯
（4）21707	[喻]魚兩切	仰	（養）魚兩切	ŋaŋ	jaŋ	niaŋ	iaŋ	iaŋ
21739	[疑]語䣊切	駠	（蕩）五朗切	〃				

這二例除了聲母疑、喻之不同外，等第亦不同。《正韻》系統上，三等字「仰」宜為細音 [jaŋ]，然而《譯訓》正音標為疑母開口音 [ŋaŋ]，在俗音標細音 [jaŋ]。

N	正　韻	例字	中　古	正音	俗音	中原	易	匯
（5）31722	[喻]魚向切	仰	（漾）魚向切	aŋ		niaŋ		
		釀	（〃）女亮切			〃	niaŋ	niaŋ
31737	[〃]魚浪切	柳	（宕）五浪切	〃				

此例與上一例的情形相同。「仰釀」宜為細音 [jaŋ]。

N	正　韻	例字	中　古	正音	俗音	中原	易	匯
（6）40641	[匣]曷各切	鶴	（鐸）下各切	ak		au	ɑʔ	ɑʔ
40643	[〃]轄覺切	學	（覺）胡覺切	〃		au	iɑʔ	iɑʔ

　　「學」屬喉音，《正韻》系統上此韻喉牙音開口二等字皆產生 j 介音而變

成細音。《正韻》把這兩小韻分開的理由蓋也在此。「學」宜為細音-jak。《四聲通解》即將《譯訓》「學」的標音改為細音 [-jaw],「鶴」仍為開口 [-aw]。《譯訓》很可能是受《東國正韻》漢字音 [-ak] 的影響,把「學」標錯。

    B、開:aŋ(k)　　宕開一、江開二唇音、正齒音〔註21〕,宕開三照ⁿ系、
　　　　　　　　　　宕合三非系。

　　齊:jaŋ(k)　　宕開三(除了照ⁿ系)、江開二喉牙音。

　　合:waŋ(k)　　宕合一、宕合三喉牙音。

除了江開二喉牙音產生介音 j 而和宕開三合併之外、江開二和宕開一完全合併。宕開三照ⁿ系字完全失去介音 j 而歸入開口。

　　江開二喉牙音皆產生介音 j,但是有一個例外情形:

N	正　韻	例　字	中　古	中原	易	匯
牙音　11743	[見] 居郎切	扛杠釭矼𦈢㟅	(江) 古雙切	aŋ	ɑŋ	ɑŋ

見母「扛」等字讀為洪音符合官話系統。中古同屬一小韻的「江矼」卻歸入細音 [kjaŋ] 中。這情形與《中原音韻》、《易通》、《匯通》等官話音一致。

　　入聲 [-k] 韻尾,俗音皆變為 [-w]。

　　《譯訓》六藥韻首一小韻「藥」字下註云:「藥약 [jak],俗音얄 [jaw],韻內諸字終聲同。」這演變情形合乎《中原音韻》等官話系統。只有一個例外,其俗音為 [k' əʔ],並非 [k'jaw]:

N	正　韻	例　字	中　古	中原	易	匯
40622	[溪] 乞約切	却卻 㲉㱿	(藥) 去約切 (覺) 苦角切		iɑʔ 〃	iɑʔ 〃

[k'əʔ] 是否是讀書音,不大能確定。《通解》所引《蒙韻》為 [gjəw]。江攝照ⁿ系(知照ⁿ系)入聲產生介音 w 變為合口 [-wak] 的有二例:

〔註21〕江開二與宕開一合併韻中,泥母、來母各有一例:

N	正　韻	例字	中　古	中原	易	匯
40635	〔泥〕奴各切	搦掉	(覺) 女角切		ɑʔ	ɑʔ
11733	〔來〕魯堂切	瀧	(江) 呂江切			

因其例少,而且《正韻》泥母為中古泥娘之合併,可以出現在一、三、四等,與其他端系(端透定母)在性質上稍異,故暫且列入註中,以便下文之解釋。

N	正　韻	例　字	中　古	中原	易	匯
40649	[照]竹角切	捉斮穱榋	（覺）側角切	au	uɑʔ	uɑʔ
〃		跞琢椓諑卓踔倬啄涿掾	（〃）竹角切	〃	〃	〃
40650	[牀]直角切	濁濯擢鐲	（〃）直角切	〃	〃	〃

其餘的照二系無論是宕攝或江攝，其俗音皆產生 w 介音而變為合口［-waŋ］，入聲為［-waw］，只是 31713［牀］助浪切「狀」，40614［禪］食角切「浞」二例漏注俗音。江攝知照二系字早已變為合口，《指南》江攝外一圖加註說：「見幫曉喻屬開，知照來日屬合」，但《指掌圖》、《指南》宕攝三等知照二系仍然列入開口中，可見那時尚未全變。《中原音韻》、《易通》、《匯通》與《正韻》情形一致，但入聲字［-waw］，在《中原音韻》是開口［-aw］，《易通》、《匯通》是合口［-uɑʔ］。

宕合一與宕合三全部合併，表示宕合三失去介音 j。因此陽韻平上去入皆沒有撮口音，但有一例是正音為合口而俗音却為撮口［-jwaŋ］的：

N	正　韻	例　字	中　古	中原	易	匯
31724	[曉]虛放切	況況=況睨	（漾）許放切	uɑŋ	uɑŋ	uɑŋ

《四聲通解》所引《蒙古韻略》亦為撮口，與此同音。《中原音韻》把此「況」字與相鄰的匣母字「晃」以圈分開，而有的人認為圈是誤加的，但趙蔭棠和司徒修（Stimson）把「況」字注成撮口音。這表示《譯訓》俗音、《蒙古韻略》、《中原音韻》很可能是根據同一地區方言標「況」字。《四聲通解》註云：「今俗音或呼광［kʻwaŋ］」其音與現代官話相同。

《譯訓》此韻平上去入各韻開口-aŋ（k）小韻下特別註明說：

> 韻內中聲卜〔a〕音諸字，其聲稍深，唯唇音正齒音以卜〔a〕
>
> 讀之，其餘諸字宜以卜〔a〕‧〔ʌ〕之間讀之。

意思是說，狹義的開口音中，唇音、正齒音後的主要元音 / a / 讀為［a］；舌音、齒頭音、喉牙音、半舌音後的主要元音 / a / 的位置較靠後，應讀為［a］和［ʌ］之間的音。其［a］、［ʌ］之間的音極可能是［ɑ］。我認為這細微的差別與江宕兩攝的關係不能分開來討論。江攝喉牙音產生 j 介音而歸入宕攝開口三等，留下的只有唇音和正齒音。因此我們可以推知開口（狹義）中江攝

主要元音為〔a〕，宕攝為〔ɑ〕。換句話說，《正韻》雖然把中古的一等與二等合併，而語音上細微的分別還是存在的。但是因為一等二等中七音的分配是互補的，如端精見影來系屬於一等，幫照₂系屬於二等，所以〔a〕、〔ɑ〕是一個音位／a／，用不著分開來標音。喉牙音一等二等都出現，但其二等已產生介音 j 變成細音，故不會發生衝突。《譯訓》中皆解泰、刪產諫鎋、爻巧效、覃感勘合等中古一二等俱備而其主要元音為低元音〔ɑ〕〔a〕的這四韻，其平上去入聲韻下都有和陽養漾藥韻相同的註釋。我們可以說《正韻》時代這些低元音韻的一、二等可以通押，而使之合併，但其語音上細微的差別仍然存在。只是唇音一等字因其雙唇音聲母使後低元音〔ɑ〕變為前低元音〔a〕，以至於一、二等完全變成同音，ɑ→a／唇音＿。上述五韻中，只有陽韻和爻韻才有一等唇音字。《正韻》陽韻唇音字一等二等完全不分，所以對上述假設不會產生抵觸。

（四）真軫震質

A、《譯訓》合併《正韻》小韻的情形：

N	正　韻	例字	中　古	正音	俗音	中原	易	匯
（1）30819	［精］祖寸切	焌	（慁）子寸切	win				
30845	［〃］祖悶切	鐏	（慁）祖寸切	〃				
（2）40223	［見］厥筆切	橘	（術）居聿切	jwit			iuə²	iuə²
40243	［〃］九勿切	屈	（物）九勿切	〃				
（3）40234	［喻］以律切	聿颭颮	（術）餘律切（質）于筆切	jwit			iuə²	iuə²
40241	［喻］王勿切	颭	（物）王勿切	jwit				

「鐏」《廣韻》從母「徂悶切」，《集韻》為精母「祖寸切」，《正韻》從《集韻》，以求合實際音，但未併入精母「焌」中，二字《譯訓》標同音。其他的例字都是由於舊韻諄、文韻之不同而《正韻》未合併的，《譯訓》合併是對的。

B、開：in（t）　　臻開一喉牙音及臻開二、三　照₂系
　　齊：jin（t）　　臻開三（除了照₂系），深開三唇音
　　合：win（t）　　臻合一，臻合三非系、照₂系
　　撮：jwin（t）　　臻合三（除非系、照₂系）

　　《正韻》最顯著的變化是深攝唇音字與臻攝之合併，而深攝唇音的雙唇鼻音韻尾〔-m〕變為舌尖鼻音〔-n〕。

N	正　韻	例　字	中　古	中原	易	匯
20845^{（全）}	〔幫〕必敏切	稟	（寢）筆錦切		iən	iən
20846^{（全）}	〔滂〕丕敏切	品	（寢）丕飲切	iən	iən	iən

　　《正韻》時代深攝中除了唇音以外其他聲母的韻尾〔-m〕還沒變為〔-n〕。唇音韻尾先起變化的理由在其唇音聲母。聲母、韻尾同是唇音，由於異化作用，故韻尾變為〔-n〕。《中原音韻》、《易通》同。深攝字《譯訓》俗音皆變為〔-n〕韻尾，與《匯通》把侵韻歸入「真尋」韻的情形相同。《易通》和俗音屬同時代，而有如此的參差大概是由於所根據的方言不同或者《易通》遷就舊韻書而不敢大膽表現實際語音的緣故。

　　非系、照二系的三等介音 j 之消失是其他各韻共有的現象。除此之外，還有些散見的例子也是表現介音 j 之消失：

N	正　韻	例　字	中　古	中原	易	匯
10850	〔精〕租昆切	鵽遵僎踆	（諄）將倫切	yuən	uən	uən

　　此臻合三精母字與臻合一「尊」字合併，可知其介音 j 之消失。《中原音韻》「尊」與「遵」分開，表示三等介音還沒消失。《通解》所引的《蒙韻》、《韻會》都是撮口音〔tsjwin〕。此外俗音中還有一例從撮口變合口〔-wɨn〕的：

N	正　韻	例　字	中　古	中原	易	匯
20819	〔心〕聳允切	筍	（準）思尹切	yən	iuən	iuən

　　「筍」字《中原音韻》、《易通》、《匯通》都仍是撮口，由此可知《譯訓》俗音更接近現代官話系統。

　　合口變為開口的例子：

N	正　韻	例　字	中　古	中原	易	匯
20817	〔喻〕以忍切	尹	（準）余準切	iən	iən	iən

　　此字併入臻開三「引」字中，此現象與官話系韻書一致。《正韻》重唇音、輕唇音合口字《譯訓》除了入聲根本沒有俗音外，俗音都變為開口。唇音聲母的開合問題自來很難確定，韻圖唇音開合的分配也極不規則。因為《譯訓》俗音完全是靠聽音而記的，所以我們可以說，唇音聲母接高元音合口，如果

再帶韻尾，聽起來像開口；沒有帶韻尾，則其合口成分聽得較清楚。所以入聲除一例之外都沒有俗音，(《譯訓》時代入聲韻沒有韻尾，-ʔ尾很可能只是表示短調) 此例外為正音 [bwit]，俗音 [boʔ]。

N	正　韻	例　字	中　古	中原	易	匯
40247^(全)	［並］蒲沒切	孛勃悖誖浡渤 敦焞…	（沒）薄沒切	o	əʔ	uʔ

此俗音與官話音一致。由於唇化現象而有合口，故唇音應該和合口有密切關係，《譯訓》俗音標為開口，也許只是聽覺上的問題，在音韻上仍然有合口成分——即唇化現象。有一例透母合口音也有開口俗音 [tʻin]：

N	正　韻	例　字	中　古	中原	易	匯
10852	［透］他昆切	吞	（痕）吐根切	ən	uən	uən

《中原音韻》、《蒙韻》都是開口，現代方言中北京 tʻuən，成都、漢口、揚州等地 tʻən，但是也不能說《中原音韻》、蒙韻及《譯訓》俗音就是根據這些方言，只能說「俗音」與《中原音韻》、《蒙韻》很接近。

　　入聲中正音為 [-wit]，俗音却為 [-wajʔ] 的例子：

N	正　韻	例　字	中　古	中原	易	匯
40205	［審二］朔律切	率帥蟀	（術）所律切	（uai）	iuəʔ	iuəʔ

「率」等字中古有去聲「（至）所類切」和入聲「（術）所律切」兩讀，此字又見於《正韻》去聲隊韻、《易通》《匯通》「皆來」韻中，蓋為中古去聲字。《中原音韻》皆來韻去聲中只收一音 [-uai]，是從中古至韻去聲變來的（關於此去聲字，留待灰賄隊韻中再討論），則《譯訓》在入聲「率」字下註俗音 [-wajʔ] 也許是不大合理。現代官話中也有二讀：據司徒修（Stimson）之《中原音韻》(*The Jongyuan In Yunn*)，[-uai] 是從去聲變來的，[-uo] 是從入聲變來的。《易通》、《匯通》的注音 [-iuəʔ] 才合乎入聲字演變規則。我認為《譯訓》時代如同現代官話，在口語系統中，常用去聲音讀，而至於入聲幾乎不用，所以《譯訓》撰者把入聲、去聲混淆，而認為 [-wajʔ] 就是從入聲變來的。《中原音韻》只收去聲音讀，可見其入聲音讀之沒落。此小韻，《譯訓》正音（正韻）為合口 [-wit]，《易通》、《匯通》仍為撮口，使我們懷疑《易通》、《匯通》的入聲字音與實際語音有些距離。

臻開三喻母字（質）于筆切「颶汨」併入撮口字「聿」中，《譯訓》標撮口。大概是方音之影響，當視為例外。

（五）寒旱翰曷

開：ən（t）　　　　山開一　喉牙音

合：wən（t）　　　　山合一

此韻情形比較簡單，沒有例外現象。至俗音，開口主要元音〔ə〕除了入聲字以外都變為低元音〔a〕，合口主要元音未變。但是有一例 20905〔匣〕胡管切「睆」等字中古屬於二等潸韻「戶板切」，却併入山攝合口一等字「緩」中。此現象是否表現《正韻》的合口〔-wən〕也已經開始變為〔-wan〕，但因為其例太少，不能確定。

合口字中，唇音除了入聲外皆有開口俗音〔-ən〕，這現象和真韻一致。

《通解》所引《蒙古韻略》開口皆為〔-an〕，合口為〔-oən〕，入聲無論是開合都是〔-oə〕，與《中原音韻》一致。

10921〔匣〕胡官切「完丸」等俗音〔wən〕，又音為〔jwən〕。「又音」不能代表其系統中的音，只是說也有如此的唸法。現代方言中如成都把「丸」字唸為撮口〔yan〕，但不知《譯訓》又音取何地音。

（六）刪產諫轄

A、《譯訓》合併《正韻》小韻的情形：

N	正　韻	例字	中　古	正音	俗音	中原	易	匯
（1）31005	〔滂〕普患切	襻	（諫）普患切	an		an	an	an
31026	〔〃〕匹襉切	盼	（襇）匹莧切			〃	〃	〃
（2）31006	〔非〕甫患切	番	（元）無去聲讀音	wan	an			
31029	〔〃〕方諫切	販	（願）方願切	〃		an	an	an
		嬎	（〃）芳万切					
（3）40407	〔透〕他達切	闥	（曷）他達切	at			aʔ	aʔ
40424	〔〃〕逖轄切	獺	（鎋）他鎋切	〃	a		〃	〃
（4）40417	〔照〕側八切	札	（黠）側八切	at	a		aʔ	aʔ
		茁	（〃）鄒滑切	〃			〃	〃
40422	〔〃〕陟轄切	哳	（鎋）陟轄切	〃			〃	〃
（5）31009	〔牀〕助諫切	棧	（諫）士諫切	an		an	an	an
31027	〔〃〕丈襉切	綻	（襇）丈莧切	〃		〃	〃	〃

（6）21002	［審］數版切	潸	（潸）數版切	an			an	an
21021	［〃］所簡切	汕	（產）所簡切	〃				
（7）11008	［疑］牛姦切	顏	（刪）五姦切	ŋjan	jan	ian	ian	ian
11011	［〃］五閑切	嶽	（山）五閑切	〃	〃			
（8）31004	［匣］胡慣切	患	（諫）胡慣切	wan		uan	uan	uan
31011	［〃］下患切	骭	（〃）下晏切	〃				

　　以上八例原來《正韻》大致都是因舊韻刪、山韻的不同而分開的。（1）（2）（8）三例兩個小韻的不同似乎在開合的區別，但是以其種種環境看來，依《譯訓》合併較合理。（8）兩小韻，《正韻》反切已經是合口同音，（1）（2）（「番」由平聲推想）兩小韻反切的開合不同，蓋是由於遷就舊韻書而來的。（3）「獺」《廣韻》又切為「他達切」，與「闥」同音。其他例子都是刪、山二韻的不同。從這些情形，也許令人懷疑《正韻》可能還有山、刪韻的對比現象，其實不然，《正韻》只是沒有徹底地合併而留下舊韻書的痕跡而已。匣母字「還」胡關切，中古屬於刪韻，這小韻中也有中古山韻字「澴」，《正韻》在「澴」字下亦注反切「侯頑切」，但並沒有加圈分開，可見《正韻》先依舊韻書各注反切，然後照實際音合併。還有一個駁不倒的證據，就是此韻平聲的開頭「刪」字與「山」字合併成為一小韻，其他還有許多合併之例。

　　B、開：an（t）　　山開一舌齒音及山開二唇音、正齒音、來、泥

　　　　齊：jan（t）　　山開二喉牙音

　　　　合：wan（t）　　山合二，山合三輕唇音

　　中古寒韻舌齒音併入此刪韻中，可知其主要元音從［ɑ］變為［a］，大概是受發音部位較前的韻尾-n之影響。喉牙音因其聲母發音部位靠後，所以主要元音［ɑ］未變為［a］，而仍在寒韻中。合口桓韻有後半元音介音w，其元音更不易變為前低元音［a］，但有二例使我們相信《正韻》時代此「桓韻固守ɔ主要元音」的原則已不大穩固，wɔ→wa的變化已在旦夕之間，其例是：

N	正　韻	例　字	中　古	中　原	易	匯
31021	［影］烏貫切	腕掔擘惋	（換）烏貫切	uon	uan	uan
21015	［精］積產切	儧	（緩）作管切		an	an

「腕」等字與諫韻「綰」合併。《中原音韻》還沒變而把它們分入「寒山」與「桓歡」。《四聲通解》註云：「《蒙韻》원［ʾoən］，《韻會》원［ʾwən］，《中原音韻》音「翫」並下同，《韻學集成》원［ʾwan］원［ʾwən］二音。」第二例「僎」不但其主要元音從［ɔ］變［a］，連介音 w 也消失了，《易通》、《匯通》同。《通解》註云：「《蒙韻》젼［tsoən］，《韻會》《集韻》젼［tswən］。」《中原音韻》雖未收此字，但同音字「纂」等在「桓歡」韻，與《蒙韻》同。

合口字《譯訓》標為開口：

N	正　韻	例　字	中　古	中原	易	匯
21003	［牀］雛產切	撰篹撰譔饌	（濟）雛鯇切		uan	uan

《正韻》反切上字有時兼有決定開合之作用，《譯訓》作者大概未曾注意這一點，而只顧下字「產」標為開口後，發覺其與實際音不合，所以加註合口的俗音［-wan］。

山合三字歸入山合二字中：

N	正　韻	例　字	中　古	中原	易	匯
11027	［曉］呼關切	儇	（仙）許緣切		uan	uan

《易通》、《匯通》一致。

唇音俗音為［-ən］之例，如 11012［滂］披班切「攀」，蓋為方音，現代方言中太原 p‘æ̃，揚州 p‘ɛ̃，蘇州 p‘ɛ。

非系俗音皆為開口［-an］、［-aʾ］，微母則無俗音。《譯訓》把微母標為［wwan］，前［w］為聲母，後［w］為介音，大概是兩個［w］音同於一個［w］，故未注俗音。40429「韈」，正音標為［wat］，蓋由於微母無所謂開合的關係。《通解》改為合口［wwat］，是由於《通解》系統上平上去入四聲收入同一個字母下，故入聲也應該標為合口的緣故。

喉牙音二等皆產生介音 j，而變成細音［-jan］。《通解》時代這些字又變成［-jən］，與先韻字同，入聲未變。可見十六世紀初以前刪韻喉牙音開口字已與《匯通》、現代官話音相同。

（七）先銑霰屑

A、《譯訓》合併《正韻》小韻的情形：

N	正韻	例字	中　古	正音	俗音	中原	易	匯
（1）21108	［泥］乃殄切	撚	（銑）乃殄切	jən		ien	ien	ien
21129	［〃］尼展切	輾	（獮）尼展切	〃		〃	〃	〃
（2）31103	［從］在甸切	荐	（霰）在甸切	jən			ien	ien
31105	［〃］在線切	賤	（線）才線切	〃		ien		
（3）40513	［照］朱劣切	拙	（薛）職悅切	jwət		ye	iue?	iue?
		輟	（〃）陟劣切			〃	〃	〃
40520	［〃］側劣切	茁	（〃）側劣切	〃				
		蕝	（〃）子悅切				iue?	iue?
（4）31135	［牀］除戀切	饌	（線）士戀切	jwən				iuen
31138	［牀］柱戀切	傳	（線）直戀切	jwən		yen	iuen	iuen
（5）40522	［審］輸爇切	說	（薛）失爇切	jwət		ye	iue?	iue?
40543	［〃］所劣切	刷	（〃）所劣切	〃				
（6）21110	［見］吉典切	繭	（銑）古典切	jən		ien	ien	Ien
21134	［〃］九輦切	蹇	（獮）九輦切	〃		〃	〃	〃
		建	（阮）紀偃切					
（7）21113	［見］古泫切	畎	（銑）姑泫切	jwən				
21137	［〃］古轉切	卷	（獮）居轉切	〃		yen	iuen	iuen
（8）40505	［群］琦熱切	揭	（薛）丘竭切	jət				ie?
40515	［〃］巨列切	傑	（〃）渠列切	〃		ie	ie?	〃

以上八例，《正韻》蓋由於舊韻三、四等的不同或聲母的不同而未合併。《譯訓》合併並沒錯。（1）（2）（6）（7）是舊韻仙、先韻的不同，（3）（4）（5）（8）是舊韻照二和照三、照系和精系知系，或溪母和群母的不同。

　　B、齊：jən（t）　　山開三及山開四

　　　撮：jwən（t）　　山合三及山合四

　　喉音喻母四等字原屬合口，《正韻》歸入開口：

N	正　韻	例　字	中　古	中原	易	匯
21128	［喻］以淺切	沇渷兗	（獮）以轉切	ien	ien	ien
31112	［〃］倪甸切	掾緣	（線）以絹切	ien	ien	ien

官話系統的韻書與此現象一致。很可能是喻母四等的顎化現象特別強，而不容合口成分存在，因此從撮口變齊齒。

山合三清母撮口音〔ts'jwən〕中有一字是從臻合三來的：

N	正 韻	例 字	中 古	中原	易	匯
11134	〔清〕且緣切	㕙	（諄）七倫切			

（「緣」《正韻》有三讀：平聲「于權切」「夷然切」、去聲「倪甸切」。）

（八）侵寢沁緝

A、《譯訓》合併《正韻》小韻的情形：

N	正 韻	例字	中 古	正音	俗音	中原	易	匯
（1）22003	〔穿〕昌枕切	瀋	（寢）昌枕切	jɨm	ʃin	ʃei	ʃiei	ʃnei
22011	〔穿〕丑錦切	踸	（寢）丑甚切	jɨm		ʃei	tʃ'iei	tʃ'nei

《正韻》所以分韻蓋由於舊韻聲母的不同。照系和知系的區別，《正韻》時代已消失，宜合併為一小韻。但下二例很可能是《譯訓》之誤併：

N	正 韻	例字	中 古	正音	俗音	中原	易	匯
（1）40802	〔照〕側入切	戢	（緝）阻立切	jɨp			əʔ	tsiəʔ
40806	〔 〃 〕質入切	執	（ 〃 ）之入切	〃		i	iəʔ	〃
		縶	（ 〃 ）陟立切					
（2）22002	〔審〕式荏切	審	（寢）式荏切	jɨm		iəm	iəm	iən
22007	〔 〃 〕所錦切	瘦	（ 〃 ）踈錦切	〃		tʃ'əm	əm	ən

《譯訓》大概是誤併。「戢」、「瘦」都是照₂系字，《正韻》時代其介音 j 極可能消失而歸入開口中。《譯訓》合併可能是依《譯訓》時代的實際語音，犯「以今律古」之誤。《正韻》體裁上也可以證明這兩套小韻在《正韻》時代並非同音，第一例「戢」小韻剛好可以補開口韻入聲的空缺，而且《易通》的音也可以作證。第二例「瘦」也是同樣地可以補開口韻平上去入一套韻中唯一的上聲空缺。

B、開：im（p）　深開三照₂系

　齊：jɨm（p）　深開三（除照₂系外）

照₂系字由於介音 j 之消失而變成開口。

此韻的《譯訓》正音韻尾仍是〔-m〕，但其俗音韻尾皆變成〔-n〕〔註22〕，

〔註22〕《譯訓》此韻去聲首字「沁」下蓋漏注「俗音친〔ts'jin〕，韻內諸字終聲同」之註

可見當時侵韻已經沒有-m 韻尾。《通解》註云：「今俗皆呼為ㄴ［-n］，而間有用ㅁ［-m］呼之者亦多，故不著。俗音如《通攷》也，後倣此。」此蓋因崔世珍取作審音根據的官話方言中，除了北方官話之外，還參酌仍保留［-m］的其他地區方言的緣故。《中原音韻》、《易通》都保留-m 韻尾，也許不能代表北方官話的實況。《通解》凡例二十四條云：「諸韻終聲ㄴ［n］ㆁ［ŋ］ㅁ［m］之呼，初不相混而直以侵覃鹽合口終聲，漢俗皆呼為ㄴ［n］，故真與侵、刪與覃、先與鹽之音多相混矣。」就知道《四聲通解》時代北方官話中［-m］韻尾不復存在。因此我們從《譯訓》俗音中可以知道北方官話-m→-n之演變早在十五世紀已經完成。

照二系字併入照三系而《譯訓》標為［-jɨm］：

N	正　韻	例字	中　古	中原	易	匯
12010	［穿］丑森切	參	（侵）楚簪切		tʃʻəm	tʃʻəm

此字蓋為誤收，或在此字前誤脫圈，宜歸入開口，穿母［-im］音恰好只缺平聲。

日母「入」字，《譯訓》俗音［-jwiʔ］，從齊齒變撮口，《匯通》音［-iuəʔ］。

（九）覃感勘合

A、《譯訓》合併《正韻》小韻的情形：（俗音-n 韻尾一概不著明）

N	正　韻	例字	中　古	正音	俗音	中原	易	匯	
（1）32106	［透］他紺切	探	（勘）他紺切	am		am	am	an	
32112	［〃］吐濫切	賧	（闞）吐濫切	〃			〃	〃	
（2）40910	［透］託合切	錔	（合）他合切	ap			aʔ	aʔ	
40914	［〃］託甲切	榻	（盍）吐盍切	〃	a		〃	〃	
（3）12101	［定］徒含切	覃	（覃）徒含切	am		am	am	an	
12113	［〃］徒監切	談	（談）徒甘切	〃		〃	〃	〃	
（4）22101	［定］徒感切	禫	（感）徒感切	am		am	am	an	
22117	［〃］徒覽切	啖	（敢）徒敢切	〃		〃	〃	〃	去
（5）22109	［從］徂感切	歜	（感）徂感切	am		am			
22115	［〃］在敢切	槧	（敢）才敢切	〃					

釋。平聲、上聲侵寢韻皆有此註釋，而且沁韻中表示疑母變為喻母的俗音韻尾為-n，如「吟」俗音〔jɨn〕。覃、鹽二韻平上去聲皆有俗音表示韻尾從-m 變成-n 的現象，故沁韻無俗音，應該是漏注。

N	正韻	例字	中古	正音	俗音	中原	易	匯	
（6）22125	［牀］丈減切	湛	（豏）丈減切	am		tʃam	tʃam	tʃan	去
22125	［〃］士減切	嶄	（豏）士減切	〃		tʃʻam	tʃʻam	tʃʻan	
		巉	（檻）仕檻切						
（7）32117	［牀］丈陷切	湛	（陷）丈陷切	am		am	am	an	
		儳	（〃）仕陷切						
32120	［〃］士監切	讒	（鑑）士懺切	〃					
（8）12121	［審］所含切	攕	（咸）所咸切	am					
12125	［〃］師銜切	衫	（銜）所銜切	〃		am	am	an	
（9）22101	［見］古禫切	感	（感）古禫切	am		am	am	an	
22119	［〃］古覽切	敢	（敢）古覽切	〃		〃	〃	〃	
（10）32101	［溪］苦紺切	勘	（勘）苦紺切	am		am	am	an	
32107	［〃］苦濫切	闞	（闞）苦濫切	〃		iam	〃	〃	
（11）12111	［匣］胡南切	含	（覃）胡男切	am		am	am	an	
12118	［〃］胡甘切	酣	（談）胡甘切	〃		〃	〃	〃	
（12）12104	［來］盧含切	婪	（覃）盧含切	am		am	am	an	
12115	［〃］盧監切	藍	（談）魯甘切	〃		〃	〃	〃	
（13）22118	［來］盧感切	壈	（感）盧感切	am			am	an	
22120	［〃］魯敢切	覽	（敢）魯敢切	〃		am	〃	〃	
（14）32114	［匣］乎黤切	陷	（陷）戶韽切	jam		iam	iam	ien	
32119	［〃］胡監切	檻	（鑑）胡懺切	〃		〃	〃	〃	
（15）22113	［匣］下斬切	嗛	（豏）下斬切	jam		iam			
	胡覽切	檻	（檻）胡黤切	〃		〃	iam	ien	去

上十五例中（1）～（5）（9）～（13）是一等覃、談韻，（6）～（8）（14）（15）為二等咸、銜韻。從《正韻》的分韻情形看來，似乎仍然有中古覃、談，咸、銜的對比。但是我們從下列的幾例可以知道《正韻》此處所以分韻不過是舊韻系統的遺留。

N	正韻	例字	中古	正音	俗音	中原	易	匯
（1）12103	［端］都含切	耽	（覃）丁含切	am		am	am	an
		聃	（談）都甘切			〃	〃	〃
12114	［〃］都監切	儋	（談）都甘切	〃		〃	〃	〃
（2）22111	［端］都感切	紞	（敢）都敢切	am		am	am	an
		黕	（感）都感切			〃	〃	〃
22116	［〃］覩敢切	膽	（敢）都敢切	〃		〃	〃	〃

					am		am	an
（3）22112	［透］他感切	襑	（感）他感切	am			am	an
		莢	（敢）吐敢切			am	〃	〃
（4）12105	［泥］那含切	南	（覃）那含切	am		am	am	an
		姍	（談）乃甘切					
（5）12106	［心］蘇含切	毿	（覃）蘇含切	am		am	am	an
		鬖	（談）蘇甘切			am	am	an
	12116	［心］蘇監切	三	（談）蘇甘切	am	am	am	an
（6）12117	［見］沽三切	甘	（談）古三切	am		am	am	an
		弇	（覃）古南切				〃	〃

其中（1）（2）（5）《正韻》雖然分韻，但是已經不能說是覃、談之區別。（3）（4）（6）《正韻》已經把兩類合併為一小韻。所以《正韻》中已經沒有中古韻的重韻覃：談、咸：銜之對比。《譯訓》合併是對的。

A、開：am（p）　　咸開一，咸開二照二系，咸合三非系

　齊：jam（p）　　咸開二喉牙音

咸開二喉牙音亦產生介音 j 而變成細音。

咸開一中，《正韻》把覃、談分開的傾向讓我們懷疑兩韻的主要元音仍然不同。董同龢先生《漢語音韻學》頁七三云：「在相當各韻之內，字的同音與否，《洪武正韻》還與《中原音韻》有些差別。最顯著的如覃感勘的『覃、耽、婪、毿、含』等字與『談、擔、藍、三、酣』分別，對照現代吳語，可知前者韻母當是 ɑm，後者當是 am。」《正韻》雖然有些小韻把覃、談分韻，但多數還是合併。董先生所指出的五個代表性的例子中，端母「耽：擔」、心母「毿：三」二個對比就不能成立，因為覃韻「耽」小韻中也有談韻字「姍、都甘切」。覃韻「毿」小韻中「鬖、蘇甘切」也是談韻字。我推想《正韻》編撰者依中原雅音分大韻，至分小韻時大概有些地方免不了受舊韻書或方音之影響。覃韻和談韻未完全合併可能也是由於這種緣故。因為大韻類已定，這少部分的分歧不足以亂整個系統，故我們討論整個系統時，可以暫時不管。董先生根據此現象把覃、談兩韻音截然分開，這種說法是有待商榷的。《譯訓》遷就《正韻》的體裁，沒有把《正韻》分開的覃、談二小韻合併，但是兩小韻上標同音，沒有任何對比。《通解》承襲《譯訓》，把兩小韻併入同字母下，表示名符其實的同音。

《譯訓》註云：「韻內中聲ㅏ［a］音諸字，其聲稍深，宜讀以ㅏ［a］‧

［ʌ］之間，唯脣音、正齒音以卜［a］呼之。」中古一、二等韻，在《正韻》已合併為一，但音值上還有細微的差別。這情形在陽韻中已詳細解釋，此從略。我們已知一、二等的分別在於主要元音［ɑ］與［a］。如果承認《正韻》覃、談的分別也在［ɑ］、［a］，則兩種分辨因素就起衝突，所以我們得相信《譯訓》的標音，承認覃、談同音，而無主要元音［ɑ］、［a］之別。

韻尾-m，俗音皆變成-n。

咸開二泥母「諵喃」與咸開一「南」等合併。40921「广笘笘」為咸開一，《譯訓》標為細音［njap］，當視為例外。

喉牙音開口與齊齒之間有些分歧：

N	正　韻	例字	中　　古	正音	中原	易	匯
40916	［溪］苦洽切	胠	（業）去劫切	jap			
12112	［影］烏合切	淹	（咸）乙咸切	am			
22114	［曉］虎覽切	顑	（感）虎感切	jam			

第一例是咸開三，應歸入葉韻中；第二例屬於開口二等喉音卻未產生 j 介音；第三例為咸開一，不當為細音。這些字當視為例外。

（十）鹽琰豔葉

A、《譯訓》合併《正韻》小韻的情形：

N	正　韻	例字	中　　古	正音	俗音	中原	易	匯
（1）32212	［泥］奴玷切	念	（㮇）奴店切	jəm		ien	ien	ien
32216	［〃］尼欠切	黏	（釅）女驗切	〃				
（2）32213	［溪］詰念切	歉	（㮇）詰念切	jəm		iem		ien
		傔	（㮇）苦念切				iem	〃
32218	［〃］去劒切	欠	（釅）去劒切	〃		iem	〃	〃
		歁	（〃）丘釅切					

以上兩小韻的不同在舊韻各為三等嚴韻和四等添韻。《譯訓》合併是對的。

B、齊：jəm（p）　咸開三及咸開四

《譯訓》俗音韻尾皆為-n。

咸開二溪母12220「嵁」和審母41006「菨箑霎歃」歸入此韻，當作例外。

（十一）尤有宥

A、《譯訓》合併《正韻》小韻的情形：

N	正　韻	例字	中　古	正音	俗音	中原	易	匯
（1）31906	［非］敷救切	副	（宥）敷救切	iw		au	əu	əu
		富	（〃）方副切			u	u	u
31917	［〃］俯救切	不	（〃）甫救切	〃				

　　《正韻》很可能是因舊韻非、敷母之別而分韻。其實敷母「副」小韻中亦有非母字「富」，所以這對比不能成立，而且《正韻》非、敷母已完全合併。《譯訓》的合併是對的。

　　B、開：iw　　　流開一，流開三照₌系、非系

　　　　齊：jiw　　　流開三（除照₌系、非系）

　　流開三照₌系、非系字皆失去介音 j，變成開口音［-iw］。

（十二）爻巧效

A、《譯訓》合併《正韻》小韻的情形：

N	正　韻	例字	中　古	正音	俗音	中原	易	匯	
（1）11306	［幫］班交切	包	（爻）布交切	aw		au	au	au	
11320	［〃］博毛切	襃	（豪）博毛切	〃		ɑu	〃	〃	
（2）21303	［幫］博巧切	飽	（巧）博巧切	aw		au	au	au	
21318	［〃］博浩切	寶	（皓）博抱切	〃		ɑu	〃	〃	
（3）21304	［並］部巧切	鮑	（巧）薄巧切	aw		au	au	au	去
21319	［〃］蒲皓切	抱	（皓）薄浩切	〃		ɑu	〃	〃	去
（4）31309	［明］眉教切	貌	（效）莫教切	aw		ɑu	au	au	
	［〃］莫報切	帽	（号）莫報切	〃		ɑu	〃	〃	
（5）11314	［泥］尼交切	鐃	（爻）女交切	aw		ɑu	au	au	
11329	［〃］奴刀切	猱	（豪）奴刀切	〃		〃	〃	〃	
（6）21309	［泥］女巧切	橈	（巧）女巧切	aw		au			
21328	［〃］乃老切	腦	（皓）奴皓切	〃		au	au	au	
（7）31315	［泥］女教切	鬧	（效）奴教切	aw		ɑu	au	au	
31331	［〃］奴報切	臑	（号）那到切	〃		〃	〃	〃	
（8）31312	［照］陟教切	罩	（效）都教切	aw		au	au	au	
31316	［〃］側教切	抓	（〃）側教切	〃		〃	〃	〃	
（9）31311	［穿］楚教切	鈔	（效）初教切	aw		au	au	au	
31313	［〃］敕教切	趠	（〃）丑教切	〃			〃		

（1）～（7），兩小韻的分別在一等豪韻與二等爻韻。《中原音韻》也有分的跡象。這樣看來，《正韻》似乎真的有一、二等之別，但是《正韻》也有合併的例子：

N	正　韻	例字	中　古	正音	俗音	中原	易	匯
（1）31306	［幫］布恔切	豹 報	（效）北教切 （号）博耗切	aw		au ɑu	au 〃	au 〃
（2）11308	［並］蒲交切	庖 袍	（爻）薄交切 （豪）薄襃切	aw		au ɑu	au 〃	au 〃
（3）31323	［並］蒲報切	暴 鉋	（号）薄報切 （效）防教切	aw		ɑu	au 〃	au 〃
（4）11309	［明］謨交切	茅 毛	（爻）莫交切 （豪）莫袍切	aw		ɑu 〃	au 〃	au 〃

以上四例都是唇音聲母字。這合併的例子與未合併的例子在出現數目上是對等的，所以要駁倒「豪爻韻有別」之說，其理由好像不十分充足。在這種情況之下，還是依《譯訓》之標音，認為《正韻》之分韻只是併韻未徹底，而留下的舊韻之迹。（8）（9）二例兩小韻的舊韻相同，其區別在於舊韻之照系和知系，所以應當合併。

B、開：aw　　效開一，效開二幫系、照二系〔註23〕

　齊：jaw　　效開二　喉牙音

效開二除了喉牙音產生 j 介音，而變成細音之外，皆和效開一合併。《正韻》有些小韻一、二等未完全合併，《譯訓》則皆標同音。

《譯訓》註云：「韻內中聲卜〔a〕音諸字其聲稍深，宜以卜〔a〕・〔ʌ〕之間讀之，唯唇音、正齒音以卜〔a〕讀之，韻中諸字中聲並同。」此解釋詳見陽韻。但是上列的（1）（2）（3）（4）四對唇音例子讓我們懷疑《正韻》唇音一、二等似乎仍然有別，《譯訓》把每對標同音，第四例明母是相鄰兩小韻，《譯訓》去圈使之合併。《正韻》也有唇音一、二等出現在同一小韻的情形，如「豹二：報一」等上列的四例。《中原音韻》也有同樣的情形：「蕭豪」韻中唇音一、二等有別的，幫母「包：襃」、「寶：飽」、「報：豹」；其一、二等合併成一小韻的，並母「袍：庖」、明母「毛：茅」等。《中原音韻》與《洪武正韻》

〔註23〕泥母 11314「鐃」、21309「橈」、31315「鬧」皆為效開二，《譯訓》標為開口〔-aw〕。

分此小韻的情形極相似，其差別只是《正韻》把幫母中「豹：報」合併，《中原音韻》把「貌：帽」合併、「抱：鮑」合併。由此可知「爻韻」一、二等之別正在消失之中。但是在分合相反的兩種對等的情況之中，很難選擇任何一種，因此我們只好相信《譯訓》的標音，認為《正韻》一、二等唇音完全是同音，而且《中原音韻》一、二等之別已經不夠明顯，五十年後的《正韻》時代大致是不分的。如果《正韻》所據的中原雅音與《中原音韻》所代表的方言相近，此假定大致不會有問題。就《譯訓》的標音及註釋看來，《譯訓》時代唇音一、二等毫無差別，則是確鑿不移的事實。總之，《譯訓》以／a／標一、二等字，不但在音位結構上不會發生問題，於元音系統的建立，反而有利。

（十三）蕭篠嘯

齊：jəw　　效開三及效開四

《譯訓》註云：「韻內諸字中聲，若直讀以ㅕ[jə]，則不合於時音，特以口不變，故讀如ㅕ[jə]ー[ɨ]之間。」乃是說明發音細節的問題，但是只靠此文字上的解釋，無法了解其義。這也許是與後半元音韻尾 w 有關，也就是說 jə→w 之間的過渡音以[ɨ]表示。此[ɨ]之作用是把元音提高，以便接韻尾 w。齊韻[-jəj]、先韻[-jən]都沒有此注釋。

俗音皆變為[-jaw]，與爻韻細音完全合併。

（十四）齊薺霽

A、《譯訓》合併《正韻》小韻的情形

N	正　韻	例字	中　古	正音	俗音	中原	易	匯
（1）30307	[定]大計切 徒利切	第 地	（霽）特計切 （至）徒四切	jəj 〃		i 〃	i 〃	i 〃
（2）30310	[見]吉詣切 吉器切	計 寄 冀 既 季 記 猏	（霽）古詣切 （寘）居義切 （至）几利切 （未）居豙切 （至）居悸切 （志）居吏切 （祭）居例切	jəj 〃		i 〃 〃 〃 〃 〃 〃	i 〃 〃 〃 〃 〃 〃	i 〃 〃 〃 〃 〃 〃
（3）20312	[溪]墟里切	起 豈	（止）墟里切 （尾）祛狶切	jəj		i 〃	i 〃	i 〃

	正韻	例字	中古		中原	易	匯
		企	（紙）丘弭切		″	″	″
		綺	（″）墟彼切		″	″	″
	祛禮切	啟	（薺）康禮切	″	″	″	″
（4）30309	［溪］去冀切	器	（至）去冀切	jəj	i	i	i
		棄	（″）詰利切		″	″	″
		氣	（未）去既切		″	″	″
		企	（寘）去智切			″	″
		屼	（志）去吏切				
	去計切	契	（霽）苦計切	″	i	i	i
		憩	（祭）去例切		″	″	″
（5）30308	［來］力地切	利	（至）力至切	jəj	i	i	i
		吏	（志）力置切			″	″
		詈	（寘）力智切		i	″	″
	力霽切	麗	（霽）郎計切	″	″	″	″
		例	（祭）力制切		″	″	″

　　這無疑是《正韻》留下舊韻止攝與蟹攝之分的痕跡。只有（2）「猏」屬於蟹攝的字，而歸入止攝中，是三等與四等的區別。這五個例子每兩小韻都是緊鄰着，可見《正韻》好像也是有意把它們合併，卻又沒有徹底合併，而留下反切與圈，《譯訓》去圈而使之合併。（「季」中古音為合口）

　　B、齊：jəj　　蟹開四，蟹開三、止開三的部分

　　俗音皆變為［-jɨj］。主要元音從［ə］變［ɨ］大概是受介音 j 和韻尾 j 的影響。明母字「寐」等字俗音為［-ɨj］，與《中原音韻》、《易通》、《匯通》一致。

　　正齒音只有中古澄母字一例

N	正 韻	例 字	中 古	中原	易	匯
30314	［牀］直例切	滯瘵	（祭）直例切	i	i	i

　　止開三部分齒頭音歸入此韻：

N	正 韻	例 字	中 古	中原	易	匯
20303	［心］想里切	徙璽	（紙）斯氏切	i	i	i
		枲葸諰	（止）胥里切	″	″	″
		灑躧纚縰釃漇鞣矖釃筮	（紙）所綺切	″	″	″

　　這些字與歸入支韻的精系字不同，並沒有失去介音和韻尾 j。《通解》所引

《蒙韻》、《韻會》音皆為〔sɨ〕（灑等字為〔ʃɨ〕）。

止合三見母「季」與蟹合四喉音的一部分字入此韻：

N	正 韻	例 字	中 古	中原	易	匯
30310	〔見〕吉器切	季	（至）居悸切	i	i	i
10313	〔匣〕弦雞切	攜巂鑴觿畦眭酅蠵	（齊）戶圭切	i	i	i
10316	〔影〕淵畦切	眭	（齊）烏攜切			

但蟹合四其他喉音字仍為合口，而入灰賄隊韻中，如「圭、奎、慧、桂」
等字。

（十五）皆解泰

A、《譯訓》合併《正韻》小韻的情形：

N	正 韻	例字	中 古	正音	俗音	中原	易	匯
（1）30603	〔端〕當蓋切	帶	（泰）當蓋切	aj		ai	ai	ai
	丁代切	戴	（代）都代切	〃		〃	〃	〃
（2）30604	〔定〕度奈切	大	（泰）徒蓋切	aj	a	ai	ai	ai
30602	〔〃〕度耐切	代	（代）徒耐切	〃		〃	〃	〃
		迨	（海）徒亥切			〃		
（3）20606	〔穿〕初買切	跐	（蟹）仄蟹切	aj			ai	ai
20622	〔〃〕昌亥切	茝	（海）昌紿切	〃			〃	〃
（4）30617	〔穿〕楚邁切	嘬	（夬）楚夬切	aj				
		蠆	（夬）丑犗切			ai	ai	ai
	楚懈切	瘥	（卦）楚懈切	〃			〃	〃
（5）30609	〔影〕於蓋切	愛	（代）烏代切	aj		ai	ai	ai
		藹	（泰）於蓋切					
		欬	（夬）於犗切					
30613	〔〃〕於邁切	嗄	（〃）於犗切	〃		〃	iai	iai
（6）20602	〔匣〕胡買切	蟹	（蟹）胡買切	jaj	jəj	iai	iai	iai
20610	〔〃〕下楷切	駭	（駭）侯楷切	〃		〃	〃	〃
（7）30605	〔來〕落蓋切	賴	（泰）落蓋切	aj		ai	ai	ai
	洛代切	徠	（代）洛代切	〃		〃	〃	〃

以上皆是《正韻》保留舊韻書各韻之區別而未合併的。《譯訓》合併是對的。
（3）（4）「跐」、「瘥」皆是穿₂母字，應裕康擬成細音〔-iai〕尚有商榷的餘地，
因為《正韻》時代照₂系字不應當產生介音 j。（5）「嗄」似乎是細音〔-jəj〕而

與「愛」分開，但是《正韻》另有很確定的細音 30619 影母「隘、烏懈切」等，所以仍可以相信《譯訓》標音。但有一例大概是《譯訓》標音錯誤：

N	正　韻	例字	中　古	正音	俗音	中原	易	匯
（1）20608〔匣〕	胡買切	夥	（蟹）懷乎切	aj	lo		uo	uo
20617〔〃〕	胡改切	亥	（海）胡改切	〃		ai	ai	ai

「夥」字在《續添》俗音為〔lo〕，又音為〔ɣwaj〕；《通解》的俗音也是〔lo〕，《通解》所引《集韻》、《集成》並音〔ɣwaj〕。由此推測《正韻》大概也是合口〔ɣwaj〕。「夥」，中古反切本來就是屬於合口的字。我認為《譯訓》作者很可能把《正韻》反切下字「買」當作開口，所以標為開口音。此韻合口小韻中只缺上聲韻，所以「夥」小韻改入合口的話，剛好補此空缺。

　　B、開：aj　　蟹開一，蟹開二幫系、照二系

　　齊：jaj　　蟹開二喉牙音

　　合：waj　　蟹合二喉牙音及蟹合一泰韻疑母

　　《譯訓》注云：「韻內中聲ㅏ〔a〕音諸字，其聲稍深，宜以ㅏ〔a〕・ㅓ〔ʌ〕之間讀之，唯唇音正齒音以ㅏ〔a〕呼之。」詳見於陽韻。

　　喉牙音開口二等字產生介音 j，只有少數仍是開口〔-aj〕，當作例外：

N	正　韻	例　字	中　古	中原	易	匯
20612	〔疑〕語駭切	駭	（駭）五駭切	ai	ai	ai
30609	〔影〕於蓋切	欸	（夬）於犗切			
30613	〔影〕於邁切	嗄餲喝	（夬）於犗切	ai	iai	iai

齊齒音〔-jaj〕大部分都有俗音〔-jəj〕。疑母、影母、喻母沒有此俗音，表示實際音未變。考之今音，疑、喻母〔-jaj〕也未變，影母只失去介音 j。有俗音〔-jəj〕的字除了「揩」、「鍇」、「楷」等溪母字之外，現代官話音皆是〔-ie〕，則此俗音無疑是表示當時實際語音已經變得接近現代官話。當時訓民正音系統中沒有單元音〔e〕，現在韓國音〔e〕是來自複元音〔əj〕，因此俗音〔-jəj〕即使與〔-je〕不全同，也不會相差太遠。匣母「駭」等字《譯訓》正音為〔ɣjaj〕，但沒標俗音〔-jəj〕，也合乎至《通解》失去 j 介音而變成開口的演變情形。這些齊齒音在《中原音韻》、《易通》、《匯通》仍是〔-iai〕。《通解》在〔-jaj〕音下註云：「今俗或從ㅐ〔aj〕，《蒙韻》從ㅒ〔jaj〕」，然後於《譯訓》俗音中不合乎現代官話系統的溪母字「揩鍇楷」等字下加註今俗音〔k'aj〕，影

母字下加今俗音〔ʔaj〕，且把匣母字「駭」移入開口音〔-aj〕下，表現得更接近現代官話音。

定母30604「大」有俗音〔-a〕，《中原音韻》等書同。

匣母20608「夥」有俗音〔lo〕，不知是何地音。

（十六）灰賄隊

A、《譯訓》合併《正韻》小韻的情形：

N	正　韻	例字	中　古	正音	俗音	中原	易	匯	
（1）20704	［並］部浼切	琲	（賄）蒲罪切	wɨj	ɨj	ei	ei	ei	去
20716	［〃］部癸切	岯	舊韻只有平聲（脂）	〃	〃				
（2）30729	［泥］女恚切	諉	（寘）女恚切	wɨj					
	奴對切	內	（隊）奴對切	〃		uei	uei	uei	
（3）10723	［精］遵綏切	嗺	（灰）臧回切	wɨj			uei	uei	
10727	［〃］津垂切	厜	（支）姊宜切	〃					
（4）20706	［清］取猥切	漼	（賄）七罪切	wɨj			uei	uei	
20718	［〃］千水切	趡	（旨）千水切	〃					
（5）30728	［審］輸芮切	稅	（祭）舒芮切	wɨj		uei	uei	uei	
	所類切	師	（至）所類切	〃		uai	uai	uai	
（6）10704	［見］姑回切	傀	（灰）公回切	wɨj		uei	uei	uei	
10705	［〃］居為切	規	（支）居隋切	〃		〃	〃	〃	
		歸	（微）舉韋切			〃	〃	〃	
		嬀	（支）居為切				〃	〃	
		龜	（脂）居追切			uei	〃	〃	
		圭	（齊）古攜切			〃	〃	〃	
（7）30718	［見］古外切	儈	（泰）古外切	wɨj		uei	uei	uei	
		憒	（隊）古隊切				〃	〃	
30719	［〃］居胃切	貴	（未）居胃切	〃		uei	〃	〃	
		劌	（祭）居衛切			〃	〃	〃	
		臬	（祭）几芮切						
		桂	（霽）古惠切			uei	uei	uei	
		媿	（至）俱位切			uei	uei	uei	
		庪	（紙）過委切						
（8）20710	［溪］苦猥切	磈	（賄）苦猥切	wɨj			uei	uei	
20719	［〃］犬蘂切	跬	（紙）丘弭切	〃			〃	〃	

（9）30730	［溪］窺睡切	觖	（真）窺瑞切	wɨj				
		塊	（隊）苦對切				uei	uei
		穢	（泰）苦會切			uei	〃	〃
30732	［〃］丘媿切	喟	（至）丘愧切	〃			〃	〃
（10）30720	［群］具位切	匱	（至）求位切	wɨj		uei	uei	uei
30731	［〃］其季切	悸	（〃）其季切	〃			〃	〃
（11）10701	［曉］呼回切	灰	（灰）呼恢切	wɨj		uei	uei	uei
		麾	（支）許為切			〃	〃	〃
		墮	（支）許規切				〃	〃
		隓睢	（脂）許維切					
		揮	（微）許歸切			uei	uei	uei
10729	［〃］翾圭切	睢	（脂）許維切	〃				
（12）30714	［曉］呼對切	誨	（隊）荒內切	wɨj		uei	uei	uei
		譓	（泰）呼會切				〃	〃
		喙	（廢）許穢切				〃	〃
		諱	（未）許貴切			uei	〃	〃
		毀	（寘）況偽切					
30734	［〃］香萃切	睢	（至）香季切	〃				
（13）30713	［匣］胡對切	潰	（隊）胡對切	wɨj		uei	uei	uei
		會	（泰）黃外切			〃	〃	〃
		黁	（隊）荒內切				〃	〃
30715	［〃］胡桂切	慧	（霽）胡桂切	〃		uei	uei	uei
		隋	（寘）呼恚切					
		嘒	（霽）呼惠切				uei	uei
（14）10719	［日］女佳切	狋	（脂）儒佳切	wɨj		uei	uei	uei
10726	［日］儒佳切	痿	（支）人垂切	wɨj				

　　以上十四例，《正韻》所以未合併大致是在舊韻一等與三等的分別。（1）～（4）、（6）～（8）、（11）～（13）例都是一等與三四等成互補分配，《譯訓》合併是很合理的。其中（11）（12）二例好像不大能成立「互補分配」，一等灰、隊韻也夾雜不少的三等止攝字。但是我們可以解釋說，《正韻》撰者只注意到起首幾個字，而認為有一、三等之對立，故分開。這種不規則情形反而給我們很好的啟示，就是《正韻》當時灰韻中一等與三、四等實在沒有區別，所以有時分開，有時合併。（11）「睢」字在兩小韻中都出現，可見這假設沒錯。（5）有蟹攝和止攝的區別。（9）（14）是中古屬於不同韻而未合併

的。（14）「痿」《正韻》反切「儒佳切」就是「媬」的中古反切，可見兩小韻為同音。（10）「匱」「悸」，其聲韻全同，只是其反切下字「位」和「季」在切韻是不相系聯的兩類。《正韻》反切下字也仍用「位」和「季」兩字，所以《正韻》分韻的原因大概也在此。《譯訓》的合併中，有兩例也許有問題：

N	正　韻	例字	中　古	正音	俗音	中原	易	匯	
（1）20701	［匣］乎罪切	賄	（賄）呼罪切	xwɨj		uei	uei	uei	
		瘣	（〃）胡罪切				〃	〃	去
20721	［曉］虎委切	毀	（紙）許委切	〃		uei	〃	〃	
（2）30716	［喻］于芮切	叡	（祭）以芮切	wɨj	zwɨj	ʒuei	ʒuei	ʒuei	
30723	［〃］于位切	胃	（未）于貴切	〃		uei	uei	uei	
		位	（至）于愧切			〃	〃	〃	
		衛	（祭）于歲切			〃	〃	〃	
		為	（寘）于偽切			〃	〃	〃	

第一例「賄」字中古音為曉母，《正韻》把其反切改為「乎罪切」而併入匣母「瘣」等，《譯訓》依中古音又回復其曉母反切「呼罪切」。《正韻》把「賄」等字和真正的匣母「瘣」等字合併，可見《正韻》反切上字「乎」大概不會是傳刻或傳寫之誤，而且除了此小韻之外沒有別的匣母上聲字。《譯訓》的合併是基於兩小韻聲母同為曉母；《正韻》時三等「毀」變成洪音，可與同母一等字合併。「叡」和「胃」小韻在中古有喻三、喻四的區別。因為有「衛」等字，故蟹攝與止攝的區別不能成立。《正韻》兩小韻的反切上字同為「于」，下字「芮」屬祭韻，「位」則屬至韻。因此《譯訓》之合併也許沒有錯。但是我想《正韻》時代由於「叡」等字已經唸成日母，所以《正韻》撰者未把兩小韻合併，其反切則卻因襲舊韻而未改。「叡」小韻下緊接著有日母「滿芮」小韻，《禮部韻略》中此兩小韻隔了相當遠，《正韻》卻排在一起。這是否即表示喻母唸成日母的現象，現在不敢確定，所以我還是依《譯訓》的標音。

B、合：wɨj　蟹合一及蟹合三及止合三及蟹合四

蟹合一包括灰賄隊韻及泰韻（除了歸入《正韻》泰韻的「外」之外）。

唇音皆有俗音［-ɨj］，從合口變開口。唇音的開合問題已如上文所述，很難一致。《正韻》唇音中，反切下字為開口，而《韻鏡》、《七音略》、《指南》等韻圖也都列入開口的泰韻字，卻與隊韻合併，而歸入此合口韻：

N	正 韻	例 字	中 古	中原	易	匯
30707	［幫］邦妹切	貝狽	（泰）博蓋切	ei	ei	ei
30705	［滂］滂佩切	沛霈肺淠	（〃）普蓋切	〃	〃	〃
30706	［並］步昧切	旆茷軷	（〃）蒲蓋切	〃	〃	〃

《韻鏡》等韻圖雖然把這些字列入開口圖中，但是由於《正韻》的分韻情形，可知上述三例唇音字也有合口成分，不過俗音時代皆讀如開口，故《譯訓》標俗音「［-ij］」。

止合三照₌系字皆有俗音［-waj］，與皆解泰韻同音：〔註24〕

N	正 韻	例 字	中 古	中原	易	匯
20712	［穿₌］楚委切	揣	（紙）初委切	uai	uei / uai	uei
10725	［審₌］所追切	衰縗	（脂）所追切	〃	〃	uei / uai

止合三照₌系字在俗音時代，其元音從高元音［ɨ］變為低元音［a］，照₌系都未變。如上圖所示，《易通》、《匯通》有兩音，我懷疑是讀書音與口語音的不同。《中原音韻》、俗音大致是表現口語音。

蟹合三、四及止合三併入蟹合一，可見三等介音 j 都消失了。

（十七）支紙寘

A、《譯訓》合併《正韻》小韻的情形：

N	正 韻	例 字	中 古	正音	俗音	中原	易	匯
（1）30215	［幫］兵媚切	祕	（至）兵媚切	jij		i	i	i
		畀	（至）必至切			〃	〃	〃
		躄	（霽）博計切			〃	〃	〃
		詖	（寘）彼義切			ei	〃	〃
30227	［〃］必弊切	閉	（霽）博計切	〃		i	i	i
		蔽	（祭）必袂切			〃	〃	〃
	兵臂切	轡	（至）兵媚切	〃		p'ei	p'ei	p'ei
		帔	（寘）披義切			ei	i	i
		媲	（霽）匹詣切					〃
	必轡切	臂	（寘）卑義切	〃		ei	i	〃
		賁	（寘）彼義切			i	i	〃

〔註24〕「帥率」字，《正韻》與「稅」等字分開，《譯訓》去圈使之合併，沒有注俗音。《通解》今俗音，《蒙韻》、《韻會》皆是［ʃwaj］。，極可能是《譯訓》合併之際漏注俗音，或是錯注於入聲「帥率」下，去聲下不復注俗音。

（2）30206	［心］息漬切 相吏切	四 笥	（至）息利切 （志）相吏切	ɨ 〃	iẓ 〃	ï 〃	ï 〃	ï 〃
（3）30208	［照］知意切	智 致 置 制	（寘）知義切 （至）陟利切 （志）陟吏切 （祭）征例切	jɨ 〃	jiẓ 〃	i 〃 〃 〃	i 〃 〃 〃	i 〃 〃 〃
（4）30225 30210	［穿］尺制切 ［〃］丑吏切	掣 摛 袃 胎	（祭）尺制切 （〃）丑例切 （紙）尺氏切 （志）丑吏切	jɨ 〃	jiẓ 〃	i	i	i
（5）30222	［影］於戲切 於計切	意 倚 衣 懿 医 撎 瘞	（志）於記切 （寘）於義切 （未）於既切 （志）乙冀切 （霽）於計切 （志）乙冀切 （祭）於罽切	?jɨj		i i 〃 〃 〃	i i 〃 〃 〃	i i 〃 〃 〃
（6）30221 30226	［曉］許意切 ［〃］火掣切	戲 衈	（寘）香義切 （至）火季切	jɨj 〃		i	i	i
（7）30211 30211B	［喻］以智切 ［〃］以制切	異 肄 易 義 懻 劓 曳	（志）羊吏切 （至）羊至切 （寘）以豉切 （寘）宜寄切 （志）魚記切 （至）魚器切 （祭）餘制切	jɨj		i 〃 〃 〃 〃 i 〃	i 〃 〃 〃 〃 i 〃	i 〃 〃 〃 〃 i 〃

以上七例中，除了（1）之外，《譯訓》合併大致不會有問題。《正韻》大部分由於止攝與蟹攝之別，未合併。（1）幫母四個小韻，《譯訓》把它合併，其中「彎」小韻似乎是送氣音，其兩個收字「帔嫓」也都是滂母字。但是《正韻》反切仍然是幫母「兵臂切」；「帔」字在《中原音韻》、《易通》、《匯通》都是［p-］；「嫓」《匯通》［p-］，所以暫且還是依《譯訓》標音。

此韻照系中，照二系字全部失去介音 j 而變成開口音，但是照三系、知系大部分都有一套對立的小韻。《正韻》所以分韻大致是因為兩小韻音不同的緣故，但有時遷就舊韻書系統，實際音雖是相同而沒有徹底地合併。我們從《譯

訓》合併中，對《正韻》此現象已經很熟悉了。照三系、知系每套的兩小韻之間的區別，大致在於一小韻為止攝照三系，另一小韻為止攝知系或蟹攝字。《正韻》其他的韻裡，照系和知系字完全合併，唯此支紙寘韻有照系、知系之區別極可能有它的原因，不能像其他的韻那樣解釋作《正韻》遷就舊韻書的地方。《譯訓》把每一套兩小韻都標同音，乃由於《正韻》反切上看不出其兩者之間的區別的緣故。就《正韻》對立的兩小韻的反切看來，雖然有些韻實在看不出什麼不同點，但大部分還是有反切上字為照系和知系的聲母不同；或是反切下字為止攝和蟹攝的韻母不同。但是深信《正韻》知照系完全合併的《譯訓》編撰者當然不會注意到反切上字的區別，因此隨着反切下字的區別也和其他的韻一樣處理，在這一套韻上都標同樣的細音〔-jɨ〕。這不僅是不合於《正韻》分韻的原意，更不合於《譯訓》當時的實際語音。因此《譯訓》又以俗音或又音表示實際語音。

現在我把《譯訓》標音的疏忽之處加以改正，欲求合於《正韻》分韻之原意：

N	正　韻	例字	中　古	正音	改正音	俗音	又音	中原	易	匯
（1）10201	〔照〕旨而切	支脂之薔肬	（支）章移切 （脂）旨夷切 （之）止而切 （之）側持切 （脂）張尼切	jɨ	ɨ	jɨʐ	ɨʐ	ï	ï	ï
10210	〔〃〕珍而切	知	（支）陟離切	jɨ	jɨ	jɨʐ		i	i	i
（2）20201	〔照〕諸氏切	紙旨止徵薦	（紙）諸氏切 （旨）職雉切 （止）諸市切 （止）陟里切 （旨）豬几切	jɨ	ɨ	jɨʐ	ɨʐ	ï 〃 〃 〃	ï 〃 〃 〃	ï 〃 〃 〃 〃
（3）30208	〔〃〕支義切	寘至憒志	（寘）支義切 （至）脂利切 （至）職吏切 （志）陟利切	jɨ	ɨ	jɨʐ		ï 〃 〃 〃	ï 〃 〃 〃	ï 〃 〃 〃
30208	〔照〕知意切	智	（寘）知義切	jɨ	jɨ	jɨʐ		i	i	i

		致	（至）陟利切				〃	〃	〃
		置	（志）陟吏切				〃	〃	〃
	征例切	制	（祭）征例切				〃	〃	〃
（4）30203	［穿］昌智切	翅	（寘）施智切	i	i	iẓ	ï	ï	ï
	昌志切	熾	（志）昌志切	〃	jɨ	〃	tʃi	i	i
30219	［〃］初寺切	廁	（志）初吏切	〃	i	〃	ï	ï	ï
（5）20203	［穿］昌止切	齒	（止）昌里切	jɨ	i	iẓ	ï	ï	ï
	尺里切	侈	（紙）尺氏切	〃	jɨ		i	i	i
		褫	（〃）敕豸切					〃	〃
		恥	（止）敕里切				i	〃	〃
（6）30225	［穿］尺制切	掣	（祭）尺制切	jɨ	jɨ	jiẓ			
		挮	（祭）丑制切					i	i
		袲	（紙）尺氏切						
30210	［〃］丑吏切	眙	（志）丑吏切	〃	jɨ	〃			
（7）10202	［審］申之切	施	（支）式支切	jɨ	i	iẓ	ï	ï	ï
		詩	（之）書之切				〃	〃	〃
		尸	（脂）式之切				〃	〃	〃
		釃	（支）所宜切				〃	〃	〃
		師	（脂）疏夷切				ï	〃	〃
（8）20206	［審］詩止切	始	（止）詩止切	jɨ	i	iẓ	ï	ï	ï
		弛	（紙）施是切				〃	〃	〃
		矢	（旨）式視切				〃	〃	〃
	師止切	史	（止）疎士切	〃	i	〃	〃	〃	〃
（9）30212	［審］式至切	試	（志）式吏切	jɨ	i	iẓ	ï	ï	ï
		施	（寘）施智切				〃	〃	〃
		使	（志）疎吏切				〃	〃	〃
30224	［〃］始制切	世	（祭）舒制切	〃	jɨ	jiẓ	i	i	i
（10）10204	［禪］辰之切	時	（之）市之切	jɨ	i	iẓ	ï	ï	ï
		漦	（之）俟甾切					ï	ï
		匙	（支）是支切				ï	〃	〃
（11）20207	［禪］上紙切	市	（止）時止切	jɨ	i	iẓ	ï	ï	ï
		是	（紙）承紙切				〃	〃	〃
		士	（止）鉏里切				〃	〃	〃
	善指切	視	（旨）承矢切				〃	〃	〃
（12）30204	［禪］時吏切	侍	（志）時吏切	jɨ	i	iẓ	ï	ï	ï
		豉	（寘）是義切				〃	〃	〃

		嗜	（至）常利切				〃	〃	〃
		示	（〃）神至切				〃	〃	〃
		事	（志）鉏吏切				〃	〃	〃
		士	（止）鉏里切				〃	〃	〃
		是	（紙）承紙切				〃	〃	〃
		市	（止）時止切				〃	〃	〃
30217	［〃］時智切	誓	（祭）時制切	〃	jɨ	jiz̩	i	i	i
（13）10205	［日］如支切	兒	（支）汝移切	jɨ	ɨ	ɨz̩	ï	ï	ï
		而	（〃）如之切				〃	〃	〃
（14）20210	［日］忍止切	耳	（止）而止切	jɨ	ɨ	ɨz̩	ï	ï	ï
		爾	（紙）兒氏切				〃	〃	〃
（15）30205	［日］而至切	二	（至）而至切	jɨ	ɨ	ɨz̩	ï	ï	ï
		餌	（志）仍吏切				〃	〃	〃

以上十五例中，（2）（7）（10）（13）（14）（15）並沒有一套兩小韻的對立。但是就《正韻》系統上，《譯訓》標音系統上，其性質和一套對立小韻中開口的一類小韻相當，而且《中原音韻》，《易通》，《匯通》也是如此。所以現在也把這六例改為開口音［ɨ］。後三例雖是日母字，其演變情形極相似於照三系字，故列在此。

> B、開：ɨ　　止開三精系、照系、日母
> 齊：jɨ　　止開三知系，蟹開三知、照系
> 齊：jij　　止開三唇牙喉音，蟹開三、四唇牙喉音一部分，止合三非系

支紙寘韻中最顯著的變化就是精、照系失去介音 j 和韻尾 j，而韻母只剩一個高元音［ɨ］的。《中原音韻》已經出現「支思」韻，但《中原音韻》和《洪武正韻》韻書系統的性質迥異，無法相提並論，所以我們不妨說「高元音韻母的出現」就是《正韻》打破舊韻書羈絆的一大創舉。

《正韻》支紙寘韻和《中原音韻》「支思」、《易通》《匯通》「支辭」韻稍有不同，《正韻》此韻中除了精、照（知系、日母在內）系字外，還有唇牙喉音，且唇牙喉音皆沒變開口，而仍是齊齒音［-jij］；但是「支思」、「支辭」韻中只有齒音，《正韻》中的唇牙喉音都歸入《中原音韻》「齊微」、《易通》「西微」、《匯通》「居魚」韻中。

　　《正韻》唇牙喉音字，止開三和蟹開三祭韻字〔註 25〕除了見系字大半歸入齊韻之外，大致都歸入此韻中。相反地，蟹開四唇音、喉音字除了少數歸入此韻之外，大部分都在齊薺霽韻中。此外，《正韻》唇牙喉音在支、齊二韻中的分配，找不出什麼條件來，只是止開三的字大部分都在支韻中，蟹開四字大部分都在齊韻中。還有一點是唇、喉音多半在支韻，牙音多半在齊韻，我想這情形也許表示演變階段早晚之差別，換句話說，依《譯訓》正、俗音，齊韻諸字從正音〔-jəj〕變為俗音〔-jɨj〕。所以《正韻》歸入支韻中的唇牙喉音字很可能已完成這種演變，而其音為〔-jɨj〕。

　　止攝精、照系都失去其介音 j 和韻尾 j，而變成開口音，但止攝知系字和蟹開三祭韻字的韻尾雖然是消失了，介音卻尚未消失，所以《正韻》仍然以不同的小韻來區別其不同音。我們可以圖表示其演變次序之不同：

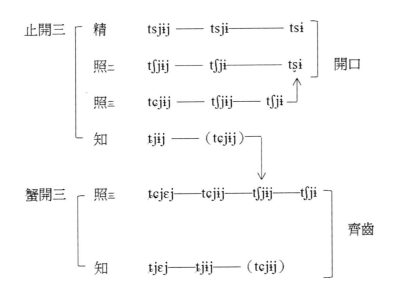

　　此規則中只有少數的例外；止攝知系字歸入開口音〔-ɨ〕，上列的十五例中，如（1）「胵」、（2）「徵」「䜆」、（3）「志」等都是知系字，《中原音韻》，《易通》，《匯通》也是如此；止攝照三系字歸入齊齒音〔-jɨ〕，如（5）「侈」、（6）「袠」等字和穿母 10211「鴟蚩眵、抽知切」都是照三系字，這情形也和《中原音韻》等一致。現在把這些字算作例外。

　　重唇音中一些字有俗音〔-ɨj〕，即表示《譯訓》時代失去介音 j 而變成開口音，如：

〔註25〕蟹開三除了祭韻之外還有一個廢韻字 30211A 疑母「刈」等字。

N	正　韻	例字	中　　古	正音	俗音	中原	易	匯
（1）10214	［幫］逋眉切	悲	（脂）府眉切	jɨj	ij	ei	ei	ei
		陂	（支）彼為切			〃	〃	〃
		卑	（支）府移切			〃	〃	〃
（2）20211	［幫］補委切	彼	（紙）甫委切	jɨj	ɨj	ei	i	ei
		俾	（〃）并弭切				ei	〃
		匕	（旨）卑履切			i	i	i
		鄙	（〃）方美切			ei	〃	〃

　　輕唇音都是來自止攝合口三等微尾未韻，廢韻（以及脂韻「惟帷」等字）。譯訓標音［-jɨj］既不合乎現代官話系統，又不合乎《中原音韻》，《易通》，《匯通》的［-ei］音，趙蔭棠《中原音韻研究》（p112）中說，非系演變有此二系統：

$$fyeɪ \quad \rightarrow \quad fueɪ \quad \rightarrow \quad feɪ （北方系統）$$

$$fyeɪ \quad \rightarrow \quad fyɪ \quad \rightarrow \quad fɪ （南方：或許是《洪武正韻》系統）$$

　　《韻會》將此微韻非系字歸入「羈」字韻。此「羈」字韻相當於《正韻》支紙寘韻中唇牙喉音［-jɨj］、知照系的細音［-jɨ］部分，以及《正韻》齊薺霽韻中唇舌齒音［-jəj］。董同龢先生在《漢語音韻學》中，歸納出中古聲韻母與《韻會》聲韻母之間的差別，說：「三等韻的非系字都變入同攝一等韻，……；只有微韻，因為止攝沒有一等韻，沒有這種情形。」（頁二〇六）這種說法似乎也可以用來解釋《洪武正韻》非系字的情形。《正韻》也很可能是承襲《韻會》系統，將微韻的非系字歸入此支紙寘韻中。

　　《譯訓》作者標此韻時，如果其輕唇音［-jɨj］與當時《譯訓》所據的實際語音不合，必會注俗音，但《譯訓》並沒有任何俗音。至《通解》才注今俗音［-ɨj］（微母：-wɨj）。《譯訓》標音是否由於唇音的聲母特有的唇化現象，雖然是齊齒音，而唸起來帶點兒合口的成分，其音就相近［-wɨj］或［-ɨj］音，故未標俗音；或者他們受朝鮮漢字音（《東國正韻》皆為［-i］）的影響，未曾發覺［-jɨj］與實際音不同，而未注俗音，現在無法確定。

　　專依《譯訓》及《通解》的標音描寫其演變情形如下：

中古	正韻	譯訓	通解

$$fjwɨj \longrightarrow fjɨj ------------\!> fɨj$$

喉音喻母字「遺」中古屬於脂韻合口「以追切」，《正韻》歸入開口韻「延知切」[jɨj]，《中原音韻》等也相同。

《正韻》審母中「水、式軌切」一字，原屬於止攝合口三等字，《正韻》卻收入此韻，《譯訓》標為 [ʃɨ]，此蓋受方音影響，現代方言中，蘇州音 sᴇ，sᴜ、溫州音 sɿ，故當作例外，此字又見賄韻中。

（十八）模姥暮

A、《譯訓》合併《正韻》小韻的情形

N	正　韻	例字	中　古	正音	俗音	中原	易	匯
（1）20518	［審］踈五切	所	（語）踈舉切	wɨ		u	u	u
20524	［〃］所武切	數	（虞）所矩切	〃		〃	〃	〃

《譯訓》標音是對的，《正韻》很可能是因為這兩小韻屬於中古不同韻，而未合併。

B、合：wɨ 遇合一，遇合三非系、照₌系

明母及非系字中有少數流攝字：

N	正　韻	例字	中　古	正音	中原	易	匯
20501	［明］莫補切	母拇某畝	（厚）莫厚切	wɨ	u	u	u
30524	［非］芳故切	富	（宥）方副切	wɨ	u	u	u
30524	［〃］芳故切	副	（宥）敷救切	wɨ		u	u
30525	［奉］防父切	婦負蚫偩	（有）房久切	wɨ	u	u	u

這些字，《正韻》亦歸入尤有宥韻中，此蓋由於《正韻》的保守態度。我們大致可以相信這些唇音字，由於合口介音 w 和韻尾 w 的異化作用，早已失去韻尾 w 而變入模韻。《中原音韻》、《易通》、《匯通》也相同。《通解》在此四個明母字下註云：「母拇某畝四字，古韻皆收入有韻；今俗呼皆從姥韻，《蒙韻》雖收有韻，而音與姥同，今從ᄆ [mwɨ] 音讀為主。富仆副婦負之類亦同。」由此可知，《蒙古韻略》時代已有變化。

（十九）魚語御

A、《譯訓》合併《正韻》小韻的情形

N	正　韻	例字	中　古	正音	中原	易	匯
（1）20413	［穿］敞呂切	杵楮	（語）昌與切（〃）丑呂切	jwɨ	tʃʻiu	tʃʻiɨ	tʃʻy

	直呂切	柱 佇	（廌）直主切 （語）直呂切	〃	tʃiu	tʃiʉ	tʃy
（2）20409	［禪］承與切	墅	（語）承與切	ʒjwɨ	ʃiʉ	ʃy
20411	［〃］仁庾切	豎	（廌）臣庾切	〃	ʃiu	〃	〃

（1）「柱」等字顯然是牀母。《譯訓》把此小韻併入穿母是其疏忽之處，《通解》加註說明，並改入牀母中。

（2）「豎」反切上字為「仁」，《譯訓》改為「仕」，既合乎舊韻，又合乎當時官話系統。但這反切上字「仁」大概不會是傳刻傳抄之誤，極可能是《正韻》撰者受方音之影響，便部分禪、日混淆的結果（詳見第四章第二節），因此（2）的《譯訓》標音即使合乎官話系統，也不是《正韻》的真面目，不能把它當作《正韻》的情形。

B、撮：jwɨ　　遇合三（除了非系、照二系）

《中原音韻》把中古的遇合三與遇合一合併成為「魚模」韻，《洪武正韻》把一等和三等分開，各成立模姥暮和魚語御二韻，這情形很可能表示《正韻》魚、模二韻中撮口魚韻音已不是［-jwɨ］而是近似［-yɨ］，所以兩韻不能通押，而只好分開，但是《譯訓》標音上看不出這現象。

照二系字失去介音 j 的現象在此韻也不例外。只是有一例審二母「毹毹」二字併入審三母10411「書」等字中，當作例外。

（二十）歌哿箇

A、《譯訓》合併《正韻》小韻的情形：

N	正　韻	例字	中　古	正音	俗音	中原	易	匯
（1）21407	［端］丁可切	癉	（哿）丁可切	ə				uo
21422	［〃］都火切	朶	（果）丁果切	〃		uo	uo	uo
（2）31405	［匣］胡臥切	賀	（箇）胡箇切	ə		o	o	o
	胡箇切	荷	（哿）胡可切	〃		〃	〃	〃

（1）兩小韻之間的不同在開、合口，但是端系字在此韻中，其開、合口合併為一小韻之例頗多，如 31412「丁佐切」中有「癉」（中古箇韻丁佐切），也有「刴」（中古過韻都唾切）等。《中原音韻》、《易通》、《匯通》也相同。《譯訓》合併是對的。（2）《正韻》沿襲《毛韻》反切，《譯訓》合之。

B、開：ə　　　果開一，果合一端系、精系、來

合：wə　　　果合一　唇牙喉音

　　此韻是中古歌，戈韻之合併。《譯訓》雖以央元音［ə］標此音，但我們從《譯訓》註（參見第五章第三節），可以知道其音值為［-（w）ɔ］。《正韻》時代除了喉牙音仍有開合口的對比現象之外，其他聲母的開合都沒有區別。換句話說，舌齒音開口字與合口字都合併，《正韻》分小韻的情形極明顯地表現此演變，但是問題即在《譯訓》標音上。就官話語音系統，開口變合口才是合乎規則的，但是《譯訓》卻在舌齒音下都標開口音，似乎合口都變成開口；而且精系字的標音甚不一致：開、合口字合為一小韻，則標開口音；一小韻中只有合口字，則標合口音，結果從母出現二個，心母出現一個合口小韻。從《正韻》分韻情形上看，除了心母上聲有兩個小韻（娑：鎖），似乎有開合對比的可能性之外，每字母平上去都只有一個小韻，故不應該標開合不同的音。《譯訓》標音很可能是受西南官話或下江官話方言之影響。現代方言中，漢口、成都、揚州地區的歌戈韻，不管開合，都是［-o］音；北方官話則開口為［-ɤ］，合口為［-uo］，舌齒音都是合口［-uo］。《正韻》喉牙音也各有一例合口字入開口小韻中：「臥」入「餓」下，「和（去聲）」入「賀」下。這大概也是受下江官話地區方言的影響。

　　《通解》註云：「諸字中聲，《蒙韻》皆讀如ㅗ［o］，今俗呼或ㅗ［o］，或ㅓ［ə］，故今乃逐字各著時音。」在這裏，［o］指合口，［ə］指開口。《通解》的今俗音完全合乎北方官話系統，查考《通解》的今俗音，除了喉牙音開口為［ə］之外，都是［o］。我們從《通解》註可以知道《蒙古韻略》以前，舌齒音開口已變為合口，而至《通解》時代，已經和現代官話語音相似，其合口［o］大概等於［uo］，開口［ə］已不是《正韻》的［ɔ］，而是接近［ɤ］的音。如果說［ə］等於［ɔ］，其合口［o］與開口很難分辨，故不能成立。還有值得注意的一點是：《譯訓》舌齒音上既然標開口音，如果此開口音與北方官話相差得遠，他們必會著錄俗音，但是並沒有俗音。我推想，《正韻》的開口音［ɔ］是圓唇性元音，聽起來和合口［wɔ］相差不遠，因此《譯訓》作者一時混淆，而未經正確得審音，接受方言音。《通解》以［o］標合口可以為證。

　　俗音為［-a］的例子：

N	正韻	例字	中古	正音	中原	易	匯
11411	［透］湯何切	佗他它	（歌）託何切		uo	uo	uo

11414	［泥］奴何切	那	（歌）諾何切	〃	〃	〃
21409	［〃］奴可切	娜那	（哿）奴可切	〃	〃	〃
11404	［影］於何切	阿	（歌）烏何切	o	o	o
21403	［〃］烏可切	妸	（哿）烏可切	〃	〃	〃

（二一）麻馬禡

開：a　　假開二　　唇舌齒音

齊：ja　　假開二　　喉牙音

合：wa　　假合二　　照二系、喉牙音

齊齒音來自假攝開口二等喉牙音，還有少數果開三、蟹開二牙音也歸入此齊齒音，這些字在《指掌圖》、《指南》列入麻韻三等：

N	正韻	例字	中古	正音	中原	易	匯
11513	［溪］丘加切	吘	（戈）丘伽切			ia	ia
11515	［群］具牙切	伽	（戈）求迦切			？	？
11517	［疑］牛加切	涯厓崖倪	（佳）五佳切	ia	ia	ia

「涯」等字亦收入皆韻疑母中。

蟹合二喉牙音少數亦歸入此韻合口中：

N	正韻	例字	中古	正音	中原	易	匯
31518	［見］古畫切	卦挂掛詿絓罣	（卦）古賣切	ua	ua	ua
31515	［匣］胡挂切	畫	（卦）胡卦切	ua	ua	ua

蟹開二影母字變合口而入於此：

N	正韻	例字	中古	正音	中原	易	匯
11522	［影］烏瓜切	娃呝	（佳）於佳切			ua	ua

上述情形與《中原音韻》等官話系統一致。

（二二）遮者蔗

齊：jə　　假開三及果開三

撮：jwə　　果合三

（二三）《正韻》介音、主要元音、韻尾配合表

《洪武正韻》平上去各二十二韻、入聲十韻的介音、主要元音、韻尾的配

合情形如下（只舉平聲和入聲韻）：

1. 陰聲韻

主要元音 介音 ＼ 韻尾	Ø			j			w		
	ɨ	ə	a	ɨ	ə	a	ɨ	ə	a
Ø	支	歌	麻			皆	尤		爻
j	支	遮	麻	支	齊	皆	尤	蕭	爻
w	模	歌	麻	灰		皆			
jw	魚	遮							

2. 陽聲韻（入聲韻）

主要 元音 介音 ＼ 韻尾	m（p）			n（t）			ŋ（k）		
	ɨ	ə	a	ɨ	ə	a	ɨ	ə	a
Ø	侵（緝）		覃（合）	真（質）	寒（曷）	刪（轄）	庚（陌）		陽（藥）
j	侵（緝）	鹽（葉）	覃（合）	真（質）	先（屑）	刪（轄）	庚（陌）		陽（藥）
w				真（質）	寒（曷）	刪（轄）	庚（陌） 東（屋）		陽（藥）
jw				真（質）	先（屑）		庚（陌） 東（屋）		

案：空欄表示《正韻》音韻系統中沒有音。

（二四）韻類比較表

《洪武正韻》七十六韻與中古二百零六韻以及《中原音韻》、《韻略易通》的關係如下：

1、舒聲韻

	平 正韻（中古音）	上 正韻（中古音）	去 正韻（中古音）	中原音韻	韻略易通	備 註
一（j）wɨŋ	東（東冬鐘）	董（董腫）	送（送宋用）	東鍾	東洪	
二（j）ɨ（j）	支（支脂之微齊）	紙（紙旨止尾薺）	寘（寘至志未霽祭廢）	支思齊微（部分）	支辭西微（部分）	齊薺霽祭開口（部分）
三　jəj	齊（齊支脂之微）	薺（薺紙旨止尾）	霽（霽祭寘至志未）	齊微（部分）	西微（部分）	皆開口，止攝大致是喉牙音。

四　jwɨ	魚（魚虞）	語（語麌）	御（御遇）	魚模（部分）	居魚	
五　wɨ	模（模魚虞）	姥（姥語麌）	暮（暮御遇）	魚模（部分）	呼模	厚有宥韻唇音（部分）
六　(j／w) aj	皆（皆佳咍）	解（蟹駭海）	泰（泰代怪卦夬）	皆來	皆來	
七　wɨj	灰（灰齊支脂微）	賄（賄紙旨尾）	隊（隊泰霽祭廢實至未）	齊微（部分）	西微（部分）	皆合口
八　(j)(w) in	真（真諄臻欣文痕魂）	軫（軫準隱吻很混寢）	震（震稕問焮恨慁）	真文	真文	寢韻唇音
九　(w) ən	寒(寒桓)	旱(旱緩)	翰(翰換)	寒山（部分）桓歡	山寒（部分）端桓	寒旱翰喉牙音
十　(j／w) an	刪（刪山寒元）	產（產潸旱阮）	諫（諫襇翰換願）	寒山（部分）	山寒（部分）	寒旱翰舌齒音元阮願非系
十一 j (w) ən	先（先仙元）	銑（銑獮阮）	霰（霰線願）	先天	先全	元阮願喉牙音
十二　jəw	蕭(蕭宵)	篠(篠小)	嘯(嘯笑)	蕭豪（部分）	蕭豪（部分）	
十三 (j) aw	爻（爻豪）	巧（巧皓）	效（效號）	蕭豪（部分）	蕭豪（部分）	
十四 (w) ə	歌（歌戈）	哿（哿果）	箇（箇過）	歌戈	戈何	戈果過一等
十五 (j／w) a	麻（麻佳）	馬（馬）	禡（禡卦）	家麻	家麻	麻馬禡二等
十六　j (w) ə	遮（麻戈）	者（馬）	蔗（禡）	車遮	遮蛇	麻馬禡戈三等
十七 (j／w) aŋ	陽（陽江唐）	養（養講蕩）	漾（漾宕絳）	江陽	江陽	
十八 (j)(w) iŋ	庚（庚耕清青蒸登）	梗（梗耿靜迥拯等）	敬（敬諍勁徑證嶝）	庚青	庚晴	
十九 (j) iw	尤（尤侯幽）	有（有厚黝）	宥（宥候幼）	尤侯	幽樓	
二十 (j) im	侵（侵）	寢（寢）	沁（沁）	侵尋	侵尋	
二十一 (j) am	覃（覃談咸銜凡）	感（感敢豏檻范）	勘（勘闞陷鑑梵）	監咸	緘咸	
二十二　jəm	鹽（鹽添嚴）	琰（琰忝儼）	艷（艷㮇釅）	廉纖	廉纖	

2、入聲韻

	正韻（中古音）	備　　註
一（j）wik	屋（屋沃燭）	
二（j）（w）it	質（質術櫛迄物沒）	
三（w）ət	曷（曷末）	曷韻喉牙音
四（j／w）at	轄（鎋黠曷月）	曷韻舌齒音，月韻非系
五　j（w）ət	屑（屑薛月）	月韻喉牙音
六（j／w）ak	藥（藥鐸覺）	
七（j）（w）ik	陌（陌麥昔錫職德）	
八（j）ip	緝（緝）	
九（j）ap	合（合盍洽狎乏）	
十　jəp	葉（葉帖業）	

案1：《正韻》魚語御韻實際音值很可能是〔-yɨ〕或〔-iɯi〕。

案2：《正韻》寒旱翰曷韻實際音值很可能是〔-（w）ɔn〕、〔-（w）ɔt〕。

案3：《正韻》歌哿箇韻實際音值很可能是〔-（w）ɔ〕。

第六節　聲　調

　　《洪武正韻》因襲舊韻書的體裁，分為平上去入四聲，關於調值，《正韻》毫無解釋，我們無從知道當時調值的詳細情形。《譯訓》用象徵性的符號來分別平上去入四聲，就是平聲無點，上聲加二點，去聲和入聲加一點，所以《譯訓》的標音，對我們了解當時的聲調，沒有多大的幫助。《譯訓》去聲和入聲用同一符號來標，由此可以推知《譯訓》時去聲和入聲的聲調相近。

　　《譯訓》凡例第二條說明中古全濁聲母的變化：平聲則變成送氣的清音；上去入聲則變成不送氣的清音。但其凡例中亦提及其原來的清聲母和後來從濁聲母變來的清音之間仍然有別。現在再引此凡例第三條，以便解釋：「全濁上去入三聲之字，今漢人所用初聲與清聲相近，而亦各有清濁之別；獨平聲之字初聲與次清相近，然次清則其聲清，故音終直低，濁聲則其聲濁，故音終稍厲。」可知清濁聲之區別已不再是聲母的清濁，而是調的高低。也就是說，濁聲「音終稍厲」，清聲「音終直低」，故同一調類的濁聲比清聲的調值較高。《譯訓》凡例只舉平聲清濁的例子，但是如上文所示，仄聲的清濁聲也各有別。我認為仄聲的情形與平聲同。

第六章　音韻演變

第一節　由中古音到《正韻》韻母的演變

　　《洪武正韻》所表現的聲韻母系統，也許不完全是當時北方官話——中原雅音的音韻系統。有時遷就傳統韻書，有時多少帶點兒方音的色彩。即使如此，因為集中古音之大成的《切韻》是包羅所謂「古今通塞，南北是非」之音，故我們可以歸納出從切韻系統到《正韻》所表現的音韻系統之間的變化。（聲母的演變在此省略不提）

　　（一）介音 j 和韻尾 j 的消失

　1、-j → ∅ / 齒音 jɨ＿＿

　　止開三照系（中古知、照系）、精系及蟹開三照系的韻尾 j 全消失。

　　　-j- → ∅ / tʃ＿V（E）

　　所有的照₌系三等字失去介音 j 而變成洪音。只有七例未失去 j 介音，如：「訑愉」、「茁」、「撰譔僎」、「饌」、「刷」、「殊洗」、「參」，當作例外。

　　　-j- → ∅ / ts＿ɨ，iŋ，wɨj

　　精系字在止攝三等開合口或曾攝三等開口前完全失去 j 介音而變成洪音。通攝三等字一部分也已開始失去 j 介音。

2、A、-j- → Ø / 脣齒音__V（{ŋ、n、m、w}）

非系字除了在支韻的字外全消失介音 j。

　　B、-w- → Ø / 脣齒音__ɨj，ɨw，am，aŋ

j 介音消失後，支、尤、陽、覃韻介音 w 消失。

其他聲母如幫，見，日母等字介音 j 消失的情形散見於幾韻中，因字數少，不足以立規則。

我們對於精、照₂系介音 j 之消失現象，除了聲母為不顎化音之外，還要考慮到主要元音是否有關係。換言之，照₂系字除了出現在陽韻之外，全屬於內轉的韻。精系中失去了 j 介音的三韻支、庚（限於曾攝字）、灰韻也都屬於內轉。這也許是因為內轉的主要元音〔ɨ〕為高元音，發音部位同樣高的半元音 j 緊鄰於〔ɨ〕前，由於異化作用，j 介音就容易消失。

（二）產生介音 j

Ø → j / 喉牙音__a（E）

開口二等韻在喉牙音後皆產生 j 介音。換言之，外傳二等開口韻，主要元音為〔a〕，聲母為喉牙音時，皆產生 j 介音而變成齊齒音。

庚梗敬陌韻開口二等的喉牙音少數字也產生介音 j 而變成細音，如：「耿、硬、罌、行、杏、幸」等字。很可能是由於聲符相同而全移入同一小韻裡。「賏」聲符的字「嬰 纓 瓔 攖」等屬於清韻〔-jiŋ〕，同聲符的「罌 甖 鸚 櫻 鸚 嚶」等字中古屬於耕韻二等，至《正韻》全移入「嬰」等細音中。「幸」聲符的字「幸 倖 誖」等二等字全移入四等迥韻「悻 婞」等細音中。脣舌齒音各有一兩個字也變成細音，皆當作例外。

（三）介音 w 的消失

1、w → Ø / 脣齒音__ɨj，ɨw，am，aŋ

非系字介音 j 消失後的演變。

2、w → Ø / 舌齒音__ə#

歌哿箇韻中端系、精系合口字介音 w 消失而變成開口。但是這極可能是《譯訓》標音受方言影響的緣故，不一定能夠代表《正韻》的歌哿箇韻，可能不宜當作《正韻》音韻演變規則。

（四）元音的變化

1. 高元音化

中元音（ɛə…）→ ɨ / ＿{n / ŋ}

梗、臻二攝原屬外轉。《正韻》轉入內轉。二攝的主要元音皆變成高元音 [ɨ]。梗攝併入曾攝中。梗攝只有二、三、四等，入內轉後，其二等歸入一等；三、四等早已合併。

2. 前元音化

ɑ → a

外轉一等主要元音為 [ɑ] 的，皆併入二等 [a] 中。《正韻》陽、刪、覃、爻、皆五韻的一、二等完全合併。這現象可以說是前元音化。但是《譯訓》在這五韻的平上去入各韻下，加註釋說，讀音還有 [ɑ] [a] 之分別，《譯訓》很可能是受某些方言的影響而加註釋來分辨一、二等之區別。

3、三等與四等完全合併

第二節　由《正韻》到俗音韻母的演變

俗音無疑是根據北方官話系統而作的。所以不全是北方官話系統的《正韻》未必能夠作為《譯訓》俗音的祖語。但是《譯訓》的正音力求真實地標明《正韻》的音；俗音也是同作者所記的。俗音是當時的實際音而不合於《正韻》系統的音；沒有俗音的字，可以說其正音本身就是當時實際音。正俗音所根據的是同一個方言，《譯訓》中俗音不甚多，而且其演變情形，沒有完全脫離從《正韻》演變至今的軌道。所以我認為——從《正韻》到俗音之間的音韻演變情形大致可以當作實際語音的演變。下面討論由《正韻》到俗音之間韻母的變化，以此得知《正韻》與現代官話之間的音韻演變過程。

（一）介音 j 的消失

j → Ø / 唇舌齒音＿wiŋ（按：部分見系陽聲字也變，當作例外。）

此外支、紙、霽韻少數唇音字介音 j 消失而變成 [-ɨj] 的情形，找不出規則，當作例外。軫韻亦有一例。

（二）介音 w 的消失

w→Ø / 唇音＿V{n，j}（按：刪韻入聲字亦有此演變，當作例外。）

庚、梗、敬、陌部分喉牙音撮口變齊齒，可能是受方言影響。

（三）介音 w 的產生

Ø → w / tṣ__a{ŋ，k}

陽、養、漾、藥韻照二系字（包括中古知系二等）全部變成合口。

（四）元音高化

1、ə → ɨ / j__j

齊、薺、霽的元音〔ə〕受前半元音介音、韻尾的影響，從中元音〔ə〕變成高元音〔ɨ〕。

2、a → ə / 喉牙音 j__j（按：影、喻、疑母除外）

皆、解、泰韻喉牙音二等先產生 j 介音，到《譯訓》時代，元音〔a〕受前半元音介音、韻尾的影響，變成〔ə〕.

（五）元音低化

ə → a / I〔Ø，j〕__〔n，w〕（按：唇音當作合口，故未變。）

寒、旱、翰韻開口（全是喉牙音）從〔ə〕變為〔a〕，蓋受 Ø 介音、n 韻尾的影響。此韻合口因有介音 w，不使〔ə〕變〔a〕。蕭、篠、嘯韻〔ə〕前後有前半元音 j，由於異化作用，其中元音〔ə〕更降低，變成低元音〔a〕。《正韻》此寒、蕭韻蓋為方音之表現，故此演變規則也許不能成立。

（六）雙唇鼻音韻尾變成舌尖鼻音

m → n / __#

侵寢沁，覃感勘，鹽琰豔諸韻。

（七）入聲韻尾 p、t、k 之變化

1、k → w / a__#

藥韻。

2、{p、t、k} → （ʔ）/ __#

除藥韻外，其他入聲韻。

第七章　綜　論

第一節　《洪武正韻》分韻上的問題

　　《洪武正韻》分韻是從《禮部韻略》二百零六韻，經劉淵的《平水韻》（以下簡稱平水韻）一百零七韻之後接下來的〔註1〕。如上幾章中所屢次提及的，《正韻》的藍本是毛晃的《禮部韻略》，字、註釋都依《毛韻》，反切也是大半承襲《毛韻》。《正韻》的體制是前有所承的，絕不是從開始就直接以中原雅音審音而分韻、分字母的。因此《正韻》有些地方難免直接承襲《毛韻》或《平水韻》（《韻會》）。

　　《正韻》體裁中，最大的疑問——成套的濁聲母和入聲韻尾之保留，不僅是現代，連時間上相距不遠的《譯訓》亦對此甚感困擾。《譯訓》序云：

> 　　四聲為平上去入，而全濁之字，平聲近於次清，上去入近於全清。世之所用如此，然亦不知其所以至此也。且有始有終，以成一字之音，理之必然，而獨於入聲，世俗率不用終聲，甚無謂也。《蒙古韻》與黃公紹《韻會》入聲亦不用終聲，何耶？如是者不一，此又可疑者也。

　　《譯訓》對《正韻》的知照和非敷合併之現象，毫無猶豫地說：「先輩已有

〔註1〕見《正韻》凡例第三條。

變之者，此不可強存而泥古也。」而坦然接受了。可見《正韻》濁聲母和入聲在欲求實現《正韻》音的《譯訓》也無法肯定其性質。但是《譯訓》在濁聲母小韻上照樣標濁音，入聲上照樣標-p -t -k 韻尾；只是在俗音上，濁聲母字偶而標清音，入聲字一律標〔-ʔ〕（但藥韻標〔-w〕）。這是由於《譯訓》的性質上不敢更動《正韻》體裁之緣故。只是在凡例中限制入聲韻尾的唸法罷了，如「微用而急終之」，蓋表示短促的調而且收-ʔ尾的音。

我認為《正韻》的濁聲母和入聲韻尾很可能不是根據實際語音而來的。現在大家都認為這濁聲母和入聲都是和修撰人的籍貫有關，換句話說，這是受修撰人的吳語方言的影響而來。茲列舉幾個證據反駁此濁聲母和入聲是代表吳語方言之說：

1、《正韻》序云：「壹以中原雅音為定，復恐拘於方言，無以達於上下，質正於……」；《正韻》凡例云：「沈約以區區吳音，欲一天下之音，難矣。」故《正韻》撰者根據吳音的可能性極渺小。

2、《正韻》濁聲母字併入清聲母中的例子、清聲母字併入濁聲母的例外情形不少；若《正韻》確實根據吳語立濁聲母，不應產生這些例外字。清濁互混的情形表現當時濁音清化而清濁之間沒有分別的中原雅音情形。

3、《譯訓》編撰時質正音韻的主要人物——明使臣倪謙，是江蘇上元人；司馬恂是浙江山陰人，屬於吳語方言之地區。《正韻》濁聲母假如代表吳語音，《譯訓》撰者極可能是據司馬恂等人之方言中取送氣的濁音 b' d' g'等；但實際情形卻是直接用上訓民正音中的濁音 b d g 等不送氣。

4、《正韻》入聲韻尾-p -t -k，《譯訓》雖不願標當時南音-p -t -k，但是無法改動《正韻》三類韻尾清楚而未混的體制，依然標上去而凡例中說：「然直呼以ㄱ〔k〕ㄷ〔t〕ㅂ〔p〕則又似所謂南音；但微用而急終之，不至太白可也。」可見《譯訓》撰者以及倪謙等明朝有音韻知識的人〔註2〕未曾認為《正韻》入聲即根據南音。現代吳語入聲只有-ʔ韻尾，已消失-p -t -k 塞音韻尾。《正韻》時，或《譯訓》時吳語的入聲韻尾到底是-p -t -k，或已經是-ʔ，我們並不知道；《譯訓》所提的「南音」是否指吳音，也不能確定。

所以我們對《正韻》入聲韻尾的來源從實際語音上無法查考。《譯訓》之

〔註2〕參見第五章註2所引《世宗實錄》。

「微用而急終之」的方法，和趙蔭棠所說的「牠這入聲雖然存在，要以時代推之，牠們的韻尾恐怕不是塞音-k -t -p 的系統，而是現在江浙所有喉門阻『-ʔ』的新入聲。」〔註3〕雖然意同在（-ʔ）尾，但只不過是權宜之計。假如《正韻》入聲韻尾是（-ʔ）的話不需要把舊韻的-p -t -k 分得那麼清楚。因為《正韻》時已經有《韻會》入聲韻尾之互混情形的前例，所以如《正韻》入聲為（-ʔ），可以效法《韻會》的體例。

以上是我們從幾方面來探討《正韻》濁聲母與入聲並非根據吳語方言之理由。那麼其真正的來源呢？我相信這完全是從《正韻》撰者的觀念中產生的，而並不是當時一地語音的實錄。從《正韻》序及凡例中可以知道他們對「清濁」和「平上去入四聲」必得兼備的音韻觀念極深〔註4〕；所以未曾懷疑《毛韻》中濁聲母和入聲之存在，故承襲之。上面所舉的四個理由中，（2）（3）（4）三項也很有力的支持這個假設。他們依中原雅音而定，而濁聲母和入聲是從觀念上來的，所以入聲直接承襲舊韻而很容易和舒聲韻分別，而當時時有實際語音和舊韻之此現象（即觀念）混淆，因此產生不少濁聲母字入清聲母，清聲母字入濁聲母的現象。

還有一點可以輔佐這假設，無論如何，《正韻》總是代替《禮部韻略》功用的一部韻書。其功用不外乎詩賦押韻以及備科舉之用。聲母的清濁與否，在韻書實用上無關緊要。而且入聲與舒聲（尤其平聲）在押韻上終究需要分別。所以即使把舊韻的三十四個入聲，或《平水韻》十七個入聲合併為十個，以便押韻，卻並沒有併入舒聲中，也沒有-p -t -k 三類互混。

《中原音韻》的性質與《正韻》不同。《中原音韻》據北曲，而且為了作曲唱曲之需要而設。必須依當時實際語音，因此入聲也從實際音，非被派入平上去三聲不可。《韻略易通》，《韻略匯通》是為了訓蒙而設的「小學派」的韻書，按其時代推算，被推為北方官話系韻書的此兩部，皆保存其入聲。陸志韋皆擬成（-ʔ）尾〔註5〕；當然也有據北方官話系統中保存-ʔ尾的某一方言的可能性。但是我們也不能忽略作者有意讓讀者知道，其本屬入聲。而另立當時已無痕跡

〔註3〕見《中原音韻研究》第四章南北混合之《洪武正韻》p33。

〔註4〕《正韻》序云：「分其清濁之倫，定為角徵宮商羽以至於半商半徵，而天下之音盡在是矣。」凡例云：「唯以四聲為正。」

〔註5〕《記蘭茂韻略易通》，《記畢拱宸韻略匯通》。

的入聲的可能性。

那麼濁聲母和入聲韻尾以外都是表現中原雅音的音韻現象嗎？似乎也不盡然。《正韻》中寒（中古寒喉牙音和桓韻合併）與刪（中古刪、山、寒舌齒音，元脣齒音）韻、蕭與爻分韻現象不大可能是代表中原雅音現象，即使說《正韻》和《中原音韻》所據的方言不同，從現代方言推之，大部分北方官話區方言中寒刪、蕭爻在《正韻》時很可能已不分，正如《中原音韻》、《易通》、《匯通》的表現情形。《中原音韻》、《易通》寒刪不分，蕭爻也不分。

《正韻》寒刪、蕭爻極可能是承襲《平水韻》而來的。《平水韻》寒韻是中古寒桓之合併，刪韻是刪山之合併，蕭韻是蕭宵的合併，爻韻和豪韻各獨用。《正韻》從平水韻寒韻中挑出舌齒音字改入刪韻中，元韻中挑出非系字亦改入刪韻中，把爻韻與豪韻合併。雖然有以中原雅音改正的措施而未徹底進行，遂留下一些舊韻（此指《平水韻》）之跡。這沒有徹底的改正也許是由於《正韻》撰者方言導致的。

此外還有一例，支韻中脣牙喉音和齊韻脣牙喉音有對比現象。支韻中的脣牙喉音大半是止攝字中有少數蟹三四等字，齊韻中蟹攝字多，但是牙喉音中止攝字也不少。《譯訓》把支韻脣牙喉音標為（-ïj），齊韻標為（-jəj）；齊韻音較接近中古音，齊韻俗音為（jïj），變同於支韻脣牙喉音字；這也很可能是把《平水韻》支韻、齊韻併析時的疏忽之處。

我們說其他聲母、韻母的情形是代表中原雅音系統，大致沒有問題。

第二節　《正韻》併析《禮部韻》的方法

《正韻》凡例第三條云：「舊韻上平聲二十八韻，下平聲二十九韻，平水劉淵始併通用者，以省重覆，上平聲十五韻，下平聲十五韻，今通作二十二韻。……」可見《正韻》之分類是從《平水韻》加以併析而來的。《平水韻》的一百零七韻除了去聲併證、嶝於徑以外，完全和《禮部韻略》的獨用、通用例相合；所以也可以說《正韻》把《禮部韻》加以併析而成為七十六韻。

《中原音韻》雖然是在時間上和《正韻》最接近，在其性質上不能列入禮部韻→平水韻→正韻的正統韻書系統之內。它即是當時北方官話的實錄，因為《正韻》卻沒有承襲它，所以我們不能把兩書之間的差別當作其五十年

之間的演變。

現在我們看看《正韻》如何把《平水韻》併析，這併析無疑是根據中原雅聲。《正韻》凡例第一條云：「按三衢毛居正云《禮部韻略》有獨用當併為通用者平聲如微之與脂⋯⋯。也有一韻當析為二者，平聲如麻字韻自奢字以下⋯⋯。至於諸韻當併者不可槩舉。又按昭武黃公紹云禮部舊韻所收有一韻之字而分入數韻不相通用者，有數韻之字而混為一韻不相諧叶者，不但如毛氏所論而已。今並遵其說以為證據，其不及者補之，其及之而未精者，以中原雅音正之，如以冬鍾入東韻，江入陽韻，挑出元字等入先韻，翻字殘字等入刪韻之類。」此文中已經提出《正韻》獨特之措施：冬鍾與東合併，江與陽合併，元韻喉牙音入先韻，元韻非系字和寒韻舌齒音入刪韻等。

高本漢在《中國音韻學》第二章古代漢語的音系（p49～50）中已經列出《廣韻》、《五音集韻》、《平水韻》、《正韻》的韻目比較表，可供參考。我在這裡要列出的不是粗略的比較表，而是《正韻》把《平水韻》併析的詳細情況，如上述凡例。這併析之間，可以看出音韻變化。

	正韻	平水韻		正韻	平水韻
一	東	東	六	皆	佳
		冬			（去聲泰韻合口「外」一字）
十八	庚	庚	七	灰	灰
		青			微（合口，除輕唇音）
		蒸			支（合口）
十七	陽	江			齊（合口）
		陽			（去聲泰韻合口）
八	真	真	二	支	支（開口大部分，合口輕唇音）
		文			
		元（一等開合）			齊（開口一部分）
		侵（唇音，只有上聲字）			微（合口輕唇音、開口喉音）） [註6]
九	寒	寒（除開口舌齒音）			（去聲隊韻中中古廢韻開口與合口輕唇音）
十	刪	刪			
		寒（開口舌齒音）			

〔註6〕群母有一例「祈」等字，中古屬於微韻，當作例外。

		元（三等輕唇音）	五	模	虞（一等與三等非系照二系）
十一	先	先			
		元（三等喉牙音）			魚（照二系）
二十	侵	侵（除了唇音外）			尤（唇音一部）中母拇某畞，
二十一	覃	覃			富，副，婦負菩偩。
		咸	四	魚	虞（三等除非、照二系）
二十二	鹽	鹽			魚（除照二系）
十九	尤	尤	十四	歌	歌
十三	爻	爻	十五	麻	麻（二等開、合）
		豪			佳（中古佳、卦韻喉牙音一部）中卦挂掛詿絓罣崖倪，娃呱，畫。
十二	蕭	蕭			
三	齊	齊（開口大部分）			
		支（開口一部分）			歌（開三等一部）中呿，伽。
		微（開口牙音）	十六	遮	麻（三等）
		歌（三等開口一部、合口）中茄、瘸、靴鞾。			

案：《正韻》中重見的字，如是被認為《正韻》保守態度的結果而並存舊韻的現象和已演變的現象，則以表示演變現象的一類為準。

第三節　結　語

《正韻》在漢語音韻演變史上的價值，並不在其對濁聲母和入聲韻尾的保存上；我們研討音韻史演變的一些現象時，最好把這些屬於虛構者省略不提。

綜合以上《正韻》的聲韻母系統和現代官話（國語）極接近或全同的音韻現象中，主要的幾項是：

（1）微母音值為〔w〕，現代官話〔Ø〕。

（2）知系、照二、照三系完全合併（除支韻之外）；而〔tʃ〕，現代官話〔tʂ〕。（《正韻》中照二系可能已完全變為〔tʂ〕）

（3）照二系一部分字變為精系〔ts〕。

（4）牀、禪母中平聲字大致是塞擦音，仄聲字大致是擦音。

（5）四等已泯滅，而「四呼」產生。

　　A、中古重韻的界限已完全消失。換言之，同一攝、同一等韻只有一個主要元音。

　　B、三等和四等完全合併，重紐已不存在。

　　C、一等二等大致合併，除了喉牙音二等開口產生 j 介音而變細音外

　　　　（寒刪喉牙音、桓刪合口未合併）。

　　D、三等非系、照=系完全併入一等，其他聲母部分亦有這現象。

　　《正韻》喉牙音開口二等產生 j 介音而變成細音，尚未併入三等中，如刪韻喉牙音二等未入先韻、覃韻未入鹽韻等。但是從 A，B，C，D 等現象，可知在《正韻》製作之時代，四等的界限已泯滅，以開齊合撮之四呼來代替四等開合之八種不同的韻母。韻母至此大大的簡化了，這四呼的產生是《正韻》最大的創獲。鄭再發在《漢語音韻史的分期問題》（p643）〔註7〕音變的考察表中，主張《韻略易通》（1442）始有四等變四呼的現象，今可見此見解並不是正確的。

　　（6）假攝中二等入麻韻，三等字入另立的遮韻，可見三等介音 j 影響主要音，而從 a 變 ə。

　　（7）已產生舌尖高元音〔ɿ〕、〔ʅ〕。

　　（8）高中低（ɨ　ə　a）三個元音系統。

　　國語的主要元音據董同龢先生〔註8〕所說有九種：

　　　　ï　　i　y　　　u

　　　　　　e　ə　ɤ　　o

　　　　　　a　　　　（ï：代表 ɿ　ʅ　ɚ 三元音）

我們可以用四呼的觀念把 i　u　y 當作介音的話，高元音中只有ï，中元音 e　ə　ɤ　o 四元音出現在不同的特定情況下，如〔e〕只出現在 j 或 y 介音後；〔ə〕韻尾為 n，ŋ 時；〔ɤ〕沒有介音及韻尾時；〔o〕介音或韻尾為 w 時，而且是互補的，故可以／e／代表四元音，因此只剩高中低／i／／e／／a／三個音位。

　　《正韻》元音系統與國語相同，只是《正韻》中元音／ə／可能還沒明顯地分化為國語的四種不同的元音。遮韻中「jə，jwə」的「ə」的實際音值是否為〔e〕或是高本漢所說的〔ɛ〕〔註9〕，不能確定。因為《譯訓》時代訓民正

〔註7〕史語所集刊三十六本下冊 p635～648。

〔註8〕《漢語音韻學》第二章國語音系 p16～17。

〔註9〕《中國音韻學》p54。

音系統中都沒有〔e〕或〔ɛ〕，現在韓語音系中〔e〕是從那時複元音〔əj〕變來的；所以《譯訓》是否用／ə／標〔e〕音的問題不容易解決。國語的中元音／e／與《正韻》的中元音／ə／，只是取不同的符號來代表同一音位，我們不妨說《正韻》與國語在元音系統上無異。

　　無論如何，《洪武正韻》在明一代成為官音所宗〔註10〕；《正韻》對明朝官話的影響可能不小。後來正統年間著成的《韻略易通》和崇禎年間的《韻略匯通》，這兩部官話系統的韻書承襲《正韻》之處不少。高本漢說：「像《平水韻》、《正韻》所代表的時代較晚的語言，顯然不過是許多方言中的一種。但從全體看起來，這種方言無疑的應當認作現代官話的母語。」〔註11〕此說雖然非常籠統，但是就以上《正韻》聲韻母系統看來，《正韻》確實代表中原雅音系統。我們雖不宜說《正韻》即代表國語的祖語，然而仍可以說《正韻》音韻系統除聲調系統不明之外與國語極接近。

〔註10〕《四庫全書提要》：「以其為有明一代同文之治…」
〔註11〕《中國音韻學》p54。

參考書目

主要用書

1. 樂韶鳳等：《洪武正韻》，永樂大典第 1、2 冊，世界書局。
2. 樂韶鳳等：《洪武正韻》，隆慶元年（1567）重刊本，中央研究院傅斯年圖書館藏。
3. 樂韶鳳等：《洪武正韻》，中央研究院傅斯年圖書館藏。
4. 申叔舟等：《洪武正韻譯訓》，高麗大學校出版部。

參考書目

（一）中文部分

1. 丁度等：《集韻》，台灣中華書局。
2. 丁聲樹：《釋否定詞「弗」、「不」》，集刊（中央研究院歷史語言研究所集刊，簡稱集刊，下同）外編第一種，慶祝蔡元培先生六十五歲論文集，頁 967～996。
3. 毛晃、毛居正：《增修互注禮部韻略》，宋刻明印本，關中秦題稿，萬曆諸城縣志，中央研究院傅斯年圖書館藏。
4. 王力：《漢語史稿》上冊，泰順書局。
5. 王力：《中華音韻學》，泰順書局。
6. 王靜如：《中國古音（切韻）之系統及其演變》，1930 譯自 B.Karlgren：*The Phonetic System of Ancient Chinese*，集刊 2.2，頁 185～204。
7. 王應麟：《玉海》，清光緒九年浙江書局重刊本。
8. 朱駿聲：《說文通訓定聲》，藝文印書館。

9. 呂坤：《交泰韻》，呂新吾先生全集第 29.30 冊，雲南圖書館校刊本。

10. 李方桂：《上古音研究》，清華學報新九卷，第 1、2 期合刊。

11. 李榮：《切韻音系》，鼎文書局。

12. 沈葆：《洪武正韻入聲韻與廣韻入聲韻之比較研究》，淡江學報 9，頁 127～186（1970）。

13. 周法高：《顏氏家訓彙注》，史語所專刊之四十一。

14. 周德清：《中原音韻》，臺大文學院聯合圖書館藏。

15. 張洪年：《中國聲韻學大綱》，1972 譯自 B.Karlgren：*Compendium* 中華叢書編審委員會。

16. 張玉書等：《康熙字典》，渡部溫訂正，藝文印書館。

17. 張廷玉等：《明史》，藝文印書館。

18. 畢拱辰：《韻略匯通》，廣文書局。

19. 郭守正：《附釋文互註禮部韻略》，棟亭藏本，揚州詩局重刊。

20. 陸志韋：《釋中原音韻》，燕京學報 31，頁 35～70（1946）。

21. 陸志韋：《記蘭茂韻略易通》，燕京學報 32，頁 161～168（1947）。

22. 陸志韋：《記畢拱宸韻略匯通》，燕京學報 33，頁 105～113（1947）。

23. 陳彭年等：《大宋重修廣韻》，張氏澤存堂重刊本，廣文書局。

24. 黃公紹、熊忠：《古今韻會舉要》，嘉靖十五年重刊，中央研究院傅斯年圖書館藏。

25. 董同龢：《漢語音韻學》，廣文書局。

26. 詹秀惠：《韻略易通研究》，淡江學報 11，頁 1～21。

27. 趙元任、李方桂、羅常培：《中國音韻學研究》，1940 譯自 B.Karlgren：*Etudes sur la phonologie chinoise*，1915-26，商務印書館。

28. 趙元任：《現代吳語的研究》，清華學校研究院叢書第四種，清華學校研究所印行（1928）。

29. 趙蔭棠：《中原音韻研究》，商務印書館（1936）。

30. 趙蔭棠：《等韻源流》，文史哲出版社。

31. 劉文錦：《洪武正韻聲類考》，集刊 3.2，頁 237～249（1931）。

32. 劉德智：《音註中原音韻》，廣文書局。

33. 劉鑑：《經史正音切韻指南》，等韻名著五種。泰順書局。

34. 鄭再發：《蒙古字韻跟跟八思巴字有關的韻書》，國立臺灣大學文史叢刊 15（1965）。

35. 鄭再發：《漢語音韻史的分期問題》，集刊 36 下冊，頁 635～648（1965）。

36. 龍師宇純：《韻鏡校注》，藝文印書館（1959）。

37. 龍師宇純：《例外反切的研究》，集刊 36 上冊，頁 331～373（1965）。

38. 戴震：《聲類考》，音韻學叢書，廣文書局。

39. 應裕康：《洪武正韻反切之研究》，國立政治大學學報 5，頁 99～150（1962）。

40. 應裕康：《洪武正韻聲母音值之擬定》，中華學苑 6，頁 1～35（1970）。

41. 應裕康：《洪武正韻韻母音值之擬定》，漢學論文集，頁 275～322 附表 22（1970）。

42. 羅常培：《知徹澄娘音值考》，集刊 3.1，頁 121～157（1931）。

43. 羅常培：《中原音韻聲類考》，集刊 2.4，頁 423～440（1932）。

44. 羅常培：《釋內外轉》，集刊 4.2，頁 209～226（1933）。

45. 羅常培：《「經典釋文」和原本「玉篇」反切中的「匣」「於」兩紐》，集刊 8.1，頁 85～90（1939）。

46. 羅常培：《漢語音韻學導論》。

47. 蘭茂：《韻略易通》，李棠馥康熙二年刻本，廣文書局。

48. 顧炎武：《音學五書》，音韻學叢書，廣文書局。

49. 《四庫全書總目提要》，上海大同書局。

50. 《切韻指掌圖》，音韻學叢書，廣文書局。

51. 《國音中古音對照表》，廣文書局。

52. 《漢語方音字匯》。

53. 《漢語方言詞匯》。

54. 《漢語方言概要》。

55. 《韻鏡》，慶元丁巳重刊本，等韻名著五種，泰順書局。

（二）韓文部分

1. 朴炳采：《古代國語의研究》，高麗大學校出版部（1971）。

2. 朴炳采：《洪武正韻譯訓의版本에대한考察》，人文論集 18 輯別刷，頁 49～73，高麗大學校文科大學（1973）。

3. 朴炳采：《原本洪武正韻譯訓의缺本復原에關한研究》，亞細亞研究 17.1，通卷 51，頁 1～63（1974）。

4. 李崇寧：《洪武正韻譯訓의研究》，震壇學報 20，頁 115～179（1959）。

5. 李崇寧：《新羅時代의表記法體系에關한試論》，서울大學校論文集 2（1955）。

6. 李崇寧：《音韻論研究》，民眾書館（1965）。

7. 李基文：《改正國語史概說》，民眾書館（1972）。

8. 李基文：《國語音韻史研究》，韓國文化研究叢書 13，韓國文化研究所（1972）。

9. 李東林：《洪武正韻譯訓과四聲通解의比較—四聲通攷의再構》，東國大學校論文集 5，頁 99～128（1968）。

10. 李東林：《東國正韻研究》，東國大學校（1971）。

11. 金完鎮：《續添洪武正韻에對하여》，震壇學報 29、30 合併號，頁 353～370（1966）。

12. 金完鎮：《國語音韻體系의研究》，一潮閣（1971）。

13. 姜信沆:《韓國의禮部韻略》,국어국문학 49、50（1970）。

14. 姜信沆:《四聲通解研究》,新雅社（1973）。

15. 姜信沆:《翻譯老乞大朴通事音系》,震壇學報 38,頁 123～150（1974）。

16. 俞昌均:《東國正韻研究》（研究篇）,螢雪出版社（1966）。

17. 俞昌均:《蒙古韻略과四聲通攷의研究》,螢雪出版社（1974）。

18. 崔世珍:《四聲通解》,光海君六年（1614）重刊本。

19. 崔世珍:《翻譯老乞大朴通事凡例》。

20. 崔桓等:《東國正韻》,1973 建國大學校影印。

21. 鄭然粲:《洪武正韻譯訓의研究》,一潮閣（1972）。

22. 鄭麟趾:《訓民正音解例》。

23. 朝鮮王朝實錄,景朝鮮王朝實錄太白山本,京城帝國大學法文學部（1930）。

（三）日文部分

1. 辻本春彥:《洪武正韻反切用字考》——切上字について,東方學 13,頁 50～74
（1957）。

2. 有坂秀世:《漢字の朝鮮音について》,方言 4、5 月號（1936）,又見國語音韻史
の研究,頁 303～326（1957）。

3. 河野六郎:《朝鮮漢字音の一特質》,言語研究 3,頁 27～53（1939）。

4. 河野六郎:《東國正韻及び洪武正韻譯訓に就いて》,東方學報 27,頁 87～135
（1940）。

5. 河野六郎:《再び東國正韻に就いて》,朝鮮學報 14,頁 443～462（1959）。

6. 河野六郎:《朝鮮漢字音の研究》,附資料音韻表,朝鮮學報 31～35 期（1964～
1965）,41～44 期（1966～1967）,天理時報社重印（1968）。

7. 藤堂明保:《洪武正韻》,世界名著大事典 6,頁 452,平凡社（1960～1962）。

（四）英文部分

1. Bloch, Bernard&Trager, George L., *Outline of Linguistic Analysis*（1942）虹橋.

2. Cho, Seung-Bog, *A phonlogical Study of Korean—with a historical analysis,* Uppsala
Universitet（1967）.

3. Martin, Samuel E., *The phonemes of Ancient Chinese*, Supplement to Journal of the
American Oriental Society73：2（1953）.

4. Stimson, Hugh M., *Ancient Chinese -p -t -k Endings in the Peking Dialect, Language*
38, pp.376-384（1962）.

5. Stimson, Hugh M., *The Jongyuan inyunn—A Guide To Old Mandarin Pronunciation*,
Far Eastern Publications, Yale University（1966）.